この世界の顔面偏差値が高すぎて目が痛い

5

暁晴海 Illust. 茶乃ひなの

TOブックス

contents

Kono Sekai no Ganmen Hensachi ga takasugite Me ga itai.

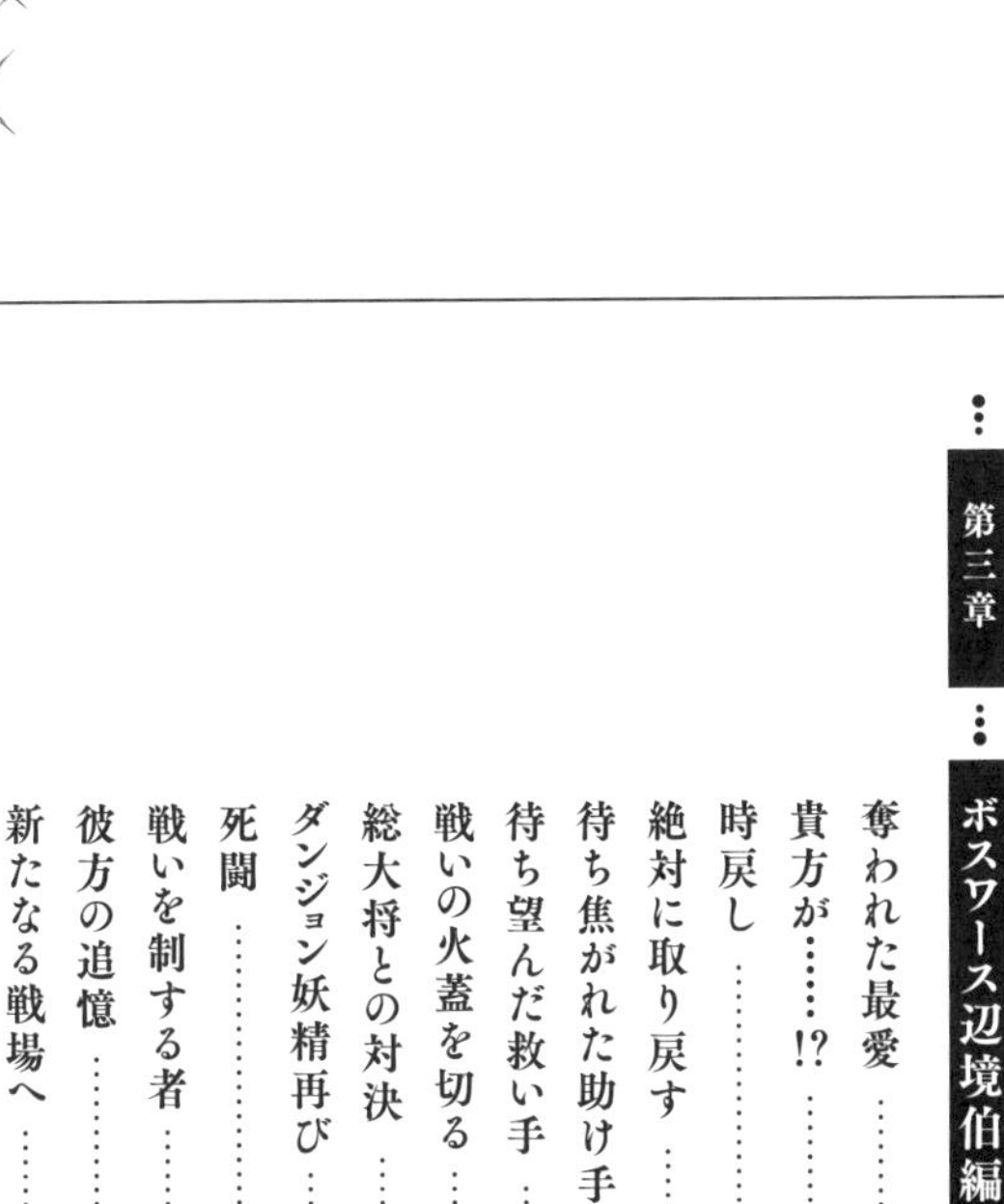

イラスト●茶乃ひなの　デザイン●世古口敦志（coil）

Character

エレノア・バッシュ

超女性至上主義の世界に転生した、恋愛経験ゼロの喪女。
顔面偏差値が高すぎる兄達に傅かれて奉仕される事には、いまだに困惑している。

オリヴァー・クロス

エレノアの兄であり、婚約者。優しく、眉目秀麗で、知力、魔力、思慮深さは他に追従を許さず、全てにおいて完璧。エレノア一筋で、他の女性には目もくれない。

クライヴ・オルセン

エレノアの兄。婚約者で、専従執事でもある。剣技や武術に秀で、魔力量もずば抜けている。怜悧な美貌を持つが、エレノア以外の女性全般が苦手。

セドリック・クロス

クロス伯爵家の次男。『土』の魔力保持者で、エレノアの婚約者。

アシュル・アルバ

アルバ王国の第一王子。全属性の魔力と甘やかな美貌を持ち、文武両道のザ・王子様。女性への気遣いや扱いも完璧。

ディラン・アルバ

アルバ王国の第二王子。魔力属性は『火』。攻撃魔法や剣技に特化している。

フィンレー・アルバ

アルバ王国の第三王子。魔力属性は『闇』。

リアム・アルバ

アルバ王国の第四王子。魔力属性は『風』。強力な魔力量を持つ。

第一章

姫騎士騒動編

セドリックのお願いとお誕生日

獣人王国の王女様方との戦いで負傷した傷を癒し、王宮からバッシュ公爵邸に帰って来た私は、出迎えてくれた父様方や、今や家族とも呼べる使用人達と共に、再会の喜びを分かち合っていた。

その時、皆がなにやら病に罹(かか)っているとセドリックに聞かされ、動揺して「なんの病気なの⁉」と、聞きまくったのだが、何故か誰もが生暖かい笑顔ではぐらかす。

挙句、「ここではなんですから」とジョゼフに促され、いつものサロンへと誘導されてしまった。

うう……。気になる！　後でこっそりウィルに聞いてみようっと！

「じゃあエレノア。僕とクライヴは、公爵様と父上と大事なお話があるから。また夕食の席でね？」

そう言うと、オリヴァー兄様とクライヴ兄様は、しっかり私に濃厚なキスをした後、父様方と一緒にサロンを出て行ってしまったのだった。

兄様方と父様方との話し合いは、十中八九、王族に私が『転生者』であることがバレた件についてだろう。

聖女様が『転移者』であることを私達に示し、私が『転生者』であるというカードを使わせないようにしてくれたのだろうと思ってはいても、ひょっとしたら別の思惑があるのかもしれない。

ましてや、どうしても私を手に入れようとした時に、それはやはり、最高のカードたり得る。

だからこそあらゆる事態を想定し、事前に手を打っておく必要があるのだそうだ。

「でもね、僕は陛下方も殿下方も、卑怯な手を使う方々じゃないって思っているんだ。なんといっても、リアムがあいう奴だからさ。そのリアムが慕っている家族が、エレノアの気持ちを考えない行動を取るはずないんじゃないか……ってね。尤も、ただの僕自身の願望かもしれないんだけど」

「……うん。そうだよね」

セドリックの言葉に、私も頷く。

確かに私も、そこは確信している。

彼らは決して、私の意思を無視して行動するような人達ではないって。

「大丈夫だよエレノア。君には僕や兄上方がついているから」

多分私は今、とても不安そうな顔をしているのだろう。セドリックが気遣うように、私に優しい笑顔を向けてくれる。

「……うん！　有難うセドリック！」

「どういたしまして！　……さあ、エレノア。ジョゼフが淹れてくれた最高のアプリコットティーを飲もう。料理人達もエレノアに食べさせる為に、張り切ってお菓子を作ってくれたみたいだしね」

セドリックに勧められるがまま、お茶を口に含む。

すると、甘酸っぱい杏(あんず)の香りが鼻腔内いっぱいに広がり、その爽やかな喉越しに、思わず顔が綻(ほころ)んだ。

ちなみに聖女様から頂いたおにぎりなどは、父様方も「エレノアの故郷の食事なら、是非食べてみたい！」と興味津々な様子だった為、夕食の席で試食してみる事になったのである。

——ひょっとして聖女様。それを見越して、おにぎり沢山くれたのかな？

さてさて、お茶を堪能した後は、お待ちかねのスイーツである。

ケーキスタンドに盛られた、見た目も美しい様々なスイーツの中から、大好きな苺のプチロールケーキを取ろうとした私だったが、何故かセドリックが先にそれを取ってしまう。

「エレノア、折角だから僕が食べさせてあげる。ほら、こっちにおいで」

「え……？」

ポンポンと自分の太股を叩くセドリック。

つまりは『膝抱っこ』でお菓子を食べさせてくれるという事だ。

思わず頬を赤くさせながらも、私はおずおずとセドリックの膝の上に腰を下ろした。

そんな私に、嬉しそうに蕩（とろ）けた笑顔を向けながら、セドリックは先程私が取ろうとしていたプチロールケーキを口元に持ってくる。

「はい、エレノア。あーん♡」

「…………」

促され、真っ赤な顔のまま、口元に差し出されたケーキをパクリと口に含んだ。

そのままモグモグと咀嚼していると、セドリックが手に付いたクリームをペロリと舐めていて、何だかそれがものすごく卑猥に感じられ、更に顔を赤くし俯いてしまう。

——ううう……。や、やっぱり恥ずかしい！

思い返せばこういう時、オリヴァー兄様もクライヴ兄様も私の了解なんぞどうでもいいとばかりに、さっさと私を膝の上に座らせ、「あーん」をやらかすからなぁ……。

『で、でも……』

今みたいに、自分から膝の上に乗っかるというシチュエーション。いざやってみると、物凄く羞恥心が煽られてしまうものなんだね。

いっそ、強請（ねだ）られる前に自分から膝に……。いや、そんな恥ずかしい真似出来ない！　膝に乗る前に精神的に力尽き、そのまま倒れ果ててしまうに違いない。

「エレノア、次は何を食べたい？」

「……チョコレートタルト……」

「ミルクとビター、どっちがいい？」

「ミルクが良い」

ニッコリ笑顔で、チョコレートタルトを口元に持ってくるセドリックにドキリとする。

『セドリック……。なんか男っぽくなったなぁ……』

サクサク、もぐもぐ……と、チョコレートタルトを頬張りつつ、私はそのままセドリックの顔をジッと見つめてしまった。

少し癖のある、フワリとした焦げ茶色の髪は、サイドと襟足を少し長めにして、癖を上手く生かしたヘアスタイルになっていて、彼の甘めな優しい顔立ちにとても良く似合っている。

そして瞳の色だが、元々は髪の毛と同じ色をしていたのが、魔力操作をオリヴァー兄様に指導してもらうようになってから、金色が溶けたような、琥珀のような不思議な色合いへと変化していたのだった。

初めて出逢った時は、美少年だけど幼さが抜け切っていなくて、なんとなく自分がお姉さんのような気持ちで接してしまっていたものだが……。いつの間にか、素敵な青年へと着実に変化していっている。

このままいけば、透き通るような絶世の美貌を持つリアムと並んでも、遜色ないぐらいに成長するに違いない。

「？　エレノア？　どうしたの？」

「ううん。セドリックがカッコいいなぁ……って思っていたの」

「え……？　――ッッ⁉」

思わず、スルリと出た本音を聞いたセドリックの顔が真っ赤になった。

オリヴァー兄様ばりに女性の扱いが上手くなっても、こういうところはやっぱりまだまだ子供だなぁ……なんて、ちょっとホッとしてしまう。

そういえばセドリック、私よりも年下だもんね。尤も、数ヵ月しか違わないけど。っし……あっ！

そ、そういえば‼

「セ、セドリック！　貴方、誕生日……もう過ぎちゃったよね⁉」

「え？　あ、うん。そうだね」

「ご、御免ねセドリック！　私のせいでバタバタしていたから！」

「そんなこと、気にしなくていいよ。それに明日、エレノアが帰ってきたお祝いと一緒に、僕の誕生会をやることになっているからさ」

「あ、そうなんだ？　……って……ああっ、そうだ！　ヒマワリは⁉」

「ヒマワリ……って、あ！　僕の為にエレノアが育ててくれていた？」

「そうなの！　セドリックの誕生日に合わせて育てていたから……！　い、今どうなっているかな⁉」

「えっと……。ぼ、僕は知らないけど……」

私は慌ててセドリックの膝から飛び降りると、ベンさんの元へとダッシュで向かった。当然というか、セドリックも私に付いて来る。

「べ、ベンさん！　あのっ！　ヒマワリ……！　わ、私の……ヒマワリ……は……」

「――……お嬢様……」

息せき切って、辿り着いた場所で私が見たものは……。

綺麗に更地にされた私専用の花壇の傍で、枯れて積まれたヒマワリから、種をセッセと取り出しているベンさん含む庭師達の姿であった。

思わずドレス姿のまま、その場に膝と手を突き、ガックリ項垂れてしまう。

「エ……エレノア……。あの……。折角、僕の為に育てていた花だけどさ、こ、この場合は仕方がないと思うよ？　なんならまた育てた時にくれればいいし」

「うう……。で、でも……今からじゃ、セドリックのプレゼントに間に合わない……！」

だってセドリックの誕生会、明日だもん！

「大丈夫だよ。君が花屋に注文したものだって、君の気持ちがこもっていれば、全然問題ないよ。勿論、本数は四十本欲しいけどね？　……それに僕にとって、エレノアがこうしてちゃんと帰って来てくれたことが、一番のプレゼントなんだよ」

「セドリック……」

セドリックの男前な発言に、頬が赤くなってしまう。

ついでに視界の端で、庭師達とベンさんが共に、うんうんと頷いている様子が見える。

でもなぁ……。

確かに花屋に注文すれば、何十本でも何百本でもすぐに配達してもらえるだろうけど、兄様方には私が育てた花をプレゼントしたんだから、セドリックにも同じことをしたかったのだ。でも、枯れてしまったものはもう、どうしようもないし……。

「……分かった。じゃあお花は注文する。でもその代わりセドリックの欲しいもの、何でもいいから言ってみて！」

「エレノア？」

「それか、お願いでもなんでもいいから！ ……あ、で、でも……。私が叶えられる範囲で……だけど……」

ちょっと恥じらいながら、一応釘は刺しておく。

だって、もし万が一セドリックに、「ちょっと一線越えたい」なんて言われたら困るし……。

い、いやっ！ 信じてる！ 信じていますよ!?

でもほら、セドリックってオリヴァー兄様の弟だし、謎の色気もかなり出てきているし、アルバの男性だし……って、あれ？ なんか不安要素しかない……？

「分かった！ エレノアの気持ちは遠慮なく受け取るよ！」

そんな私の言葉に、セドリックが少し考え込んだ後、満面の笑みを浮かべた。

「う、うん。……あの……ところで、お望みのものは……？」

「それは、パーティーの当日に言うから」

「と、当日!? ……あの……。今聞きたいんだけど……。ほ、ほら、こちらにも準備期間が欲しいっていうか……」

準備期間もなにも、明日までに出来る事なんてないとは思うが……。

一応足掻いてみた私に、セドリックは笑顔のままバッサリと駄目押しする。

「大丈夫！　準備なんかしなくても出来る事だから！」

なんとなく……セドリックの笑顔がオリヴァー兄様の笑顔とかぶって見え、私は引き攣り笑いを浮かべるしかなかったのだった。


「へぇ……！　これが『オコメ』か……！」

「パンに比べて随分と瑞々しい……。そして噛めば噛むほど甘くなる。……うん、中身の……これは魚……？　これとも相性が良いね。私は好きだな」

興味深そうにそう言いながら、私の食べ方を真似て、手掴みでおにぎりを食べる父様方。

食べ方を聞いた当初は戸惑っていたけど、基本サンドイッチも手掴みだしって言ったら、納得して手掴みで食べてくれた。そしてどうやら気に入ってもらえたようだ。

「エレノア。僕のはなんか、酸っぱいプラムのようなのが入っていたよ！」

——うん、それは梅干しだね。

セドリック、初っ端からディープなものに当たったなぁ。

「あ、俺のは……なんだ？　この茶色い物体は？　……あ、でも磯の香りがして旨い。それと混ざってる、ちっちゃな酸っぱい味も合うな。……悪くねぇ」

——あ、それは梅オカカですね。

……ってか聖女様、オカカだけでも大概なのに、そこに梅まで混ぜるとは……！　食に対する執念、天晴です!!

「僕のは、なんか酸っぱいようなクリーミーな調味料と……魚の切り身？　をほぐしたようなものが混ざっている。……うん、さっきの黒い細切りのよりも、こっちのが好みかな」

——オリヴァー兄様、それは聖女様の大好物のツナマヨです。

そして黒い細切りは昆布の佃煮です。そっちはお口に合いませんでしたか。

聖女様からのお土産である『おにぎり』の試食は、概ね好評だった。

そして私が「中に入れる具材の種類は無限大で、揚げ物や焼肉なんかも入れたら美味しくなります」と言ったら、しきりに感心していた。

バッシュ公爵領は一大穀物生産地だから、もしかしたらお米を作って出荷する未来も訪るかもしれない！　いずれ聖女様に、稲を分けてもらえたら良いな。


『……ところで、セドリックは何が欲しいんだろうか……？』

その夜のベッドの中。考えることはその件一択。

あの後、どんなに教えてほしいと頼んでも、ニッコリ笑顔で「明日ね」って言っていたからなぁ……。

なんて、うだうだコロコロベッドの中でやっていたら、いつの間にか朝だった。

私は未だもやもやを抱えたまま、もはや日常風景と化したミアさんとウィルとのタッグにより、いつもより入念なモーニングケアを終えた。

「今日はお支度に時間がかかりますから、朝食は軽めに致しましょうね？」

そう言われ、自室で小さめのサンドイッチとポタージュを頂いた後、私は美容班によって髪から全身から、とにかくこれでもかと飾り立てられてしまったのだった。

髪の毛は自然に下ろした状態で、サイドを黒いリボンで編み込み、シルバーと大粒の『海の白（真珠）』を使った髪飾りで纏（まと）める。

そしてドレスはというと、まるで妖精の羽のような、ふんわりとした素材を何重にも合わせたプリンセスラインである。

色は杏色で、所々に金糸で刺繍が施されている。動くたび、それがキラキラと輝いてとても綺麗だ。

――それにしても……。いつも思うんだけど、主役を差し置いて私ばっかり着飾っていいんだろうか？

なんとなくそう口にしたら、その場の全員に「男にとって、愛する者が自分の為に着飾ってくれる事がなによりのご褒美」と口を揃えられてしまった。成程、そういうもんですか。

「エレノア……！　とても綺麗だよ!!　まるで精霊の森の妖精姫のようだね!!」

今回も盛りに盛った私を、感動した様子で迎えに来てくれたのは、髪と目の色に合わせた礼服をバッチリ着こなしているセドリックだった。

いつもの自然な髪形も、礼服に合わせてしっかりセットされ、大人っぽさが倍増している。

今回はセドリックの誕生日をお祝いするパーティーでもあるので、セドリックが私を迎えに来る権利を、筆頭婚約者であるオリヴァー兄様から与えられたのだそうだ。

ちなみに、今回の私の装いもいつもと違って、セドリックの色がベースとなっている。

アルバの男らしい、流れるような美辞麗句に顔を赤く染めつつ、私はセドリックに「セドリックも凄く素敵！　まるで白馬の王子様みたい！」と言いながら笑顔を浮かべた。

「有難う、エレノア！」

ほんのり頬を赤くし、嬉しそうに破顔しながら私を抱き寄せ、朝っぱらから濃厚なキスをするセドリックに、思わず意識を持っていかれそうになり、慌てて気力を総動員した。

……なんだろう……この、油断していたら精神乗っ取られそうになる危険な魅力は……!?

癒し系だからと油断したら、蜘蛛の糸に搦め捕られるような恐怖を感じるぞ!?

なんて思っていたら、オリヴァー兄様とクライヴ兄様も部屋へとやって来て、私を見るなり蕩けそうな笑顔を浮かべた。

「ああ、本当に綺麗だね。セドリックの言う通り、妖精のような愛らしさだ。この世のどんなに高貴な花も、君の前では霞んでしまうよ。僕の愛しいお姫様」

くぅ……っ!!　流石はオリヴァー兄様！　貴族の中の貴族と呼ばれるその美辞麗句、物凄い威力を放っています!!

「妖精ってよりは天使だろ。……いや、チビ女神的な……？」

……クライヴ兄様。何ですかそのチビ女神って!?

言いたい事は何となく分かりますけど、褒められている気が全くしません。

そ、それにしても……！　兄様方、相変わらず白と黒の大天使のごとくに、尊い美しさが炸裂しておりますね!?

セドリックのジワジワと真綿で首を締められるような魅力と違い、バーン！　とダイレクトに目にブッ刺さってくる、この顔面破壊力……!!

ある意味、鼻腔内毛細血管への攻撃から身を守り易いという利点はあるけど、見た瞬間目潰し攻撃を食らって倒れるから、結局あんまり意味がない……。

必死に瞬きしつつ、顔面破壊力に耐えていた私は、兄様方の濃厚な朝のご挨拶を受け、美容班にお化粧直しをされる羽目になってしまった（特に口紅を）。

そうしてその後、セドリックにエスコートされながら、私達はパーティー会場へと向かったのだった。

パーティー会場は……。　我がバッシュ公爵家が誇る、百花繚乱な庭園をぐるりと見渡せる東屋で行われる事となっている。

といっても、東屋は私やセドリック、兄様方、父様方が休憩スペースとして使う用で、青空の下、幾つものテーブルに料理やお菓子を並べた、立食スタイルのラフなパーティーとなっている。

これは私が、「心配をかけたバッシュ公爵家で働く人達、全員が参加出来るようにしてほしい」ってリクエストした結果である。

勿論、召使が全員参加だと給仕する人達がいなくなるから、交代制でパーティーに参加するのだそうだけど、全員私の提案を凄く喜んでくれた。

そんな中……。

「はい、エレノアお嬢様。お嬢様のお好きそうなお料理を持ってまいりましたわ」

「ミアさん、まだまだですね。エレノアお嬢様はまず、サラダからお召し上がりになるのですよ」

ミアさんだけは私に付いて、ずっとお世話係をすると言って聞かなかったのである。

すると対抗意識を燃やしたウィルも、「パーティー参加よりもお嬢様のお世話！」と言って、こうして二人揃って甲斐甲斐しく私の面倒を見てくれているのだ。

う～ん……。有難いけど、申し訳ないなぁ……。

「セドリック、これは私とオリヴァーからの贈り物だ」

「セドリック、これは僕からのプレゼントだよ」

「あ、俺とクライヴからはこっちな！」

「あ、有難う御座います！　父上方、兄上方、それに公爵様まで……！」

皆から次々とプレゼントを渡され、セドリックは凄く嬉しそうに顔を綻ばせている。

ちなみにメル父様とオリヴァー兄様からのプレゼントは、過去に大賢者と称えられた方が残した、『土』の魔術に関する応用法が記された魔法書の原書。

『失われた書』と言われているシリーズの一つらしく、どこからどう入手したのかは、聞いても教えてくれなかった。……まさか、非合法で手に入れた……なんて言いませんよね!?

そしてアイザック父様は万年筆。

どうやら父様、大鍛冶師と言われているドワーフの匠に直接依頼して作ってもらったらしく、魔力を流すと、インクがどんな色にも変化する仕様になっているのだそうだ。

これは私もとっても欲しい！　今度の誕生日のプレゼントで強請ってみよう。

グラント父様とクライヴ兄様は、オリハルコンで作った脇差二本。所謂二刀流である。

前々から、私や兄様方のような日本刀を欲しがっていたセドリックの為に、例のベビーダンジョン（もう今は、かなり成長しているみたいだけど）から、最高級品のオリハルコンを採ってきて作ったのだそうだ。

「セドリック、柄の部分を合わせて、魔力を流してみな」

そうグラント父様に言われ、言われたとおりに試してみると、一瞬眩く光った後で柄の部分が融合し、両刃の槍の形になった。

これにはセドリックを筆頭に、その場の全員が大興奮となり、しきりにどういう構造になっているのかをクライヴ兄様に質問していた（グラント父様に質問しないところが、うちの使用人達も分かってているなぁ）。

そしていよいよ私の番となった。

「セドリック、はい！　これ私からの花束！」

ミニヒマワリ四十本の花束をセドリックに渡すと、セドリックはとても幸せそうに笑ってくれた。

「エレノア……。君からの初めての誕生日プレゼントだね。凄く嬉しい……。本当に有難う！」

「どういたしまして！」

笑顔で答えた後、私はゴクリと喉を鳴らした。

――……い……いよいよか……っ⁉

そう、これはあくまでお祝いの花束。メインはこの後、セドリックの口から知らされるのである。

それにしても……。今だけは、セドリックのニコニコ笑顔が邪悪に感じてしまう。

覚悟を決めて、「どんとこい！」と身構えた私を見て、セドリックがゆっくりと唇を開いた……その時だった。

「遅くなってごめんねー！」

いきなり、能天気とも言える声が、青空の下響き渡ったのだった。

お母様の来襲再び

「エレノアー！　来たわよ！　元気に帰って来てくれて良かったわ！　本当におめでとう！」

「お、お母様⁉」

きらびやかにドレスアップした、私とよく似た女性。……すなわちマリア母様が、とびっきりの笑顔を浮かべながら、こちらに手を振り歩いて来る。

そしてその後方には、なにやら大きな箱を幾つも抱えた男性の姿が……。

「げっ！　マリア！　お前、何でこんなトコ来たんだよ⁉」

「グラント、マリアは僕が呼んだんだよ」

「失礼ねグラント！　何よその言い方！　可愛い娘の回復祝いに母親が来て、何が悪いってのよ⁉」

グラント父様に噛み付き、ぷりぷり怒っている母様を見ながら、オリヴァー兄様が「あの人、エレノアに懐かれてよっぽど嬉しかったんだね」と呟いている。

なんでも、複数の夫や恋人を持っている貴族女性ほど、こういった催しなどには滅多に顔を出さないんだそうだ。

当然というか、『淑女の中の淑女』と謳われている、恋多き愛の狩人である母様もその例に洩れず。兄様方の記憶している限り、誕生日パーティーにはプレゼントを寄こすだけで、顔を出した事など、ほんの数回あるかないからしい（多分だけど、他の夫達が子づくりに励みたくて離さないのもあるのかも）。

当然、一人娘である私の誕生日パーティーにも、参加したのはほんの小さい頃……それも一回きりだけなのだそうだ。

だから子供の誕生日パーティーでもない内輪の集まりに、母親がわざわざ参加しに来ること自体驚くべきことで、しかも母様、私がバッシュ公爵家に帰ったら絶対教えろと、再三アイザック父様に釘を刺していたのだとか。

「……なんか、ちょっと嬉しいです」

えへへ……と笑った私を見て、兄様方やセドリックが顔を綻ばせた。

「エレノアは、母上のことが好き？」

「はいっ！　大好きです！　……兄様方は？」

「嫌いじゃないけど、苦手……かな？」

「俺も右に同じく。なんせお袋、嵐のような人だからな」

……はい。それは否定しません。母様、トルネードのようなお方ですもんね。

というか、今ふと思ったんだけど、貴族女性が子供の催しものに参加しないのって、夫や恋人が多ければ多いほど、妊娠出産期間がしょっちゅうあるからなのではないだろうか？

まあ、私は子供とは一緒に暮らす予定だけどね！

三人も婚約者がいて、他にも恋人やらなんやらつくるのなんて絶対無理！　本当、この世界の肉食女子達ってパワフルだよね。

「……あらっ！　貴方がエレノアの三人目の婚約者⁉　やだ、とっても素敵な男の子じゃないの！

流石はメルヴィルの息子ね！」

マシンガンのように捲し立てる母様に、呆気にとられていたセドリックだったが、すぐに立ち直ると、母様に向かって貴族の礼を執る。

「マリア・バッシュ公爵夫人、お初にお目にかかります。クロス伯爵家次男、セドリック・クロスと申します。本日はお会い出来て光栄です」

「やだ！　堅苦しい挨拶なんてしなくて良いわよ！　エレノアを宜しくお願いするわね！　あの子、ちょっと抜けているけど、とっても良い子なのよ。あ、そうそう！　貴方、今日誕生日なんですってね!?　はい、プレゼントをどうぞ！　急だったから、うちの専属デザイナーに割増料金チラつかせて超特急で作らせたの！　本人、『渾身の作品が出来たわ！』って言っていたわよ。あ、エレノア！　あいつがね、ついでにあんたのも作ったって言うから預って来たわ！　はい、これ」

息つく暇もなく捲し立てる母様の話のタイミングに合わせ、プレゼントらしき大きな箱が、母様の従者（ひょっとして夫？）から私達に手渡された。

「どうぞ。軽いですが箱が大きいので、お気をつけください」

「あ……有難う御座います……」

「えっと、有難う御座います！」

おおっ！　この人、ガッシリした凛々しい系の美丈夫だね！　クロス伯爵家騎士団長のルーベンタイプだ。

……あっ、こっち見て微笑んだ。うん、取り敢えず微笑み返しておこう。

破天荒な母ですが、今後とも、どうぞ宜しくお願いいたします。

さてさて、どうやらこのプレゼントの中身は服らしい。

でも確かにこの箱、大きさのわりに軽いな。服ってもっと重いものじゃないのかな？

「ふふっ。もう色々持っているかもしれないけど、これ全部新作だって言っていたから、きっと気に入ると思うわよ？　セドリック、貴方の気に入ったものをエレノアに着せてあげてみてね」

「「はぁ？」」

思わずセドリックと私とで顔を見合わせる。

え？　私が持っているものなの？　しかもセドリックが着るんじゃなくて、私に着せるの？

――というより、うちの専属デザイナーって、ジョナネェだよね……？

「………」

何となく、私の脳裏に高笑いしている彼女（彼）の姿が浮かんだ。

あのオネェ様が、母様に頼まれて作った渾身の新作か……。……なんだろう？　なんかもの凄く嫌な予感がする……。

「あ、それでは中身を見させていただきますね」

誕生日のパーティーでは、親しい人や身内から頂いたプレゼントはその場で開ける風習があるので、セドリックは早速、大きな箱のラッピングを外し始めた。

「あれ？　これは……？」

なんかセドリックが首を傾げながら中身を取り出す。……ん？　……紐？

その一瞬後、顔を真っ赤にしたセドリックが、物凄い勢いで手にしたものを再び箱に突っ込んだ。

――と。その拍子に、何かがフワリと舞い上がる。

「んん？」

がしっと、その何かを掴んで広げてみると……。それは何やら黒いレースとリボンかふんだんに使われた、ドレスらしきものだった。

肩紐だし生地はシースルーだし、あちらこちらに施された刺繍だけが、かろうじて透けていない。形的にドレスと言うよりはコルセットに近いような……。ひょっとして、ドレスの一番下に着る部分なのかな？

あれ……？　でもこれ、胸の部分ワイヤーしかなくないか……？

そういえば超特急で作らせたって言っていたし、ジョナネェったら、うっかり布張るの忘れたのかな？

「――――ッ！　エ、エレッ……!!　おっ、おじょ……!!」

「――――ッッ!!」

しげしげと、未完成品（であろう）のレースドレスを眺めていた私に気が付いたウィルとミアさんが、真っ赤になって声にならない悲鳴を上げた。

そして、セドリックに集中していたその場の視線が私に降り注いだ瞬間、ある者は鼻血を噴き、ある者は声にならない悲鳴を上げ、次々とその場に卒倒していく。

「え？　えっ!?」

ちなみに兄様方とセドリックも、一瞬私に釘付けになった後、鼻と口を手で覆ってその場に崩れ落ちた。パーティー会場はもはや、死屍累々といった有様である。

「あら～！　あいつったら、だいぶ攻めたわね！　何気に清楚なドレス風に仕立て上げているところが、また小憎らしいっていうか……」

「マリアー！！！」

その時、猛然とアイザック父様が走り寄ってくるや、一瞬で私の手からレースドレスをひったくった。

「き……き……君って人は……っ!! な、な、なんってもんを持ってきているんだ⁉」

真っ赤な顔で、ドレスを持つ手をブルブル震わせているアイザック父様に、母様はキョトンとした顔をする。

「え？ だってエレノアももう十三歳なんだから、こういうものの一着や二着持っているし、着けたりしてるでしょ？ ねー、クライヴ、オリヴァー。あんたらも当然、エレノアにプレゼントしているわよね？」

「――……ッ!! してねーよ!!」

「母上……！ 本当に……本当に、貴女という方は……!!」

何とか立ち上がった兄様方が、それぞれ真っ赤な顔で、叫ぶように母様を怒鳴りつける。すると母様は兄様方の言葉に目を丸くさせた。

「え⁉ 嘘、ヤダ!! あんたらそんなこともしていなかったの⁉ あ、でも一緒に寝たりとか、お風呂入ったりとか、それぐらいは当然しているわよね？」

母様のとんでも発言に、兄様方は、「うっ……！」「そ……それは……」と狼狽え、母様は「……うそ……やだ、それすらやっていない訳……？」と、信じられないものを見るような目をしている。

冴え渡る青空の下、シーン……といたたまれない空気が漂う中、聞こえてくるのは小鳥のさえずり。

それと……。

「おおっ！　すげぇなこりゃ！　メル、見ろよ！　この際どいライン！」

「そうだね。これは想像してはいけないと分かってはいるんだけど……。」純真無垢で清楚なエレノアとのギャップが凄まじ過ぎる……！」

「おう！　流石の俺ですら、これはかなりムラッとくるな！」

などと、マイペースに母様のプレゼントを見分している、グラント父様とメル父様の呑気な声だけが響く。

「エレノア！　見るな、聞くな！　穢れるぞ⁉」

青筋を立てたクライヴ兄様が、慌てて私を抱き締め、耳を塞ぐ。

──ってか、さっき父様方が手に持っていたアレって……。ど、どう見ても、極小の布のボディースーツ……。

じゃあひょっとして、さっきのレースドレスも未完成品じゃなくて……。い……いわゆる……セクシーな……ランジェ……。

「──ッ！　エレノア⁉　落ち着け！　ゆっくり深呼吸だ！　ほれ、スーハーしろ！」

「エレノア、想像しちゃダメだ‼　僕の魔力の流れを感じて心を無にして‼」

クライヴ兄様と、無理矢理復活してきたセドリックが、今にも色々な部分が決壊しそうな私へ必死に話しかける。

「エレノア、安心しなさい。いくら周りが当たり前に使っていたとしても、君は君だ。嫌なら着なくても、全く構わないんだからね？」

「そうそう！　コレはいざって時の女の勝負服だからな！　別に使わなくても問題ねぇ！」

「父上、グラント様！　あんたら本当に、もう黙れー!!」

父様方の、全くフォローになっていないフォローに、遂にオリヴァー兄様がブチ切れた。

あわや魔力暴走!?　という状況になったのを見て、私達は慌ててオリヴァー兄様に抱き付き、色々と荒ぶるなにかを抑え込んだ。

結果、何とか私の鼻腔内毛細血管は崩壊せず、パーティーを血の海にすることは……防げてないな。

使用人達があっちこっちで鼻血出して倒れている。……まさに地獄絵図である。

あ、ウィルまで鼻血出して地面に倒れ伏している！　ミアさんは……その横でへたり込んで、真っ赤になった顔を両手で隠している。

ってか、ウサミミの毛がめっちゃ逆立ってて、しかも高速でピルピルしているじゃないですか！

……なんかほっこりしたせいか、凄く落ち着いた。有難うミアさん！

そ、それにしても……！　母様の話ぶりだと、私ぐらいの年齢の子達って、平気であんなもんつけるってことだよね!?　しかもそれを、こんな堂々とさらけ出しちゃって平気なの!?　有り得ない……!!

確かに……確かにさぁ！　産まれた時から男性達に、着替えもお風呂も食事もベッドメーキングも何もかもやってもらっていれば、「羞恥心？　何それ」になるかもしれない。

だけど……っ！　性に奔放すぎるだろ、アルバ王国!!

「ご安心くださいお嬢様。使用人達には、今日この時の記憶を全て消し去るよう、後で徹底指導致しますから」

そう言って、アルカイックスマイルを浮かべたジョゼフの顔が、何故か非常に恐ろしい。

ジ、ジョゼフ？　それって、物理で記憶を消し去る……なんて言わないよね？　あっ！　目を逸らした！　お願い！　それだけは止めてあげて!!

ってか母様ーー!!　めでたいパーティーの席で、将来の義理の息子に何あげとんじゃー!!　……って、はっ！　わ、私用のプレゼント……。まさかあれも……!?

恐る恐る、私用にと渡されたプレゼントの箱に目をやった瞬間、箱は炭となり、跡形もなく消え去ったのだった。

「……ねぇ、オリヴァー、クライヴ。セドリックはまだ子供だからいいとして……。あんた達、まさか……不能？　それともエレノアに魅力を感じないとか……？」

「自分の息子を勝手に不能にすんな!!」

「エレノアに魅力を感じないなんて有り得ません!!　許されるなら、今すぐにでもこの手で……」

「オリヴァー！　ストップだ！　それ以上は言うなよ!?」

「あっ、あのっ！　母様！　私達……その……お、お風呂は一緒に入っていますよ？」

「あらっ！　そうなの？」

「はいっ！　……えっと、お風呂に入る時はお互い入浴着で……ですけど……」

段々言葉が尻すぼみになり、もじもじしながらそう言うと、マリア母様はクワッと目を剥いた。

「はぁっ!?　入浴着!?　何それ！　何でわざわざ服着てお風呂に入ってんのよ!?　今時、小さな子供でも服なんて着ないわよ！　バカなのあんた!?」

母様の容赦ない口撃が炸裂する。

その横で、先程の男性が必死に母様を宥めようとするが、「あんたは引っ込んでなさい!!」の言葉で大人しく後方に引き下がってしまった。ちょっと貴方、もう少し頑張ってくださいよ!!

「そっ、それは！　……あの……。は、恥ずかしくて……！」

「はぁ!?　あんた今迄召使達に散々、手取り足取りお風呂で磨いてもらっていたんでしょうがっ！

今更なにを恥ずかしがるってのよ!?　本当にバカね！」

母様……。仮にも娘に対し、バカバカ言い過ぎじゃないでしょうか!?

「そっ、それは九歳までは……。で、でもっ！　その後お風呂に入れてくれていたのはジョゼフだけです!!」

うう……。わ、私、何でこんな所でこんな恥ずかしい弁明しなけりゃいけないんだ!?

というか母様！　手取り足取りって、なんでそういちいち言い方卑猥なんですか!?

仮にも貴女、上位貴族ですよね!?　淑女なんですよね!?　いくらこの国の『淑女』の定義がアレでも、少しは恥じらい持ってくださいよ!!

「ちょっとアイザック！　この年で、婚約者に対してこれほど恥ずかしがるって、あんた娘にどんな教育してんのよ!?」

あっ！　母様の怒りが父様に飛び火した！

「い、いや、教育というか……。元々こうだったとしか……」

「元々こう!?　……何てことなの……！　王太子殿下の前でのあの恥じらいっぷり……。流石は私の娘、やるわね！　って思っていたけど、あれ演技なんかじゃなくて素だったのね!?　まんまと騙されたわ！」

「だ、騙すつもりじゃ……」

ってか、母様が勝手に誤解しただけなのに、なんで私が責められているんでしょうかね!?

「……分かったわエレノア。こうなったら荒療治よ！　あんた今夜から、この子達と一緒に入浴しなさい！　勿論、お互い裸で！」

「……え……？」

――えええええぇーっっ！！？　に、入浴はともかく……お互い裸ー!?

「かかか、母様！　そ、そんなこと……！」

「お黙んなさい！　それに今日はそこのセドリックの誕生日なんでしょ？　それ誕生日プレゼントにしてあげなさいよ！　……はぁ……全く。その年で婚約者とまともに付き合えていないなんて、どんだけ相手に我慢させてんの!?　婚約者失格よあんた！」

「こ……婚約者……失格……」

母様の放った容赦のない口撃が、私の胸を撃ち貫いた。

――確かに……そうだ。

私が元居た世界の常識では、自由過ぎて奔放に見える事も、この世界ではごく当たり前の事で……。

男性が『婚約者』ないし『恋人』の地位を得る為、必死に女性に尽くすのと同様、女性も自分を愛し、尽くしてくれる相手に対しての対価……というか、この世界で言うところの『誠意』をちゃんと返しているのだろう。……その方法が、私からすれば破廉恥極まりないことでも、この世界ではそれが常識なのだ。

それを私は自分の羞恥心を理由に、兄様方やセドリックの優しさに甘え、与えられるがままの状態に慣れ切って甘えていたのだ。確かに婚約者失格と言われるのも当然だ。

「……分かりました、母様。私、婚約者としての責務を全うすべく、自分なりに精一杯頑張ります！」

「その意気よエレノア！　貴族女性として、胸を張って頑張りなさい！」

「えっと……。はい！」

――ごめん母様。張るだけの胸、まだ育っていません。

そんな母娘のやり取りを、アイザック父様や使用人達が冷汗を流しながら見守る中、セドリックが私の肩にポンと手を置いた。

「大丈夫、エレノア。君は入浴着を着たままで入浴するといいよ。君が僕らに寄り添おうと決意してくれただけで、僕らは十分幸せなんだ。それにいきなりじゃ、恥ずかしさのあまり君が倒れちゃうからね」

「セドリック……！」

や、やっぱりセドリックって優しいし癒しだ！　大好き!!

◆◆◆◆◆

ニッコリ優しい笑顔を向けるセドリックに対し、感動でうるうる涙目になっているエレノアを見ながら、オリヴァーとクライヴが小声で会話をする。

「……クライヴ。何だかおかしな方向に話がいったね」

「ああ。お袋が暴走してどうなるかと思ったが……。まさかセドリックがエレノアに言おうとしていた事を、お袋が言うとは……」

「そうだね。母上に諭された結果、思いがけずエレノアのやる気に火が付いた。……いくらセドリックのお願いでも、拒否される可能性があったからね。……何というか……。こう言ってはなんだけど、母上に感謝する日が来るとは、思ってもいなかったよ」

「あの、とんでもない下着をご披露してくださった時は、本気でこの場から叩き出そうかと思ったけどね……」と、しみじみ呟くオリヴァーの言葉に、クライヴも半目になりながら頷いた。

エレノアがダメにしてしまった花の代わりに、別のプレゼントを……と申し出た時、セドリックは咄嗟に『それ』を今後の「婚約者教育」に利用できないかと考えたのだった。

そして兄達と相談し、恥ずかしがり屋のエレノアに、まずは異性に慣れてもらうところから始めようと、先程のマリアが提案した『着衣無しでの混浴』を提案する事にしていたのである。

恥ずかしさで流石に拒否されるかと思っていたが、同性の母親からの言葉には、あのエレノアですら思うところがあったのであろう。

全く意図していなかったのだろうが、今回ばかりは母の援護射撃に感謝である。

さっきの下着やら問題発言のオンパレードで、真面目に絶縁してやろうかと思っていたが、たまにはあの奔放さも役に立つものだ。

そんなことをしみじみと考えていると、エレノアは何やら考え込んだ後、グラントの方へと真剣な顔で向き直った。

「……グラント父様！」

「ん？」

「うちの温泉引いているの、グラント父様ですよね？」

「ああ、そうだが？」

「じゃあ今すぐうちの温泉、濁り湯にしてください!!」

「お？　おお……」

鬼気迫る形相で、そう言いながら詰め寄るエレノアに対し、グラントが珍しく困惑顔で仰け反った。

「ちょっと待ってエレノア！　何でそこで濁り湯!?」

「だって、そうすれば……お湯に入っちゃえば見えないし……」

「エレノアー！　お前という奴は！　んなの本末転倒だろうが!!　……分かった、濁って見えねぇんだから、お前も当然服脱いで入るんだよな!?　ってか、入りやがれ！」

「で、出来ません!!　さっきは服着て入っていいって言ったくせに！　クライヴ兄様のバカ！　嘘つき!!」

「お前ー！　言うにこと欠いて、バカとはなんだ、バカとは!?」

「まぁ……。泉質変えるぐらいだったら出来るけどな……」

「そこは『出来ない』って言うべきトコだろが!!　空気読めよクソオヤジ!!」

「エレノア？　婚約者として頑張ってくれるんだろう？　それにいずれは通る道なんだから……ね？」

「オリヴァー兄様！　だったら一旦婚約破棄してください！　兄様方やセドリックのご期待に沿えるように、修行してから出直します！」

「馬鹿言うな！　婚約破棄って極論過ぎだろう!?　ってか修行って何!?　君、そんなに僕達の裸見るの嫌なわけ!?」

「だって見た瞬間、心臓止まる未来しか見えないんですよ!!」

『――……なんと言う……混沌(カオス)!!』

バッシュ公爵家の修羅場を見ながら、使用人一同は心の中でそう呟く。

今現在、この場にはもはや、おめでたいパーティーの雰囲気は欠片も残されていない。

しかもここに至った原因の全てが、バッシュ公爵夫人（マリア）によるものなのだ。

社交界で、『淑女の中の淑女』と謳われる貴婦人の凄まじき破壊力に、使用人一同は畏怖の念を抱くのであった。

婚約者として

日がすっかりと落ち、夜に差し掛かる前の薄闇漂う時間帯。

壁に埋め込まれた光る魔石が、ぼんやりと温泉浴場の中を照らし、昼とはまた違った趣を与える。

インテリアとして配されている樹木や花々が薄明りに照らし出され、入浴している者を、まるで露天風呂に入っているかのような気分にさせてくれるのだ。

高い天井のはめ殺しから見える満天の星々も、それに一役買ってくれていた。

だが今現在、この温泉に入っている少女にとっては、それらを楽しむ余裕など欠片もありはしなかったのだが……。


「うう……。なんで……なんで、こうなっちゃったんだろう……！」

――……私ことエレノアは今現在、バッシュ公爵家の離れにある温泉の中、一人きりで湯に浸かっている。しかもバスタオルを一枚だけ身体に巻いた状態でだ。

　あのパーティーのすったもんだの挙句、母様に煽られ、婚約者として……そして貴族女性として精進しろと言いくるめられた結果、兄様方やセドリックと温泉で裸のお付き合いをする事になってしまったのだった。まさに怒涛の展開である。

「まさかこの世界の男女の事情が、あそこまで乱れていたなんて……！」

　しかも、婚約者同士が一緒にお風呂に入ったりベッドを共にしたり（一応、未成年者は添い寝するだけらしいけど）、あんな下着を付けたり見せたりしているなんて思わなかったのだ。

　父様方や兄様方が、それについて伏せていたってこともあるけど、余りに無知だった……。

でも母様。出来たらもうちょっと、穏やかに教えてくれれば良かったのに……。

　兄様方やセドリックが、私にしてくる濃厚なスキンシップの事を、「下手すれば未成年淫行罪！」なんて思っていたけど、その事実を知ってしまえば、自分がいかに婚約者である兄様方やセドリックから手加減されていたのかが分かってしまう。

　王宮で殿下方が度々、兄様方やセドリックに同情の眼差しを向けていたのは、つまりはそういうことだったんだ。

「だ、だからっていきなり……お互いマッパでお風呂は、ハードルきついよ!!」

　オリヴァー兄様の言う通り、結婚するからには裸を見せ合う事ぐらい、いずれ避けては通れないのだろう。

　でもあんな……あんな顔面凶器と、それに見合う、わがままボディーを持ち合わせている人達の裸なんて、いきなり見られないよ!!

「わ……私……初めてだって、真っ暗な中でって決めて……って！」

それじゃない！　今考えるべきなのはそこじゃない!!　ってか考えるな!!　兄様方に対峙する前に鼻腔内毛細血管が崩壊する!!

「と、とにかく……落ち着かなくちゃ！」

そう自分に言い聞かせつつ、バシャバシャと顔に湯をかける。

ちなみにだが、手ですくったお湯の色はというと、いつもの無色透明と違い乳白色だ。

何故かといえば、私がお湯を血の池地獄にしないよう、苦肉の策としてグラント父様に濁り湯にしてもらったからである。

でもそれを父様にお願いした際、セドリックや兄様方に大ブーイングを食らい、ついうっかりテンパってしまって『婚約破棄して修行し直す』……等と口走ってしまったのだ。

その結果、私はオリヴァー兄様の大逆鱗に触れてしまったのである。

「……婚約破棄……ね。しかも修行って……誰となにをするつもりなのかな……？」

野外で、しかもドレス姿だというのに、その場で正座させられ、絶対零度の冷ややかな眼差しで見下ろされ……。

あまりの恐さに必死に謝罪をしまくったのだが、オリヴァー兄様のお怒りは全く収まる事はなかった。

しかもその怒りを鎮めてもらう為、このバスタオルを巻いての混浴と相成ったのである。

まあ濁り湯だから、当然湯に浸かってさえいれば、私の身体は外から見えないんだけど……。うっかりタオルが取れたら、マッパな状態だ。

動いても外れることのない入浴着と違って、タオルはお湯に浸かると、フワフワ浮いてしまって非常に心もとない。

『それもこれも、私の馬鹿な発言の所為だから自業自得なわけなんだけど……。や、やっぱり恥ずかしい……!!』

まあ……。オリヴァー兄様は頑なに「裸以外認めない！」と譲らなかったのを、クライヴ兄様とセドリックの取り成しで、何とかバスタオル着用は認めてくれたのだから、贅沢は言っていられないんだけれどもね……。

「エレノア、入るよ」

「ふぁっ⁉」

唐突に私の思考をぶった切るかのように、オリヴァー兄様の声が聞こえてきてしまい、思わず変な声が出てしまった。

間髪を容れずにガラス戸が開き、兄様方とセドリックが浴室へと入って来る。

当然というか、彼らは私のプレゼントした入浴着を身に着けてはおらず、私への配慮か、腰にバスタオルを巻いただけの状態で現れた。

――思わず喉がゴクリと鳴った。

オリヴァー兄様は、その美麗な美し過ぎる美貌から全体的に細身で華奢と思われがちだか、こうして裸になってみると、単純に着痩せしているだけだった事が分かる。

程よく引き締まった体躯。割れた腹筋が、女性的とも思える美貌にいつもと違う、『男』としての精悍（せいかん）な彩りを与え、何と言うか……もう、滴るような色気が半端ない。

この状態で迫られたら、十人中十人が腰砕けになるであろう。

まさにうっかり見惚れていたら、魂を吸い取られてしまいそうなレベル。いわば魔性だ。

クライヴ兄様は、訓練で胸元を寛げたり、たまに水浴びをするのに上半身裸になったりしているから（勿論、すぐに目を逸らしています）、ある程度は知っていたが……。流石は武闘派。オリヴァー兄様よりも一回り逞しい。

でも決してムキムキという訳でもなく、細マッチョというか、これまた絶妙にバランス良くついた筋肉と割れた腹筋が、クライヴ兄様の精悍な美貌とマッチして……。なんかもう、伏し拝みたいくらいにエロい。男相手にエロいはないだろうとは思うが、とにかくエロい。

セドリックはというと……。

貴方、着痩せするにも程があるでしょ的な、まさに細マッチョな体形である。

最近ぐんぐん身長伸びてるし、逞しくなってきたな……とは思っていたけど、まさかそんなに鍛えているなんて思わないじゃないか！

しかも青年期に差し掛かる前の、少年期独特の甘い線の細さが、スパイスのように鍛えられた身体を彩っている。謎の色気も加わり、クラクラしてくるんですけど⁉

貴方、確かまだ十三歳だよね⁉　一体どんだけ早熟なんだ⁉　アルバの男あるあるなのか⁉

しかも……。三人が腰に巻いているタオル……なんですが……。

ま……巻き方が……‼　巻いている位置が……絶妙‼

臍下の……見えそうで見えない、絶妙なラインを死守しております！　Vラインギリギリです！

絶妙のチラ見せ加減です‼　これ絶対、私に対する挑戦（嫌がらせ）ですよね⁉

「……うん。ちゃんと目を逸らさずにいて偉いね。鼻血も出てないし」

真っ赤になってプルプル震え、涙目になっている私に向かい、オリヴァー兄様は極上の笑顔を浮かべながら、そうのたまった。

――……実はこれ、お仕置きの一環なのである。

私が温泉に向かう際、『自分達が入ってきた時、目を逸らしたり鼻血を出したりしたら、今身に着けているバスタオル没収！』……という、なんとも血も涙も容赦もない、まさに私にとって拷問に等しい宣告をされてしまっていたのだ。

「チッ……。耐えきったか……」って、クライヴ兄様！　聞こえていますよ、その大いなる本音!!

「エレノア、大丈夫だよ。僕達のタオルはお湯に入ったあと取るから」

近寄って来た三人に対し、怯えたようにビクつく私に、セドリックが苦笑しながら優しく声をかけてくれる。

……うう……。有難うセドリック！　正直今タオル取られたら、鼻腔内毛細血管崩壊して血の池地獄に浮かぶところでした！　……いや、その前に心臓止まるな。うん。

宣言通り、兄様方とセドリックは湯の中に入ってからタオルを取り去った。……っ、つまり……。

この乳白色の湯の中は裸祭り……ということだ。

うぉぉぉ……！　いかん！　鎮まれ!!　私の妄想と心拍数!!

「エレノア？　あんまりお湯に沈んでいると、すぐ逆上せるよ？」

そう言うと、いつの間にか傍に来ていたセドリックに腰を掴まれ、上半身を湯から出されしまった。

「ひゃっ！　ち、ちょっと！　セドリック!!」

いくらしっかり、鎖骨付近から厳重にタオルを巻いていても、服を着ているのと違うのだから、物凄く恥ずかしい。それに何より、こ……腰っ！　何勝手に腰に手をかけ……。

私の思考はそこでストップした。

何故ならそのまま、お湯の中でセドリックに横抱き状態の、所謂お膝抱っこをされてしまったからだ。

「ほら、こうすれば身体が沈まない」

硬直してしまった私の顔を覗き込むように、それはそれは優しく甘く、セドリックが囁く。

……もう、脳内は恥ずかしさを通り越し、打ち上げ花火が乱れ撃ち状態である。

正常な思考は遥か彼方。明後日の方向に弾け飛んでいってしまい、戻って来ない。

「エレノア……」

「……んっ！」

そんな私の唇を、セドリックがゆっくりと塞ぐ。

身体はしっかり抱き込まれていて、バスタオルから露出している肌が裸のセドリックの肌と触れ合い、なんとも表現し難い気持ちになってしまう。

「好きだよ……エレノア……！」

濃厚な口付けの合い間に何度もそう囁かれ、湯あたりしたようなフワフワした感覚に身を任せていたら……。気が付けば今度は、オリヴァー兄様の腕の中で口付けを受けていた。

ええええっ⁉　い、いつの間に⁉

途端、一気に羞恥心が湧き上がり、思考が少しクリアになってしまった。

しかも復活した羞恥心により、逆上せたような感覚が顔全体に集中しているのを感じる。

そのタイミングで、私の身体はクライヴ兄様へと手渡される。

「大丈夫か？　エレノア。ほら、少し口開けろ」

労わるような声に素直に口を開けると、クライヴ兄様の唇が私のそれと重なった。

そこから冷たい何かが身体に吹き込まれ、火照った顔と身体から熱が引いていくのが分かった。多分だが、クライヴ兄様が『水』の魔力を注いでくれたのだろう。

「クライヴ兄様……」

「ありがとう」と続けようとした言葉は、クライヴ兄様の深い口付けに吸い取られてしまった。

そのままゆったりとした、濃厚な口付けを繰り返され、再び思考に霞みがかかっていく。

……その時だった。

不意に複数の話し声が聞こえたかと思うと、浴室のガラス戸が再び開かれる音が聞こえた。

「あらっ！　ここも凄く素敵じゃない!!　クロス伯爵家の温泉を思い出すわねー！」

いきなり高いテンションで颯爽と浴場に入って来たのは、バスタオル一枚を身体に巻き付けたマリア母様だった。

突然の乱入に固まってしまった私や兄様方、そしてセドリックを目にした母様は、満足気に微笑んだ。

「うん、しっかり仲良くやっているみたいじゃない！　心配だったから覗きに来ちゃったのよね。あ、大丈夫よ？　ちょっと入ったらすぐ出るから！」

母様の言葉に、思わず真っ赤になってしまう。

そ、そうだよね、この状況……。どう見たってお風呂で男女がイチャついているようにしか見えないよね。

……ってか！　それを親に見られるって、どんな羞恥プレイ!?　母様！　心配を盾にした出歯亀は止めてください！

……ま、まあ……。ピンク色の空気が霧散して助かったけど……。

「マリア‼　……ああ、御免ねみんな！　ほらっ、迷惑だから出ようよ！」

慌てて入って来たのは、アイザック父様だ。

アイザック父様は、母様と同じくバスタオルを（腰に）巻き付けている。……が、先程の兄様方やセドリックのように、Vラインがチラ見出来る巻き方ではなく、至って普通の巻き方である。

流石は父様！　なんかめっちゃホッとしてしまった。

「何よアイザック！　母親として、娘がちゃんと婚約者と仲良く出来るか心配するのは当たり前でしょ⁉　もしまた不甲斐ないことしていたら、ちゃんと正してあげなきゃいけないし！」

母様。不甲斐ないってどういう……？　しかもどうやって正すと⁉

「……母上。それは僕達がすることですので、公爵様の仰る通り、もう出て行ってくれませんか？」

オリヴァー兄様が指で額を押さえながら、脱力気味に言い放つ。

先程までの妖しいしっとりとした雰囲気が、母様の乱入によって見事に霧散してしまい、どうやら怒りを抑えているご様子。

私はというと、父様にまでこういう現場を見られてしまった事に気恥ずかしさを感じてしまい、クライヴ兄様の膝の上からススス……と離れた。

そこで、ちょっとバスタオルの結び目が緩んでいる事に気が付き、慌てて締め直す。

ミアさんに手伝ってもらって、物凄くキッチリ縛ったんだが……。やはりお湯の浮力は侮れないな。

……ん？　何かクライヴ兄様が舌打ちしたような気が……？

「分かったわよ！　じゃあ、少しだけお湯に入ったら出るから！」

そう言うと、なんとマリア母様は自分のバスタオルを外し、ボンキュッボンの素晴らしい裸体を惜しげもなく私達の眼前に晒した。

「うわっ！」

「きゃあ！」

「ちょっ！　マリア!!」

セドリックと私が同時に悲鳴を上げ、オリヴァー兄様とクライヴ兄様が、無言でビキビキと青筋を立てる。

そんな私達を気にするでもなく、母様は湯の中へと入ると、気持ち良さそうに溜息をついた。

「あ～！　やっぱり温泉は良いわね♡　まさかバッシュ公爵家(うち)に、こんなの造っていたとは知らなかったわぁ！　これからはまめにこっちに帰ってこようかしら？」

「だったら、他の夫君に温泉浴場をお強請りください！」

「今日お袋が連れて来たの、ボスワース辺境伯だろ!?　あの方なら強請れば、温泉の一つや二つ、すぐに造ってくれんだろうが！」

「え～？　だってこれから社交シーズンじゃない！　いくらブランシュでも、今からこっち(王都)の屋敷に造っていたんじゃシーズン終わっちゃうわ！」

……成程。さっきの美丈夫は、ボスワース辺境伯様でしたか。

辺境伯って、確か凄く偉い人だよね？　う～ん……。相変わらず大物釣っていますね、母様。

……にしても母様、凄いナイスバディだった！

胸は……多分だけど、Fぐらい……あるよね？　ウェストもすっごくくびれていたし、とてもじゃないけど子沢山な既婚者とは思えない。見た目も若々しいし……。私も将来、ああいう身体になれるのだろうか……。特に胸とか……。

「エレノア、君は君だから。無理して母上を目指さなくてもいいんだからね？」

オリヴァー兄様……。なんという絶妙なタイミングでのお言葉。

つまりは小さくても自分は気にしない……と仰りたいのでしょうか？　その優しさ、胸に沁みますが、なんか地味にダメージきます。

「そういえばエレノア、あんたどれぐらい成長してんの？　どれどれ」

「きゃあっ!!」

いきなり母様が近寄って来るなり、バスタオルをずり下げられ、悲鳴を上げる。

幸い縛り直していたお陰で、全部はずり下げられずに済んだが、いわゆる半チチ状態になってしまった。

「あら～、ヤダ、小さいわねー！　私があんたぐらいの時には、もうちょっとあったわよ？　やっぱり婚約者とのスキンシップが足りないのが原因かしらね？」

そのまま遠慮なく触られまくり、硬直してしまった私を、オリヴァー兄様が慌てて抱き寄せた。

か……母様……！　いくら自分の娘だからって、なんってことするんですかー!?

しかも人のコンプレックス煽るなんて……！　自分が爆乳だからって酷い！　貧乳で悪かったな！

「母上！　いくら母親とはいえ、戯言が過ぎますよ!!」

あっ、オリヴァー兄様がブチ切れる寸前だ！　兄様有り難う！　もっと言ってやってください！

「オリヴァー、真面目にあんた、積極的にエレノアとスキンシップしなきゃ駄目よ？　このままじゃあこの子、幼児体形のまま大人になっちゃうわよ⁉」

う〜ん……。なんかこの台詞、どっかで聞いたことが……。あっ！　専属デザイナーのジョナネェだ！　あっちは「揉んでもらえ」だのなんだの、もっと過激で直球な言葉だったけどね。

「そうだ！　私が今使っている、全身マッサージ用のクリームあげましょうか？　ジョナサンからのお薦めだったんだけど、かなり良いわよアレ！　驚くほどなめらかで滑り良いし、ほんの少しだけ入っているびや……」

「言われずともちゃんと考えていますからご心配なく‼　それともう充分でしょう⁉　さっさと出て行ってくださいっ‼」

オリヴァー兄様の突然の大声にビックリする。けど母様、言葉途中で切れちゃったけど、クリームに何が入っているというのでしょうか？

「そうだよマリア、もう出よう！　どう考えても、君はこれ以上ここにいてはいけない！」

父様、何気に言いますね。

でも確かにここまでのやらかしを考えると、このまま母様がここにいたら兄様方がブチ切れちゃって、私に何らかの被害が降り掛かってきそうで恐い。

兄様方が母様のこと、「嫌いじゃないけど苦手」って言っていたけど、その言葉がなんとなく理解出来ました。

「嫌よ！　今出たら身体が冷えちゃうから、もうちょっと入っているわ！」

「グラントに頼んで、君の部屋にある湯船にこっちのお湯張ってあげるから！」

「おーい、邪魔するぞ！」

兄様方とアイザック父様が母様と言い合いしていると、開いていたドアから、今度はグラント父様とメル父様が入って来た。

一瞬ギョッとしたが、二人ともタオルを腰に巻き付けているのではなく、しっかり入浴着を着ていてホッと胸を撫で下ろした。

「ほらな。やっぱりアイザックだけじゃ、マリアは止められねぇって言ったろ？」

「その通りだったようだな。ほら、マリア。子供達の邪魔になっているだろう？　お風呂から上がりなさい。なんなら久し振りに私と入るかい？」

おお！　どうやら父様方、マリア母様を連れ戻す為に来てくれたようだ。

メル父様のお言葉が若干気になってしまったが、セドリックの誕生日だから、二人とも気を利かせてくれたんだろうな（そして入浴着を着て来たのは、間違いなく私への配慮からだろう）。

「なぁに、あんた達まで。……ってかグラント、メルヴィル、何よその恰好！　エレノアじゃあるまいし、あんたらお風呂に服着て来るなんて、馬鹿じゃないの!?」

「か、母様！　父様方は、私の為に服を……」

「あっ……！　成程ー。ひょっとしてあんたら、身体弛んだ？　そういえば、もういい年だものね！　お腹とか出ていて、それ見られたくない……とか？」

「はっはっは。相変わらずだねマリア。そんなに私にお仕置きされたいのかな？」

母様の、まさに「プークスクス」的な小馬鹿にした態度に、余裕でサラリと流すメル父様。

対してグラント父様はというと……。

「……あぁ……？」

流石は脳筋。容易く母様の挑発にのり、額にビキッと青筋を立てた。

「ふざけんなよマリア！　てめぇの方こそ、もう年増じゃねぇか！　無駄にでけぇ胸のたるみ、戻すのに苦労してんじゃねぇのか⁉」

「失礼ね！　たるんでいる訳ないでしょ⁉　それを証拠に、私は身体を隠すようなもの、何も身に着けていないわよ？　あんたと違って……ね？」

マリア母様の挑発に、ビキビキビキ……と、幾つも青筋を立てながら、グラント父様がおもむろに腰紐に手を掛けた。

……ん？　腰紐に手を掛ける……？

「お、親父……っ⁉」

「グ、グラント様っ‼　父上、グラント様を止め……」

兄様方が慌てて湯船から立ち上がった。

――って、ひえっ！　み、見えっ、見えます‼　兄様方‼

私は、慌てて兄様方から目を逸らす。

その結果、危険を感じて背けた顔を、再びグラント父様の方へと向ける結果となってしまったのだった。

「そこまで言うんなら、脱いでやろうじゃねぇか！　俺の身体のどこがたるんでいるのか、その目でとくと拝みやがれ‼」

そう言うなり、グラント父様は、某国民的時代劇の印籠よろしく、「この裸が目に入らぬか⁉」とばかりに、勢いよく入浴着を脱ぎ捨て……マッパになった。

——……わぁ……。物凄い筋肉……。腹筋、めっちゃバキバキに割れてる……。そんでもって……Vラインの下が……した……に……。アレ……は……。

メル父様と、ついでにアイザック父様が、慌ててグラント父様の身体を隠そうとするのを眺めつつ、私はグラント父様の素晴らしき裸体を、どこかぼんやりと見つめていた。

多分だがあまりの衝撃に、目の前の現実を脳が拒否していたのだろう。

だがそこに、マリア母様の能天気なお声がかかった。

「あっら〜、グラント！　や〜っぱあんたの身体、最高に好みだわね！　あそこも相変わらずご立派じゃな〜い！」

「——ッ!?」

途端、思考がクリアになった私の目には……。マリア母様が仰っていた『ご立派』なものが……。

——ここまでの流れ、およそ十数秒。

自分が目にしたモノが何なのか……。理解した瞬間、沸騰するような熱が、いつもの鼻腔内毛細血管に……ではなく、私の脳へと一気に集中し、意識がプッツリとブラックアウトした。

「エ、エレノアッ!?」

「うわっ！　気を失った！　おい、セドリック、助け上げろ！　俺はすぐにタオル持って来る!!」

「はいっ！　エレノア……しっか……り……？」

お湯に沈んでいくエレノアを慌てて救出したセドリックの顔が、みるみる真っ赤になり、慌てて片手で自分の鼻を押さえた。

「セドリック⁉　どうしたんだ⁉」

「オ、オ、オリヴァー兄上……！　タ、タオル！」

「え？」

「そ、そこっ！　エ、エレノアの……タオルがっ！」

セドリックが震える声で差し示す方向を見てみれば、湯に白いものがぷっかりと浮かんでいる。そして、どうやら鼻血を出しているセドリックの腕の中には、白い裸体を晒す小柄な身体が……。

「――ッ‼」

途端、オリヴァーの全身にも一気に熱が駆け抜け、不覚にもセドリック同様、鼻を押さえる羽目となってしまう。

しかも先程と違い、心構えが出来ていなかったがゆえに、下半身までもがヤバイことになってしまったのだ。そしてそれはセドリックも同様で、無様にも互いにエレノアをお湯から引き上げる事すらままならず、己の現状を何とかしようと必死に足掻くしかすべが無い。

――し……しかしこのパターン……以前もどこかで遭遇したような……⁉

「おい！　何してる⁉　さっさとエレノアを……うわっ‼」

「あら～、エレノアったら、湯あたりしちゃったの？　……って、なによオリヴァー。あら、セドリック。あんたらも湯あたり？」

「お袋ー‼　いいから黙れ‼　おいクソ親父ども！　こっち見るんじゃねぇ‼　お袋連れて、とっとと出てけー‼」

気絶したエレノアを間に挟み、鼻血を出してしまった息子達に呑気に声をかけるマリアと、何事かとこちらを振り向いたグラントとメルヴィルを怒鳴り飛ばしたクライヴは、エレノアをオリヴァーから受け取ると、極力見ないようにしながら、バスタオルでグルグル巻きにした。

――……尤も見ないようにしても、やはりソレはソレ。しっかり目には入ってしまうもので……。

まだ未成熟だが抱き上げた時、直に感じた滑らかな肌の感触や、女らしい身体の丸み。そしてささやかながらも成長している胸に、正直自分も兄弟達同様、色々なものが決壊しそうになったが、そこは長男としての矜持をフル稼働して踏ん張った。

……恐らくセドリックもオリヴァーも、暫く湯の中から出て来られないだろう。こうなってみると、濁り湯になっていて幸いだったと言わざるを得ない。

『にしてもこれ、役得と言えるのか!?』

……いや、そもそも母が乱入してこなければ、こんなカオスな状況下でなく、あのまま最高の流れでエレノアと楽しくいちゃつけていたに違いないはずで……。

「畜生！　たまには良い事してくれたなと感謝したが、やっぱりお袋が絡むと、ろくな事にならねぇ!!」

クライヴの魂の叫びが、浴場内に響き渡った。

――こうしてマリアという暴風のおかげで、この年のセドリックの誕生日は、誰にとっても生涯忘れることの出来ない一日となったのである。

ちなみに、グラントの裸をバッチリ拝んでしまった挙句、結果的に婚約者達と裸で混浴してしまったエレノアはというと……。

ショックのあまりに熱を出し、「もう……お嫁にいけない……」とうわ言を繰り返しながら、その後一週間、兄達とセドリックを……というより、バッシュ公爵家の男性全てを面会謝絶にしつつ、半引き籠り生活を送ったのであった。

その結果、予定していた学院復帰は微妙に延びる事となってしまい、各方面……特に王族からは、「エレノアの登校に合わせて公務の予定を組んだのに台無しになった！」と、バッシュ公爵家に苦情が殺到したそうな。

そして全ての元凶となったマリアとグラントには、アイザックによって、半永久的とも言えるバッシュ公爵家への出入り禁止と、エレノアへの接近禁止命令が言い渡される事となったのである。

その結果、宰相室で土下座をしに日参する『ドラゴン殺し』の英雄の姿を、連日多くの者達が目撃する事となったのであった。

姫騎士の登校

本日、王立学院は早朝から浮足立った雰囲気に満ち溢れていた。

そう。生徒、教員、事務員、雑務をこなす使用人……等々、学院に居る全ての人間が浮足立っている状況だ。

それは何故か？

「ああ……！　ようやく、バッシュ公爵令嬢がご登校されるのか……！」

一人の男子学生が浮かれた様子で呟く声が聞こえ、それに呼応するかのように、次々と他の男子学生達が興奮しながら追従する。

その中には「姫騎士が……！」「あの麗しいお姿を、もう一度目にしたい……！」等といった言葉が散見された。

――一ヵ月と少し前。この学院で行われた、ある意味歴史に名を残すであろう『決闘』。

獣人王国の王女達と、この国の宝でもあり、絶対的に守るべき対象である『女性』が……。しかも公爵家のご令嬢が戦うという、まさに青天の霹靂ともいうべき珍事が行われたのである。

まず王家より決闘前日に、王立学院に子を通わせている貴族達全てに対し、決闘が行われる旨が通達された。

その衝撃的な内容には誰もが愕然とし、信じられないという思いを抱いた。

いっそ冗談か悪夢だと言われた方が、まだ納得できる。それほどまでにこの国の者達にとって、それは有り得ない内容であったのだ。

ことの発端とは……。

シャニヴァ王国より、親善大使として留学してきた獣人の王族筆頭である、第一王女レナーニャ。

彼女がこの学院の誇る、貴族令息の鑑とも謳われる、オリヴァー・クロス伯爵令息に懸想したことから、この騒動は始まったのだった。

元々『親善』とは名ばかりな、横暴極まる獣人達の態度に、学院のほぼ全ての者達が眉を顰めていたところ、件の第一王女はあろうことか、彼を自分の『番』と認定し、自分の夫にすると高らかに宣言したのである。

だが彼は、自分の父親違いの妹であり、婚約者でもあるエレノア・バッシュ公爵令嬢を溺愛している事でも知られており、他の女性に見向きもしない、その執着っぷりでも有名な男であった。

それゆえ当然のことながら、あからさまに自分へと恋情を向けてくる第一王女にもすげない態度を取り、その求愛を一蹴した。

その事に怒り狂った王族と獣人達は、バッシュ公爵令嬢に執拗な嫌がらせを繰り返した挙句、遂には『娶りの戦い』という名の決闘を申し入れ、承諾させたのである。

入学当初、『我儘で放漫なうえ、美形の男に目が無い節操無し』と噂されていたバッシュ公爵令嬢だったが、今では噂とはまるで違い、気さくで優しいご令嬢であることを、学院の誰もが知っていた（尤もそれは男性達が殆どで、女性達は未だにその噂を頑なに信じる者が大半である）。

そんな彼女の事だ。きっと相手方の卑怯な策により、無理矢理決闘を押し付けられたに違いない。

そう男性達は理解し、憤った。

なにせ相手は、こちらに留学して来た当初から、人族を見下していた獣人達である。

あの傍若無人な振舞いを見ていれば、彼らがどんな卑怯な手を使ったとしてもおかしくはない。しかも獣人は身体能力に優れているうえ、王族はその全てが支配階級である肉食系獣人なのだ。

そんなケダモノ達と、か弱い貴族令嬢がまともに戦えるはずがない。むしろこれは『決闘』を装った制裁であると、誰もが思った。

だが他国の……ましてや王族が絡んでいる案件だ。

たとえ高位貴族であっても、それを制したり否やと言えるはずもない。

その為、ここまでのやりたい放題を事実上黙認している王家に対し、「王族は何をやっているのか⁉」と憤りの声すら上がった。

——だが決闘は、思いもよらぬ展開を見せたのだった。

嬲り殺されるかもしれぬ恐怖に怯え、震えていると思われたバッシュ公爵令嬢は、驚くべき事に、まるで騎士のごとき装いを身に纏い、皆の前へと現れたのだった。

冴えない平凡な容姿と言われ続けていた彼女の、その凛とした佇まいと落ち着いた態度に、その場に居た者達は皆、息を呑んで魅入られる。

そして始まった戦いは……。アルバ王国側も獣人側も、双方が予想していなかった展開を迎えた。

一方的に嬲られると思われたバッシュ公爵令嬢が、次々と襲い来る獣人族の王女達を、見たこともない剣技と体術で討ち破っていったのである。

その後聞いた話では、彼女はもう一人の父親違いの兄……。かの有名な『ドラゴン殺し』の英雄、グラント・オルセン将軍を親に持ち、やはり婚約者でもあるクライヴ・オルセン子爵令息から、幼い頃より剣技と体術を学んでいたのだという。

なればこそ、あの素晴らしき戦いぶりも納得だと誰もが思った。

だが、最後の相手として戦った第一王女は妖しい術を用い、バッシュ公爵令嬢を痛めつけ、嬲り殺しにしようとした。

——このままいけば間違いなく、バッシュ公爵令嬢の命は刈り取られてしまう‼

誰もがそう思い、絶望に身を震わせたその時。オリヴァー・クロス伯爵令息の声に反応し、バッシュ公爵令嬢が自らの眼鏡を外した。

その後、信じられない光景が目の前で展開し、誰もが驚愕に目を見開いた。

――状況は一変する。

神々しい……女神のごとき美しい姿へと変貌した彼女は、剣に己の魔力を注ぎ込み、第一王女を打ち負かしたのだった。

更にはシャニヴァ王国の王太子に対し、堂々と啖呵を切ったその姿。それはまるで女の身でありながら、祖国の危機をその身と剣で救ったとされる『姫騎士』そのものであった。

――この国の者なら誰でも一度は目にした事のあるお伽噺であり、男性全てが幼き頃に焦がれ、思いを馳せた伝説の英雄『姫騎士』。

エレノア・バッシュ公爵令嬢を見た者は、誰もがその姿に姫騎士の姿を重ねたのだった。


密かに裏で進められていたとされる、獣人王国によるアルバ王国への侵略作戦。

その企みが王家を主体とし、秘密裏に鎮圧されたこと。

その結果、シャニヴァ王国は獣人を恨む東の大陸の連合軍に制圧され滅んだ事が、その後暫くして、貴族ならびに国民達へと知らされたのだった。

獣人の王立学院での暴挙を許していたその背景には、国民に被害を一切出さぬよう、相手を油断させたうえで一網打尽にするという王家の狙いがあった。

その結果、かの国の策略を未然に防ぎ、ただの一人も犠牲を出す事なく、事態を終結させた……等、その事実を知った多くの貴族や国民は、王家への忠誠心を更に不動のものとしたのである。

そして、バッシュ公爵令嬢の戦いについては公にはされなかったものの、実際に目にした者達により、『伝説の姫騎士の再来』として、瞬く間に国中の噂となったのである。

結果、彼女の実家であるバッシュ公爵家には、上位貴族、下位貴族を問わず、連日山のような縁談が舞い込んできているのだという。

その多くは、実際この場で彼女を目にした学生達やその親達からであり、その対応に追われた筆頭婚約者のオリヴァー・クロス伯爵令息が、日々殺気立っているとの、もっぱらの噂であった。

そのバッシュ公爵令嬢が本日やっと、この王立学院に戻ってくるのである。

彼女のあの『真の姿』を目の当たりにした男子学生達はもとより、危険だからと当日登校を禁じられ、話のみを聞かされていた女子学生達も、今か今かとバッシュ公爵令嬢の乗って来るであろう馬車を待ち侘びている。お陰で正門は既に、黒山の人だかりだ。

「――ッ！　おい！　来たぞ！　バッシュ公爵家の馬車だ!!」

その声に場が騒然とし、向こう側からやって来た馬車へと一斉に注目が集まる。

そして人だかりの中心で停まった馬車の中から、オリヴァー・クロス伯爵令息に手を添えられ、降り立つ少女の姿を目にした瞬間、その場の喧騒は水を打ったように静まり返ったのであった。

「……に……兄様……。何でこんなに沢山の人達がいるのでしょうか？」
周囲の雰囲気に気圧され、少し怯えた様子のエレノアに、オリヴァーは安心させるように、優しく微笑んだ。
「大丈夫、緊張しなくていい。皆、エレノアの無事な姿を見たかったんだよ」

「そ、そうなんですか……。あの……兄様。わ、私のこの恰好、どこか変ではないですか？」

「大丈夫。いつもの通り、とても綺麗だよ」

実際、学院に通学する際、常に使用していた眼鏡を外したエレノアは、いつも一緒にいるオリヴァーから見ても、とびきりの愛らしさだった。

キラキラと波打つヘーゼルブロンドの髪は、サイドを胸元のリボンと同じ、黒いシルクのリボンで緩く編み込み、眼鏡に遮られず晒された、キラキラ輝く宝石のような大きな瞳は、不安からか潤んでいて、より一層その美しさを際立たせている。

薔薇色の頬も形の良い薄桃色の唇も、化粧など必要がないほど艶々としている。

これは日頃のウィルやミア、そして美容班達の努力の賜物であろう。

男も女も言葉もなく、エレノアの姿に目を奪われ、釘付けになっているのが分かる。

——憧憬、恋慕、欲情……そして嫉妬と憎しみ。様々な視線がエレノアへと向けられ、絡み付く。

初めて素の状態で登校したエレノアは、それらの感情の波を受け、とても不安そうだ。

「……非常に業腹だが、今やこの学院においての君は、男性にとって憧れの存在となっているんだよ」

「あ……憧れ……!?」

自分の容姿がとびきり愛らしいという事を、未だにあまり理解していないエレノアは、オリヴァーの言葉に信じられないといった様子で呆然としている。

エレノアは前世の記憶持ちなうえ、元々以前の『平凡極まる容姿だった』という自分自身への評価が魂にこびりついている。その為、記憶を取り戻してから今迄ずっと、自己評価が低いままだった。

そして、それに拍車をかけたのが誰あろう、自分達である。

王家対策として、極力他人……というより、他の男達と接しないよう生活させてきた。

その上、お茶会や学院通学といった、どうしても外に出なくてはいけない時などは、男達の関心を集めないよう、偽りの容姿を強要してきたのである。

結果としてその弊害は、彼女の元来の自己評価の低さに拍車をかける結果となってしまったのだ。

マダム・メイデンにそれを指摘され、是正しようとはしているのだが、一旦形成されてしまったものは、覆すのが非常に難しい。

『……それにしても、予想以上だな……』

エレノアへと向けられる、男達の熱量はまさに驚異的とも言えるものだった。

元々の愛らしさに、『ギャップ萌え』がプラスされたエレノアの姿は、今ここにいる男達の目には女神に等しいほど、美しく映っているに違いない。

もし自分達がこうして傍にいなければ、エレノアに愛を請おうと、この場に居る多くの男達が我先にとエレノアの元に殺到していただろう。

だからこそ、出来れば自分自身の魅力を自覚し、自信を持ってほしいのだが……。まあ、それは当分無理だろう。

尤も、その無自覚さこそがエレノアの魅力でもあり、あの堪らなく男心を煽る恥じらいを生み出しているので、自分もクライヴもセドリックも、心の底から変わってほしいとは思っていないのが実情だ。

愛する女性に対する男心とは、全くもって自分勝手で複雑なものである。

「大丈夫。君は真っすぐ前を向いて、堂々と毅然とした態度でいればいいんだよ。……勿論、君らしくだけどね」

「む、難しい……です」

途方に暮れた様子のエレノアに、甘い苦笑が浮かぶ。

確かに今迄は、女性達から向けられる理不尽な嫉妬の視線に晒されてはいたものの、このように男性達から一斉に熱い視線を向けられた事など皆無に等しい。戸惑うのも当然だろう。

「大丈夫。君には僕がいるし、クライヴもセドリックもついている。まあでも唯一良かった点は、君の素晴らしさをこうして、堂々と見せ付けてやれるって事かな？」

そう言うと、オリヴァーはエレノアの手の甲に口付けを落とした。

途端、その場が騒然となり、オリヴァーへと男子生徒達の嫉妬と羨望の視線が集中する。

更にエレノアが顔を真っ赤にさせ、「オ……オリヴァー兄様……！　こ、こんな所で……！」と、小声で抗議しながら恥じらった様子を見せると、「うっ！」「なっ……⁉」と、あちらこちらから声が上がったり、息を呑む音が聞こえたりと、場はさらに騒然としだした。

「おい、オリヴァー。あんまり周りを煽るなよ」

呆れた様子のクライヴに、オリヴァーは我関せずとばかりにサラリと言い放つ。

「ある程度の牽制は必要だよ。クライヴもセドリックも、これからは遠慮しなくていいからね。……ふふ……。それにしても、こういう視線を浴びるのも、結構楽しいものだね」

そう言いながら、余裕の笑みを浮かべて周囲を見回すオリヴァーの目は全く笑っておらず、その鋭い視線を受けた多くの男子生徒は一斉に目を逸らし、再び黙り込んだ。

『これしきの牽制で怯むような男は、たいした脅威にはならない。……懸念すべきはやはり……』

衝撃や嫉妬、そして敗北感……といった、強い視線をエレノアに向けている、女子生徒達の方をチラリと窺う。

彼女達は誰もが一様に、呆然とした様子でエレノアを見つめている。

なにせエレノアの今迄が今迄だっただけに、本当の姿とのギャップを目の当たりにした彼女らの衝撃は、計り知れないだろう。

ましてや婚約者である男達はともかく、自分達に愛を請い、群がっていた男達が波が引くように離れて行った挙句、一心にエレノアへと熱い視線を送っているのだ。

それは今迄、無条件に甘やかされ傅（かしず）かれていた彼女達にとって、筆舌に尽くしがたい屈辱であるに違いない。

『きっと近いうちに、何かしらの行動が起こされるはずだ。油断は禁物だが……。精々利用させてもらおうか』

特に強い視線をこちらに向けている、有力貴族のご令嬢数名を確認したオリヴァーは、そう心の中で独り言ちる。

「さあ、行こうかエレノア」

そう言うと、オリヴァーは未だに真っ赤になったままのエレノアを優しくエスコートしながら、学院の中へと歩いて行ったのだった。

「やあ、エレノア・バッシュ公爵令嬢！　健勝なご様子何より！　可愛い教え子と、再びここでお会い出来て嬉しい限りだよ。……お帰り！」

廊下を歩いていると、バッタリ出会ったのは、私のクラスの担任教師である、ベイシア・マロウ先生だった。

いつも浮かべている、どこか人を食ったような笑顔……ではなく、もう嬉しさ全開！　といった様子で、ニッコニコと笑顔を私に向けている。

「マロウ先生、お久し振りです。長らく休学してしまって、申し訳ありませんでした。……あの、ご心配おかけし……」

「あああ！　君はそんなこと、気にしなくていいんだよ！　むしろこちらとしては、退学しないでくれて有難う！　って、お礼を言いたいぐらいなんだから!!」

ズイッと、急に間合いを詰められて、思わず身体が仰け反る。

流石は攻撃魔法の教師。動きに全く隙が無い。

ちなみに、メガネの美形キャンセラー機能を取っ払った時、初めてちゃんと見たマロウ先生の顔は、絶対美形だろうと思っていた通り、しっかり美形でした。

スッと切れ長な瞳は、薄紫色の髪の毛よりも濃い紫色をしていて、少し垂れ目がち。顔の系統で言えば……メイデン母様みたいな感じの、ちょっと中性的な美形である。

大事なので、もう一度言います。美形です。

だから、いきなり距離を詰められると……ど、動悸が……！　顔が自然と赤くなってしまう。

っていうか！　な、何かマロウ先生も顔赤い!?　しかも目が……なんか蕩けそう……というよりイっちゃってる……ような……？

「……ああ……！　なんて美しい……僕の姫き……」

「え？」

――と、そこで。いきなりマロウ先生が後方に飛びのいた。

「……やれやれ、良いところだったのに。残念！」

そう口にしたマロウ先生だったが、よく見ると頬に紅い筋が……。ま、まさか……⁉

私は慌てて兄様方とセドリックを見るが、皆は何故かマロウ先生ではなく、後方を振り返っている。

するとそこには目付きを鋭くさせ、こちらを……というか、マロウ先生を睨み付けているマテオと、その少し後ろに、マテオと同じ表情をしたリアムが立っていたのだった。

「ワイアット君、邪魔するなんて無粋じゃないか？　折角の教師と生徒との、心温まる感動の再会なんだから！　空気読んでよ！」

「それは申し訳ありません。でも私が邪魔しなかったら、そこの怒れる生徒会長様によって、心だけじゃなく全身温まる……というより、燃えカスにされていたのですから、寧ろ感謝していただきたいですね」

どこまでも冷ややかな口調のマテオに対し、マロウ先生は面白くなさそうな表情を浮かべた。

「おお、こわっ！　見た目全然似ていなくても、やーっぱ兄弟だよね～君達！」

「分かり切ったこと言ってないで、とっととどっか行ってください！」

私達を間に挟み、マテオとマロウ先生が、バチバチと火花を散らしている。

……え～と……。燃えカスって、オリヴァー兄様に燃やされる……って意味で合っているのかな？

ひょっとして兄様、マテオやリアムが来たのが分かっていて、自分は手を出さなかったとか？

……って、あ！　兄様の右手に魔力残渣が！　……マテオの言う通り、殺（や）る気でしたのね兄様。

「……ベイシア……」

リアムの声に、マロウ先生が咄嗟に表情を改める。

だがその一瞬後、またヘラリといつもの笑顔を浮かべた。

「じゃあね、お姫様。また教室で」

ヒラリと手を振り、踵を返すマロウ先生。……ところでお姫様って、私のこと……？

首を傾げながらマロウ先生の後ろ姿を見ていたら、いきなり背後からリアムに抱き着かれた。

「エレノア！　会いたかった!!」

「うひゃあ！」

……思わず、色気のない悲鳴を上げてしまったのは許してほしい。

ぎゅうぎゅうと私を抱き締め、顎を頭の上に乗せ、ぐりぐりしていたリアムは、当然というか、クライヴ兄様によってベリッと引き剥がされる。

「リアム殿下。いくら挑戦権を得ているとはいえ、婚約者の目の前での愚行は頂けませんね」

めっちゃ冷ややかに釘を刺すクライヴ兄様に対し、リアムはと言えば……「何言ってんだよお前？」的な表情をしている。

「婚約者の目の前で……って、お前達がエレノアの傍から離れるなんて有り得ないだろう！　だったら、いつやっても変わらないじゃないか」

――……な……成程。確かに。

学年が別のオリヴァー兄様はともかくとして、同じクラスのセドリックは元より、専従執事のクライヴ兄様は、基本トイレ以外は常時私の傍にいる。

つまり、「婚約者がいる前でやらかすな」ということはすなわち、「いついかなる時も近寄るな！」と言っているようなものなのである。

「それに挑戦権を得た者に対しては、求愛対象のエレノアが拒否するならともかく、何人もそれを疎外することは出来ない。……たとえ婚約者であってもだ。……そうだろう？」

リアムの言った事は事実のようで、オリヴァー兄様は敵意剥き出しで、クライヴ兄様は憮然とした様子で、セドリックは複雑そうな表情で、それぞれリアムを睨み付けている。

それに対し、リアムは一切怯む事無く、不敵な笑みを浮かべる。

えっ⁉　ど、どうしちゃったのリアム⁉　やんちゃワンコ系男子の貴方が、そんな表情浮かべるなんて……。この短期間で一体何が⁉

はっ！　ま、まさかと思うけど、ひょっとして男子の嗜(たしな)み的な修行……しちゃった⁉

「……確かにその通りですね。ですが、最低限の節度はきちんと守っていただきます」

「分かっている。口付けは許可されない限りは絶対にしない」

「口付けだけではありません。性的接触と思われるものは全て禁止です！　ちなみに、抱き着くこともそれに値しますので、あしからず！」

「あれは単純に親愛を示す為の触れ合いだ！　性的要素なんて無い！」

「それを決めるのは殿下ではありません！」

「お前らでもないだろうが！　エレノア！　俺は普通に抱き着いただけだよな⁉　別に不埒な動きとかしていなかったよな⁉」

「エレノア！　殿下に対してでも遠慮はいらないよ？　迷惑なら迷惑だったとハッキリ言っていいん

だからね!?」

私は、オリヴァー兄様とリアムとのやり取りの所為で真っ赤になってしまった顔を俯かせ、プルプル震えていた。

——……ちょっと待ってください。なんなんですか？　この公開羞恥プレイは!?

こ……こんな青少年が通う健全なる学び舎で、周囲からガン見されている状況下で、性的接触だの不埒な動きだのと、朝っぱらからなに真剣に言い合っているんですかあんたら!!

ほんっとーに、アルバの男達……というより、この世界って、デリカシーってもんがないのか!?

「……オリヴァー兄様とリアムの……バカッ!!」

「えっ!?　エレノア!?」

「エレノア！　エレノア！　ちょっと待ちなさい！」

涙目になりながらそう叫んだ後、私は自分の教室目指して猛ダッシュしたのだった。

——……当然の事ながら。少しだけ走った所で、私はあっさりクライヴ兄様に捕獲された挙句、抱き上げられてしまった。

勿論、セドリックもちゃんと私の傍に来ていた。……というか、ちゃっかりリアムとマテオも。

オリヴァー兄様はいないから、きっと自分の教室に向かったのだろう。

「エレノア！　俺達から離れるなって言っていただろうが!!」

「うう……クライヴ兄様。だ、だって……！」

「あー、分かった分かった。取り敢えず教室行くぞ？」

真っ赤な顔で、うるうるしている私の頭をよしよしと撫でながら、兄様は自分の腕に私を腰かけさせるように抱っこし直すと、そのまま歩き出した。後ろでは何やら、セドリックとリアムが軽く言い合いをしている。

それにしても、クライヴ兄様に抱っこされているお陰で、私に声をかけてきたり近付いたりする人はいなかったけど……なんというか、めっちゃ視線を感じて居たたまれない。地味に恥ずかしい！

多分教室までこのままだろうから、頼むから早く着いてほしい！

なるべく周囲を見ないようにしながら運ばれ、ようやく教室まで到着した時には、なんかどっと疲れ果てていた。うう……。まだ授業を受けてもいないのに……！

「……エレノア。いいか？　ここからは戦場だ。気を引き締め、心してかかれ！」

「は……はいっ！」

教室のドアの前で、私はゴクリ……と喉を鳴らした。

クライヴ兄様、セドリック、そしてリアムも、険しい表情を浮かべている。戦うのは私だけのはずなんだけど、何故か皆すでに臨戦態勢のようだ。

頭の片隅に、ほら貝の音が鳴り響く。気分はまさに、戦国武将の出陣である。

まずはセドリックとリアムが教室へと入った後、勇気を振り絞り、足を踏み入れる。

――もし私に求婚してくる人がいたとしても大丈夫！

あの何度も復唱した日々を思い出せ！　表情を無くして、あくまでクールに「お断りします」……この言葉を言えばいいだけなんだから！　頑張れ私!!

「お……おは……」

「――!!　バッシュ公爵令嬢!!」

「エレノア嬢！」

　すると私の姿を目にした途端、教室内にいた婚約者のいない男子生徒達が一斉に、私の元へと駆け寄って来た。

　ひぇぇっ!!　い、いきなりキター！　あっ！　オーウェン君もいた！

「エレノア嬢!!　どうか、僕の婚約者になってください!!」

「私の全てを貴女に捧げます！　どうかお受け取りくださいませ！」

「戦う貴女を目にした時から、僕の心は貴女で一杯です！　婚約者などと贅沢は申しません！　どうか恋人の一人に……！」

「麗しの姫騎士様！　貴女の心を得られるのならば、私はこの先一生、誰も、何も要らない……!!」

　……ほぼ全てのクラスメート達に取り囲まれ、口々に口説き文句を投げかけられ……私の脳は真っ白にフリーズしてしまった。

　あ……。頭の片隅でオリヴァー兄様が「クールにお断りだからね!?」って、叫んでいる気がする……。

　分かっています兄様！　で、でもこの……。いつもの爽やか草食系男子はいずこ!?　とばかりに肉食獣さながらのギラつきっぷりが……。こ、恐いんです……ッ!!

　思わずといったように、クライヴ兄様とセドリックの方へと縋るような視線を向けるが、二人とも物凄い渋面になってはいるものの、動こうとはしない。

　……ですよね。こういうド直球なプロポーズは、申し込まれた本人しかお断りとか出来ないんですもんね。いくら婚約者でも、立ち入ってはいけない領域なんですよね。分かっています。

わ……私が……何とかしなくちゃ……!!

滅茶苦茶不安そうに私を見ている（であろう）クライヴ兄様、セドリック、そしてリアムの声無き激励をヒシヒシと感じつつ、私は覚悟を決め、深呼吸するように息を大きく吸い込んだ。

『クールに厳しくお断り』

……実はこれ、案外難しいのです。

なんせ私、今迄そういった経験なかったたし、そういうお断りの仕方って、ごく自然に生活して身に付けるものだしね。

って訳で、バッシュ公爵家では連日、女性からお断りを食らった経験のある召使達が、徹底的にスパルタ方式で私を鍛えてくれたのだ。

「お嬢様！　眉を下げないで！　遠慮・容赦・憐れみ等、一切不要!!　生ゴミを見るようなお気持ちで!!　……う～ん……。顔が硬い！」

「『この身の程知らずの羽虫が！』というお気持ちを込めて！　……駄目だ、声が上ずっている……。あっ、今噛みましたね、お嬢様!?」

「腰が引けておられますよ!?　両足踏ん張らないで！　優雅に楚々と、そして下僕を見下すように!!　お嬢様！　目だけです！　一緒にお顔を下げないで!!」

……等々。そりゃあもう、毎日必死に練習しました。……結局最後まで及第点を取れなかったけど。

にしたって、本当にアルバ女子のお断りって凄まじいな！　私がこんなお断り方されたりしたら、女性不信になるか引きこもりになるかしちゃいそうだよ。

うん。アルバの男性達が、必死に己のＤＮＡを高め進化させている理由が、ここにきて激しく理解出来てしまいました。

ちなみに初めに指導された時はあまりの不憫さに、「みんなは十分カッコいいし、素敵だからね！自信持って！」って、激励したんだけど……。

「大丈夫です！　お嬢様！」

「誰しもが一度は経験している事ですし、エレノアお嬢様に癒されましたから！」

「それでこちらに就職出来て、結果、エレノアお嬢様にお仕えする事が出来たのです！　寧ろご褒美です！」

「あの時流した涙は、今の幸せな日々を得る為だったと、そう信じております！」

……等と、非常に前向きな言葉が返ってきたのだ。

う……うん……。みんなが幸せそうで、何よりです。

ちなみに兄様方やセドリックは、『お断りする』側だった上、男性特有のジェントルで柔らかいお断りしかやったことがなく（クライヴ兄様も、そこらは弁えてお断りしていたらしい）、私達の特訓には参加しなかった。

「……これは……凄まじいねぇ……」

「……話には聞いていたが、マジで容赦ねぇし、えげつねぇ……」

「……エレノアに出来るかな……これ」

等と言いつつ、楽しそうにお茶を飲んで見学していた兄様方とセドリックに対し、「あんたら、見世物じゃありませんからね!?」と、何度心の中で叫んだことか……！

――……等々。一瞬にして、走馬灯のように脳内を巡った回想シーン、終了。

私は思考を元に戻し、目の前の現実を直視する。

この大多数を相手取り、あの不完全なお断りで、果たして乗り切る事が出来るのだろうか？　……答えは『否』だ。

きっと、言葉を噛むか、とちるかしてパニック状態となり、しどろもどろの状態になってしまうだろう。ならばいっそのこと、オリヴァー兄様も仰っていた『私らしい』お断りで勝負するしかない!!

私は、私を熱烈な視線で見つめるクラスメート達を前に姿勢を正し、腹に力を込めた。……そして。

「ごめんなさいっ!!」

気合一発。そう口にした瞬間、深々と頭を下げた。

角度は四十五度。……そう。前世の日本において、不祥事を起こした政治家や企業のトップがよくやる、己の誠意を最大限に示す角度である。

「皆さんのお気持ちは、とてもよく分かりました！　ですが私には既に、最愛の婚約者達がいるのです！　彼ら以外の夫や恋人を迎える事は、私には考えられません！　だから……お申し込みはお断りいたします！」

シーン……と静まり返った教室内。

四十五度のお辞儀という辛い体勢の中、居た堪れない空気感に、恐る恐る顔を上げると……。何故か皆、一様に頬を染め、目を輝かせていた。

え？　ち、ちょっと待って。私今、お断りしたんだよね!?

「……なんという……。清々しくも潔いお断り……！」

「他者への誠意が溢れんばかりだ……。流石は姫騎士……!!」

「こ、このような……優しさと思いやりに溢れたお断りが、嘗てあっただろうか……。いや、ない！」

「ああ……！　エレノア嬢の優しさに包まれ、昇天しそうだ……！」

……等々、何かめっちゃ喜んでいるっぽいご様子。

「分かりました、エレノア嬢！」

「僕達、貴女の誠意あるお断りにお応えすべく、更なる努力を重ね、自身を高めるべく邁進致します!!」

「その時、また貴女に求愛致します！　決して諦めません!!」

――いや、諦めてください!!

動揺しつつ、クライヴ兄様とセドリックを見ると……あれ？　何か喜色満面だよ？　リアムも超羨ましそうだ。

後にマテオから、マロウ先生が教室の前で「姫騎士……尊い……!!」と呟きながら身悶えていたと聞かされたんだけど、私からしてみたら、「いや待って！　おかしいから、あんたら!!」と声を大にして言いたい。

何でお断りされて喜ぶんですか!?　ドMなんですか!?　色々おかしいでしょ!?

「エレノア。何度も言うが、アルバの男はこうと決めた相手には、どれだけ冷たくされようが詰(なじ)られようが、めげない生き物なんだ。たとえお前が冷たくお断り出来ていたとしても、きっと一度や二度じゃ諦めなかっただろう」

クライヴ兄様のお言葉に、リアムもうんうんと頷く。

「そうだよな。父上達も、母上に何度拒絶されても諦めなかったし、結局嫁にしちゃったしな。しかも母上の罵詈雑言、かなり凄まじかったっていうから、エレノアのあの断り方じゃ、寧ろご褒美だろ」

「でもあのお断りの仕方、エレノアらしくて、とても良かったよ！　まさか女性が頭を下げるなんて想像も出来なかった分、意表もつけたし、顔が見えないからボロが出にくかったし！　……それに僕達のこと、最愛の婚約者って言ってくれたし……」

最後らへん、頬を染めてそう語るセドリック。そしてクライヴ兄様も、満足気に頷く。

「俺達以外はいらないってあの言葉、胸に響いたぞ！　オリヴァーもそれを聞いたら、さぞや喜ぶだろう！　今後もあの調子で、バンバン断りまくれよ！」

……クライヴ兄様とセドリックがなんで喜んでいたのか、理由が分かった。

そしてあの断り方、しっかり及第点を頂けたようだ。……でもこう……なんか違う気が……？

それにしても、諦めずに何度も挑戦してくる相手に対し、これからもアレ、やり続けるんですか。結構腰にくるし、疲れるんですけど……。

「エレノア、今度王宮(うち)に遊びに来たら、俺や兄上達にもさっきのアレやってみてくれよ！」

妙にワクワクしているリアムを見て、私は激しく脱力してしまったのだった。


「お断りします！」

「ごめんなさい！」

「もう婚約者は足りています！」

「諦めてくださいっ!!」

——……その後も、休み時間や廊下を歩く度、求愛してくる男性達に、私は例の『お断り』をやりまくった。

しかし何故か、断られた人達全員、みんな笑顔全開なんです。キラキラしているんです。ハッキリ言って恐いです！　アルバの男性、どんだけドMなんだ!?

お陰で喉は枯れるわ、腰と背中は痛くなるわ、HPは削られるわで、流石に疲れ果ててしまった私は、まだ午前中の授業が残っているにもかかわらず、今現在カフェテリアにて休憩を取っている。

……しかも何故か、クライヴ兄様にお膝抱っこをされながら。

「はい、お嬢様。お茶をどうぞ」

「…………………」

執事モードの、笑顔全開状態のクライヴ兄様が、私の口元へとティーカップを持ってくる。

……おかしいなぁ……。私は疲れた喉を潤す為、お茶を飲みに来ただけだったんだけど。何でわざわざこんな体勢で、お茶を勧められているのかな？

「あの……。クライヴにい……クライヴ。わ、私……椅子に座って自分で飲めるから……」

「駄目ですよ。いつもは授業をサボらず、ちゃんと参加されているお嬢様が、この時間にお茶をしたいだなどと仰るなんて、余程お疲れなのでしょう？　体調もまだ万全ではないのですから、どうか遠慮なさらず、私に思い切り甘えてください」

「い、いやその……。遠慮とかではなくてですね……。ク、クライヴがここまでしなくても、いいんじゃないかと……」

「何を仰いますか。私はエレノアお嬢様の専従執事なのですよ？　疲れたお嬢様を癒す為に、その場で出来る最善を尽くすのは当然のことです」

涼し気な様子で、クライヴ兄様がいけしゃあしゃあと、そうのたまう。

いやいや兄様。私は普通にお茶を飲みたいだけなんですよ。寧ろこの状態、羞恥でＨＰ削られまくっているんですが⁉　ハッキリ言って私を癒すというより、兄様が楽しみたいだけなんじゃないですかね⁉

「心外ですね。なぜそのようなことを仰るのですか？」

あっ！　兄様ったら、今私の心を読みました⁉　……え？　口に出していた？　ご、ごめんなさい。

「……だって明らかに楽しそうだし、周囲に見せ付けるようにしているのが、丸わかりなんですもん」

「そりゃあ楽しいに決まってんだろ？　お前が眼鏡をしていた時は、こういった事は出来なかったからな」

素に戻った兄様に、しれっとそう言われ、グッと言葉に詰まる。

……だって、顔面偏差値が化け物レベルの兄様方と、（眼鏡していたからだけど）ドブスとのイチャつきなんて、周囲からすれば、違った意味で目が痛い以外のなにものでもないでしょう⁉

だからスキンシップも、頬へのキス止まりにしてもらっていたのである。

ゆえに当然というか、こういったイチャつき目的の給仕も、やってもらったことは無い。

どうやらクライヴ兄様にとって、それが物凄く不満だったらしい。で、今現在のこの状況な訳なのです。

「はい、お茶を飲んで。喉がカラカラでしょう？」

……確かに。お断りするのに声張り上げすぎて、喉がカラカラです。

仕方なく、促されるまま、爽やかな香りの紅茶を飲む。

　すると兄様、今度はケーキスタンドから、今が旬の栗を使った、ミルククリームたっぷりのケーキを皿にのせ、一口大にフォークで切り取り、口元へと運んでくれる。

「はい、お嬢様。あーん」

「……あーん……」

　パクリ……と、ケーキを頬張る。すると、ホクホクした栗の甘味と濃厚な生クリームとが合わさった、なんとも言えない優しい美味しさが口一杯に広がる。……ううう……。凄く美味しい……！

　そして、ケーキの合い間の絶妙なタイミングでお茶を飲まされる。

　このスマートな対応……。流石はクライヴ兄様！　ジョゼフに及第点を貰っただけの事はありますね！

『う〜ん……。美味しい飲み物とお菓子で癒される！』

　……けど、やっぱり恥ずかしいし、このブッ刺さってくる鋭い視線に、気持ちはちっとも癒されない。

　チラリと周囲を見てみれば、やはりというか、このカフェテリアを溜まり場にしているご令嬢方が、敵意剥き出しの表情でこちらをガン見している。

　……なんかデジャブ……。

　獣人王女達がいた時も、こんな感じだったなぁ……。

　そんな彼女らの横や後方には、取り巻きであろう男性達が控えているのだが、なぜかいつもよりも明らかに数が少ない。

　しかも男性達もご令嬢方同様、こちらに視線を向けていて、そんな彼らをご令嬢方が癇癪を起して怒鳴り散らしている。……そんな姿が、あちらこちらで見られるのだ。

「クライヴ……兄様。なんか男性の数、少なくないですか？」

こそりと小声で問いかけると、クライヴ兄様も私同様、小声で返してくる。

「そりゃあ、求婚していた取り巻き連中がいなくなったからだろう。今いるのは元々婚約していた連中と、恋人として認められた奴らだ。……だがあの調子じゃ、更に男の数は減るかもな？」

クライヴ兄様がそう言った直後、ご令嬢の金切り声が響いた。

「もういいわ！　貴方なんて婚約者から外すから!!　私の前から消え去りなさい!!」

事実上の婚約破棄を言い渡された男子学生は、許しを請う訳でもなく、ただ静かにご令嬢へと貴族の礼を執った後、カフェテリアから出て行ってしまった。

多分、その態度も気に入らなかったのだろう。婚約破棄した側であるはずのご令嬢の方が癇癪を起し、残った男性陣に当たり散らしている。

「この国では、男からの婚約破棄は許されない。……が、女からなら容易く出来る。このままいけば、婚約者が一人もいないご令嬢が出てくるかもな」

クライヴ兄様は、皮肉気にそう呟いた。

……って、え!?　そ、そんなこと、起こり得るのかな!?　だってアルバの男性達は皆、希少な女性達に選ばれ、自分のＤＮＡを後世に残すべく努力しているのに。

私は信じられない思いで、癇癪を起すご令嬢と、それを宥める婚約者達の姿を見つめた。

『多分あの男は、わざと自分の婚約者の怒りを買う為に、あからさまにエレノアへと熱い視線を送っ

ていたのだろうな……』

戸惑うエレノアを見ながら、クライヴは胸中で独り言ちる。

いや、エレノアのことを称えるような台詞を口にしていたのかもしれないな。

ならば、あのご令嬢の様子も納得だ。

今迄自分を称賛していた男が他の女のことを手放しで褒めれば、それはさぞかし怒髪天を突くだろう。

男達がやみくもに女性に傅き、愛を請い、理不尽を理不尽と思わず耐える。……そんな世の中の常識が、少しずつ変わろうとしている。少なくとも、この学院の中では。

——エレノアへの求婚者がまた増えるのは業腹だが……な。

そう心の中で呟くと、クライヴはチョコレートタルトを手に取り、エレノアの口元へと持っていく。

するとエレノアは無意識に頬を染め、恥じらいながらタルトを口にした。

「お嬢様。お口にチョコレートが付いていますよ？」

唇を指で拭ってやりながら、更に恥じらうその愛らしい仕草を、カフェテリア中にいる男達へと見せ付けてやると、先程よりも更に多くの嫉妬と羨望の視線が突き刺さってくる。

その中に、殊更強く殺意すら含んでいるかのような視線の出所を素早く確認した後、クライヴは極上の笑顔をエレノアへと向け、その甘い唇へと口付けたのだった。

レイラ・ノウマン公爵令嬢

『何故なの……!? 何故、こんな事になっているのよ……!!』

豪奢な金髪と、きつめな翡翠色の瞳を持ち、傍に数人の男子生徒や従者を侍らす美しい少女が、心の中で叫ぶ。

よく手入れをされているのが一目で分かる、光沢のある形の良い爪を、彼女は無意識に噛んでいた。

彼女の名は、レイラ・ノウマン。四大公爵家の一つ、ノウマン公爵家の長女である。

彼女が睨みつけていたのは窓際に近い、少しだけ他の席から離れた位置にあるテーブル。そこは王族である第四王子、リアムの為に設置された場所(スペース)であった。

だが今現在、そこにはリアムではなく、とある男女が我が物顔で寛いでいる。

『……エレノア・バッシュ公爵令嬢……!』

レイラは胸中で、忌々し気にその名を呟く。

次いで少女を腕に抱き、優しい眼差しを向けている男性へと視線を移した。

燃えるような銀糸の髪。美しいアイスブルーの瞳。誰もが極上と口を揃える、精悍なる美貌。鍛え上げられた体躯。……その姿を目にするたび、湧き上がる想いに瞳が潤み、胸が疼く。

『クライヴ・オルセン子爵令息……』

先程エレノアを見ていた時とは打って変わり、恋情のこもった熱い眼差しを、レイラは美しい青年へと向けていた。

――クライヴ・オルセン。

『ドラゴン殺し』の英雄であり、この国の軍事を統べる大将軍、グラント・オルセン子爵の一人息子。

そして、前副会長だった男。

一目見た瞬間心を囚われ、数多の令嬢達同様恋い慕い、求愛し続けた相手である。

自分が出逢った当初、彼は父親が一代限りの男爵であり、身分がほぼ平民であった。

だがそんな事、自分にとってはどうでも良かった。とにかく彼が欲しくて仕方がなかったのだ。

勿論、身分があまりにも低すぎる為、夫としては一番低い立場にしてしまう事になるだろうが、その分一番の寵愛を与えるつもりでいた。

なのに彼は、「女に興味が無い」とばかりに、どの令嬢の求愛や誘いにも乗らなかったのだ。それは自分に対しても同様で……。

だが基本、男性は女性が強く望めば、最終的にはそれに従う。

ましてや他の女性達とは違い、自分は四大公爵家の一柱である、ノウマン公爵家の一人娘なのだ。その自分に望まれるなど、どの男にとっても栄誉以外のなにものでもないはずだ。

それに彼は平民だ。だからいずれは、自分の求愛に応えてくれるものと信じて疑わなかった。

……なのに結局、彼は最後まで自分に見向きもせず、あろうことか嫌っていたはずの父親違いの妹、エレノア・バッシュ公爵令嬢と婚約をしてしまったのだ。

さして美しくも可愛らしくもない上、我儘放題で兄を兄とも思わず、平然と見下す少女……。

エレノア・バッシュ公爵令嬢は、そう世間で噂されていた。

そんな女に、自分は最愛の夫候補を奪われてしまったのかと、怒りで目の前が赤くなる思いだった。

だが、意に沿わぬ婚約であったろうに、クライヴ・オルセンはその後、婚約した事を理由に全ての求愛を一蹴したのだった。勿論、私の求愛もだ。

婚約者よりも身分が上の女性に求められれば、筆頭婚約者でなければ恋人ぐらいにはなれるというのに……。彼はそれすらも拒んだ。

学院にエレノア・バッシュ公爵令嬢が通い出し、そのあまりの不器量さを目にした瞬間、「あんな娘に……！」と怒りが湧いたが、それよりも許せなかったのは、クライヴ・オルセンのバッシュ公爵令嬢に対する態度だった。

噂に反し、彼は愛しくて仕方がないというような甘い表情で、婚約者である妹のことを見つめていたのだ。バッシュ公爵令嬢もそんな兄に信頼を寄せ、時に甘えるような仕草を見せる。

——あんな表情、私や他の令嬢達にも見せた事が無かったのに……。

なんで……なんで、あんな不細工で、何の魅力もない小娘なんかに……!?

燻り続ける彼への思慕と、バッシュ公爵令嬢への嫉妬と敵意。

その種火は消える事なく、私の胸の中で徐々に大きくなっていったのだった。

「お父様！　何故です!?　バッシュ公爵家から手を引くって……！」

私に対しては常に甘く、優しい態度を崩さない父、リオ・ノウマンが、渋面を浮かべながら私を見つめている。

「弟のカミールを、バッシュ公爵令嬢の婚約者にする代わりに、クライヴ・オルセン子爵令息を私の婚約者にするよう、バッシュ公爵家に打診してくださるって、そう仰ったではないですか！」

「ああ。そう思っていたのだが……状況が変わった。今、バッシュ公爵家の不興を買うのは不味い。……それにアイザックだけならともかく、あの筆頭婚約者の若造……。あれは曲者だ。慎重に事を進めなければ、この私ですら容易く揚げ足を取られてしまいかねない」

いつもの、自信に満ち溢れている父の姿からは想像もつかない弱気な発言に、頭にカッと血が上ってしまう。

「オリヴァー・クロス伯爵令息ですか？　でもお父様、彼はいずれバッシュ公爵家に入るとはいえ、たかが伯爵令息ではないですか！　四大公爵であるお父様なら彼一人ぐらい、どうとでも出来ますでしょう⁉」

「……そういう、単純な話ではないのだよ。とにかく、その話はここで終わりだ。ああ、レイラ。そんな顔をするんじゃない。手を引くと言っても一時的なものだ。いずれ必ず、お前の望みは叶えてあげるから」

そう言いながら、優しく私の頬を撫でようとする父の手を払い除けると、私は父の書斎を足早に後にする。

そうして憤りながら廊下を歩いていると、その先に弟の姿を認め、眉を顰める。

獣人達が起こした騒動以降、弟をはじめ、学院中の男達は口々にエレノア・バッシュ公爵令嬢を『姫騎士の再来』と褒め称え、その素晴らしさを熱に浮かされたように語り合っていた。

話によれば、バッシュ公爵令嬢は自ら剣を持ち、獣人の王女達と対決して勝利したのだという。そんな荒唐無稽な話、王家からの通達が無ければ、到底信じられなかっただろう。

それにしても……。

女が自ら剣を持ち、戦う。

その有り得ない行動が、これほどまでに男達の心を掴むなんて想像もしていなかった。

冴えない女が剣を持って戦った。……ただそれだけの事だというのに、何をそこまで浮かれる必要があるのだ。

しかも許せないのは、今迄私に求愛していた者達の多くが、私の元に侍らなくなったという事実だ。以前は彼女のことなど、欠片も興味を持っていなかったこの弟でさえ、彼女との婚約を望むようになった。

業腹ではあったけど、父も彼女に興味を持ち、バッシュ公爵家に対して弟の婚約を推し進めようとした。その際、私はこれ幸いと、カミールの代わりにクライヴ・オルセン子爵令息を私の婚約者にしてくれるよう、父に頼んだのだ。

四大公爵家の一柱である、ノウマン公爵家と縁続きになれるのだ。

たかが子爵令息など、喜んでその提案に飛びつくと思っていたのに、聞けばバッシュ公爵家からは、どちらの婚約も一蹴されたのだという。

それに対して父が抗議するかと思えば、あっさりと手を引くだなどと……。

『きっと、あのバッシュ公爵令嬢が、オリヴァー・クロス伯爵令息を使って裏で動いたのよ。彼はあの婚約者に骨抜きなのだもの！』

貴族の中の貴族と謳われ、絶世の美貌と知性を誇る、現生徒会長の姿を脳裏に思い浮かべる。

そういえば彼は、私とクライヴ・オルセンの仲を何度も邪魔してくれた。それもきっと、あのバッシュ公爵令嬢の差し金に違いない。

お気に入りのおもちゃを他の女に取られまいと、自分を溺愛している兄を利用し、邪魔をしていたのだ。

『忌々しい女……！　あの女さえいなければ……！』

「……姉上。何か良からぬ事を考えておられませんか？」

擦れ違いざま、カミールが静かに声をかけてくる。

クライヴ・オルセン子爵令息には見劣りするものの、父親と同じ赤銅色の髪とはしばみ色の瞳を持った、落ち着いた佇まいの美しい容姿をしている子だ。

ただ、常に穏やかであったその表情はいつもと違い、酷く冷ややかなものだった。

はしばみ色の瞳にも、どこかこちらを探るような疑心の色が浮かんでいる。

「カミール？」

「……もし姉上が、他の気に入らないご令嬢に今迄されていたように、エレノア・バッシュ公爵令嬢にも害をなそうとされるのならば……。私もそれ相応に動かさせていただきます。それをゆめゆめ、お忘れなきよう」

「な……っ！　あ、貴方、姉である私に対して、何を……!?」

「失礼致します」

話し終えるのを待たず、カミール（弟）は踵を返す。

私は呆然としながら、その後姿を見つめるしか出来なかった。

弟には今迄、あのような目で見られる事も、ましてや諌めるような言葉を投げかけられた事もなかった。

なのに、何故今になってそんな事を口にするの⁉

何で私があの女の所為で、こんな屈辱的な目に遭わなくてはならないのよ⁉

屈辱感に打ち震え、迎えたバッシュ公爵令嬢の登校日。そこで私は更なる屈辱を味わう事となった。

今迄不器量だと信じていた彼女は……。美しい婚約者達と一緒にいても、さほど見劣りしない程度の、愛らしい容姿へと様変わりしていたのだった。

艶やかに波打つヘーゼルブロンド。黄褐色の大きな瞳は、まるで宝石のように煌めいている。

バラ色の頬。小さな薄桃色の唇。婚約者達の色を纏い、とまどうような仕草を見せる彼女は、男達の庇護欲を否応なく掻き立てていた。

その場に居た男性の誰もが、彼女に魅了されている。

その中には、私の弟であるカミールの姿もあった。

……私の中にくすぶり続けていた種火が、激しい炎となって燃え上がるのを感じた。

『エレノア……バッシュ公爵令嬢……！』

――アノオンナサエ、イナケレバ……‼

憎しみと嫉妬の炎が、胸中でどす黒くうなりを上げた。

姫騎士の真実

よりによって、カフェテリア内で衆目の中、キスをされてしまった私は、脳内沸騰状態に陥ってしまった。

挙句、そのままクライヴ兄様に横抱きにされた状態で、カフェテリアを後にする事となってしまったのだった。

幸い出てすぐ、お姫様抱っこから解放されたんだけど、あちらこちらで私に求婚をしようと狙っている男子生徒達を避ける為、再びクライヴ兄様にお姫様抱っこをされ、教室へと向かう。……なんだかなぁ……。

――嗚呼……。一日目でこれだなんて……。私、これから学院生活やっていけるのかなぁ……。

「ところでクライヴ兄様。お聞きしたい事があるのですが……」

「ん？　何だ？」

「あの、『姫騎士』ってなんでしょうか？」

そう。この『姫騎士』って言葉、決闘の時から今現在に至るまで、色々な人達が私に対して口にしているのだが、私は何故、自分がそう呼ばれているのかがよく分からないのだ。

――女なのに剣を使って、騎士のような格好をして戦ったからかな？

最初は単純にそう思っていたのだが、『姫騎士のようだ』だの『姫騎士の再来』といった言葉が飛び交うたび、それも違うのかな……と思うようになってしまったのだ。

つまり、『姫騎士』ってのは実在していた人物で、私とその人物を重ねて、そう呼ばれているのかなって。

王宮では疑問を解消しようとするたび、飢えていたり、リハビリで忙しかったり、ロイヤルの顔面偏差値に目を潰されそうになったり、誕生日パーティーでパニック状態になったり、お風呂場でやらかしたり……と、トラブル続出だった為、疑問が解消する暇もなかった。

バッシュ公爵家に帰ったら帰ったで、やはり色々あった為、ついつい『姫騎士』についての疑問が解消せず、今現在に至ってしまったのである。

クライヴ兄様は、疑問を投げかけた私を呆れた様子で見つめた後、話し始める。

「『姫騎士』ってのは、この国の子供が一度は読むお伽噺の主人公だろ……って、そうか。お前は九歳までの記憶が無かったんだったな！　うっかりしてた」

「お伽噺……？」

「ああ、そうだ。『……遥か昔、まだ女性の数が減少しておらず、女性騎士がいた頃の時代。魔王となった者が大量の魔物を従え、この国を滅ぼそうと攻め込んで来た。その時、聖女として覚醒していた女性騎士が、魔物のことごとくを討ち滅ぼし、最終的には魔王を討伐した。その武勲から彼女は、時の王より救国の乙女の証しとして、『姫騎士』の称号を与えられた。そして命が尽きるその時まで、この国を見守り続けた』……とまあ、大まかに言えば、そういった話だ」

更にクライヴ兄様が教えてくれたところによれば、その物語は伝記に近いお伽噺としてこの国で語り継がれており、『姫騎士』は小さい子供……特に男の子達の多くが一度は憧れ、恋をする存在なのだそうだ。

ひえぇ……！　わ、私ってば、そんな恐れ多い存在と同一視されているの？　嘘でしょう⁉

あの後、結局お昼の時間に近いからと、クライヴ兄様と共にカフェテリアへとUターンした私は、授業を終えたオリヴァー兄様やセドリック、そしてリアムやマテオが来るのを待ってから、ランチを開始した（マテオはリアムの従者だけど学生でもあるので、一緒に食事をとるようになった）。

そして私はというと、今度はオリヴァー兄様に膝抱っこされている訳なのだが……。なにやら兄様、めちゃくちゃ上機嫌である。

後方で控えていたクライヴ兄様いわく、「お前のお断りの台詞がな……。こう、胸に響いたらしい」だそうです。

……えっと……でもお願いです。落ち着かないので、普通に席に座ってランチ食べさせてもらっていいですか？

「はい、エレノア。あーん♡」

……オリヴァー兄様。私を膝から下ろす気なさそうですね。

諦めて、差し出されたフォークをパクリと口に含む。……うん、美味しい。

今日の私とオリヴァー兄様のランチメニューは、平たいマフィン（のようなパン）の上に、薄く切られたハムと卵の黄身とチーズを乗せ、その上からクリーミーなホワイトソースをトロリしかけて焼いた、クロックムッシューもどきである。

付け添えに、私の好きな野菜たっぷりのトマトスープがついていて、見た目も食のバランスもバッチリな逸品だ。

セドリックはというと、ミルフィーユのように何層にも具材とパンが重ねられ、上からソースをかけられたサンドイッチ。

それを私達同様、カトラリーで切り分けながら食べている。よく見ればマテオも同じメニュー。どちらも本日のランチセットである。

「ちなみにその『姫騎士』についてだが、王家の人間には、彼女の血が流れているってされているんだ」

リアムが、両面焼きしたパンで、たっぷりのローストビーフや卵、そして新鮮なシャキシャキ野菜をふんだんに挟んだ、クラブハウスサンドのようなものを頬張りながら、そう説明してくれる。

そう。実は先程の『姫騎士』について、今度はリアムから補足説明を受けているのである。

リアムの説明によれば、その救国の聖女は、時の王様から王妃にと望まれたのだそうだ。

そして彼女は沢山の子供を産み、その血は脈々と王家に流れている……とか何とか。

成程、男の子だけじゃなく、女の子も憧れる王道ストーリーですね。

「まあ、エレノアが『姫騎士』って呼ばれているのって、概ねアレのせいだよな」

「アレ？」

『アレ』とはなんぞ？　と首を傾げていたら、何故かリアムが兄様方やセドリックをジト目で見つめた。それに対し、兄様方とセドリックが視線を逸らせている。え？　一体どうしたの？

「マテオ。ちょっとアレ持ってこい。多分マロウなら、常に持ち歩いてんだろ」

「承知しました」

そう言って席を外し、再び戻って来たマテオの手には一冊の本が……。

「やっぱり持っていたか……」と呟きつつ、リアムが手渡してくれた本の表紙を見た瞬間、私は驚愕に目を見開いた。

「――⁉」

何故なら、その表紙には刀を手にし、凛々しい表情で前を見据える女騎士……というか、まんま決闘の時の私の姿が描かれていたからだ。……勿論、眼鏡無しの素顔で。

「ち……ちょっ！　……なっ……⁉　こ……っ！！？」

衝撃のあまり、口をパクパクさせながら、声なき声を発している私の言わんとする事を理解したのか、リアムが本について説明をしてくれた。

それによると、この本は獣人王女達と私との戦いの様子が収められた、所謂ノンフィクションの記録小説……らしい。

既に初版は完売し、何版目かの書籍が一般書店に出回っているのだそうだ。しかも版元と監修は王家なんだとか……って、おい！　ちょっと待て！　なんだそりゃ⁉

「ち、ちょっと待って！　何で戦った本人の知らない間に、こんなもんが世に出回っているの⁉　し、しかも王家が監修って、王家何やってんですか⁉　色々とおかしいでしょ⁉　だ、だいたい、この表紙からして肖像権の侵害ですよ⁉　オリヴァー兄様！　これはバッシュ公爵家が正式に抗議すべき案件じゃないんですか⁉」

恐くて本の中身を見ることが出来ず、握りしめたままの状態で抗議している私に対し、リアムは更なる爆弾を投げつけた。

「何言っているんだエレノア。バッシュ公爵家には、確認と承諾を得る為、試し刷りの段階で献本しているんだぞ？」

「……え……？」

「つまりは、バッシュ公爵家公認ってことだ。……ってか、『しょうぞうけん』ってなに？」

慌てて兄様方とセドリックの方に顔を向ければ、すかさず明後日の方向に顔を逸らされてしまう。

……あんた方……。本欲しさに、私を売りましたね⁉

「ひ、酷い！　あんまりです‼　私は断固として抗議します‼　こ、こうなったら……！　リアム！

この本の出版にあたっての担当者は誰⁉　直接文句を言って絶版に……」

「そうか！　じゃあ今日にでも王宮に来いよ！　担当、アシュル兄上だからさ！」

「……え……？」

途端、目を輝かせながら声を弾ませたリアムの言葉に目を丸くする。

――……はい？　……って、え？　担当、アシュル殿下なの⁉

私の脳裏に、爽やかに微笑むアシュル殿下の顔が浮かんだ。

……あの方に抗議したところで、にっこり一蹴される未来しか見えない。

というか、何で王太子殿下が出版担当やってんの⁉　やっぱり色々おかし過ぎだぞロイヤルファミリー‼

「あ、あの……リアム……？」

「早速、王宮に使いを寄こすな！　久し振りにエレノアに会えるって、兄上達も大喜びだよ！」

いや、私はこの本の文句を言う為に王宮に行くのであって、決して遊びに行く訳ではないんだよ？

そこんとこ、分かってる？　リアム。

「……エレノア。アシュルが担当って時点で、色々諦めた方がいいぞ？」

ク、クライヴ兄様！　行く前から、なに不吉なこと言ってくれてんですか⁉　そもそも兄様方が、見本刷渡された時点で止めてくれていれば、こんなことには……‼

「エレノア。君には大変申し訳なかったけど、それにはちょっとした理由があるんだよ。……まあ僕達も、この本が欲しかったってトコは否定しないけど……」

やっぱり欲しかったから黙認したんだー‼　わーん！　兄様達の馬鹿ー‼　嫌いになっちゃうからねー⁉

「……言い辛いんだけど、バッシュ公爵家の使用人達も、全員それ持っているから。ちなみに今現在はひとり一冊限定販売だけど、増刷したらあと二冊ずつほしいって言っていたよ」

……え？　セドリック、何ですって⁉　使用人全員が持っているって、マジですか⁉

「あー、分かる！　マロウの奴が、『読む用・布教用・保管用に、最低三冊は欲しい！』って言っていたから！　確かに保管するんなら、綺麗な状態でしたいもんな！　初版本は特に！」

マロウ先生ー‼　どこのオタクの台詞ですか、それっ⁉　兄様方も「成程……」「深いな……」って感心しないでください‼

「エレノア、多分無理だろうけど、アシュル兄上との対決、頑張れよ！」

尊いキラッキラの笑顔が目にブッ刺さる……。

リアム……貴方、激励してんの？　落としてんの？　どっちなの⁉

出版の裏事情

授業終了後、兄様方とセドリック、そしてリアム共々王宮へとやって来た私は、笑顔全開な騎士さん方や門番の方々に出迎えられ、王宮内へと通される。

そのまま王宮内へと進むと、極上スマイルを浮かべたアシュル殿下と、何故か国王陛下や王弟殿下方まで加わったロイヤルファミリーが待ち構えており、私はカーテシーをする間も無く、彼らのハグによる熱烈歓迎を受けたのだった。

……ええ。勿論、真っ赤になってヘロヘロになった私の身柄は、オリヴァー兄様とクライヴ兄様が、鬼の形相で彼らからひったくり返してくれましたが……。

「とにかくよく来てくれた！　会えて嬉しいよ、僕の愛しいエレノア」

直球の口説き文句に、頭の中がパーンと弾けた私の後頭部を、クライヴ兄様がすかさず軽く叩いて正気に戻す。

「ア、ア、アシュルでん……」

「アシュル」

「……ア、アシュル様！　本日、私がこちらにお邪魔したのは……」

「うん、リアムから連絡は受けているよ。ここではなんだから、場所を移動しようか。ああ、オリヴァー、クライヴ、セドリック。君達も居たんだったね。久し振り、元気だった？」

アシュル殿下のあからさまな挑発に、兄様方とセドリックの額にビキリと青筋が立った。

互いにそのまま笑顔で睨み合う。

「アシュル。ご令嬢をそのまま立たせておくものじゃない。早くサロンにエスコートしてあげなさい」

「はい、父上。エレノアご免ね。さ、行こうか」

国王陛下の、私への労りという名の援護射撃にしっかり乗っかったアシュル殿下が、私の手を取って歩き出した。ええ、勿論瞬時に真っ赤になりましたとも！

流石の兄様方も、国王陛下のお言葉には異議を唱えられなかったようで、私達の後方を大人しく付いてくる……が、圧が凄い！　背中が焦げそう！

アシュル殿下の方をチラリと見てみると、極上スマイルは一ミリも崩れていない。流石はロイヤル。

というか、アルバの男である。神経が太い。

するといつの間にか、私の左脇を歩いていたリアムが左手を握ってくる。

「おやおや、リアム」

「ははは。リアムもエスコートか？　なんとも微笑ましいな！」

その言葉を受け、茹で蛸になったのは、当然というかリアムではなく私の方だった。

ってか国王陛下、レナルド王弟殿下。お願いだから、うちの婚約者達を煽らないでください。私の背中、そろそろ焦げて煙が出そうですから！

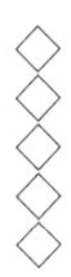

「却下」

私の目の前のソファーに腰かけ、超爽やかかつ、目にブッ刺さる極上スマイルを浮かべながら、アシュル殿下は件の本の絶版を訴えた私を一刀両断する。

「ど、どうしても駄目……ですか？」

「うん、駄目。ごめんね？」

分かってはいたが、やはりなアシュル殿下の塩対応に、私はテーブルへと突っ伏した。

ちなみにここは、王宮内にある貴賓を招いた時に使われるサロンだそうで、私達はアシュル殿下とリアムに向かい合うように、ソファーへと腰掛けている。

国王陛下や王弟殿下方はといえば、青筋を立たせ、ブチ切れそうになっていたワイアット宰相様に促され、渋々公務へと戻って行かれました。……陛下方、お暇だった訳ではなかったのですね。

「それにしても、『肖像権』か……。実に興味深い制度だね。そういった概念、僕らでは想像もつかなかったよ」

――そうですよね。王家なんて目立って当然。人に見られ、語られてなんぼな世界ですもんね。

でも私はチキンな小市民なんです！　目立たずひっそりと生きていきたいんです！

……なんてことを言ったら、殿下方も兄様方やセドリックも、慈愛のこもった物凄く生暖かい目で私を見つめてくるんですけど⁉

あっ！　近衛の人達も同じ顔している！　ええ、ええ、分かっていますよ！　今更ですよね⁉

「いや本当、ごめんね。でもこれ、君を守る為の措置でもあるんだよ」

「へ？」

――私を守る為？

「アシュル殿下……それは一体？」

「アシュル！」

「ア……アシュル様……」

途端、アシュル殿下……いや、アシュル様の笑顔が三割増しに輝き、兄様方とセドリックの背後から暗黒オーラが噴き上がった。

やめて！　分かりやすいこの構図、本当やめて!!　もう色々あって、私のライフはゼロなんだから！

「まず、この本が出来た経緯から説明すると……。君の決闘を見た姫騎士信奉者のとある学生が、絵心のある友人と共に、決闘の一部始終を文と絵に起こしたんだ。そしてそれが密かに他の学生達の間でも話題となり、同好の士による秘密クラブなるものが誕生した」

「ひ、秘密クラブ……」

「そして彼らは、自分達の思いのたけを一冊の広報誌にしようと思い立ち、連日楽しく創作活動に勤しんでいたのだそうだ。……が、それをたまたま王宮の『影』が発見してね。彼らの身柄の確保と、出来上がった冊子の押収を行った……という訳なんだよ」

「はぁ……」

『なんか、その流れ……覚えがあるな……』と思っているエレノアを見ながら、アシュルはリアムとマテオと目を合わせ、頷き合う。

――……実は、マロウが自分と同じ嗜好を持つ、文章力と画力のある生徒達を集め、密かにキャッキャウフフと執筆活動をして挙句、姫騎士布教しようとしたのが例の広報誌なのである。

そしてその事実を掴んだマテオがヒューバードへと密告し、ブチ切れたヒューバードがマロウをフルボッコにして阻止した……。というのが事の真相なのだが、当然アシュルはその事について、エレノア達に話すつもりは無かった。

「で、押収物を見分したら、これがとても良く出来ていてね。物語の内容も、事実に沿っていて申し分なかった。なのでいっそのこと、王家のお墨付きを与えて書籍化してしまおうかという話になったんだよ」

「何でそこで書籍化⁉　まったく意味が分かりません！」

「……エレノア、想像してみてほしい。もし今後、歪んだ妄想や願望を持った者達や、君に悪意を持つ者達が、執筆に手を出したとしたらどうする？　そしてそれが、公然の事実として広まってしまったら……？」

そこで私はハッと気が付いた。そうだ！　覚えがあるはずだよ、この流れ。

──同好の士が集まって、皆で仲良く冊子を作る……。

これって、沼に嵌って腐った女子が、パッションを書きなぐって薄い本を創り出すのと全く同じ流れじゃないか！

ということは、この本（原作）を見た人がそれを基に妄想を膨らませ、本当は私が獣人士女に負けて、獣人達の奴隷にされた挙句、「くっ！　殺せ！」的ないかがわしい、あんな事やこんな事もされちゃった……なんてお話が書かれてしまう可能性があるってことなんだよね⁉

うわぁぁぁ！　あり得ない‼　そんなの絶対嫌だ！　真面目に勘弁してください‼

これが普通の人間だったら、「そんな～、まっさか～！」ってなるけど……。本格的にじゃなくても腐った経験がある私には、そんな楽観的な事は考えられない。

いついかなる世界でも、人間の欲望には際限など無い。

そして沼は、いつでもそんな人間を深き深淵に引きずり込もうと待ち構えているのだ！

「……まあそういった理由で、王家のお墨付きを与えた本が書籍化したって訳だ。そうすることで、後々どんな創作本が出回ったとしても、虚偽や妄想の類として一蹴することが出来る。急速に国内に広めたのもその為だ。君にとっては本意ではなかっただろうが、これも全て、いずれ起こるであろう悪意から君を守る為。……理解してくれるね？」

「は……はい……」

青ざめながら、コクコク何度も頷くエレノアを、アシュルは満足気に見つめ、頷いた。そしてそのまま、オリヴァーの方へと視線を送る。

『アシュル殿下、お約束は守ってくださいね』

『分かっているさ』

互いに声なき声で会話し、軽く頷き合う。

実はオリヴァー達が、本の出版を認めた理由は他にあった。

……いや、勿論本が欲しかったのも本当だが、彼らが真に欲したのは、実は本よりも絵の方だったのだ。

技術も実に見事だったが、実際にその場を見た者にしか表現できない、生き生きとした躍動感と表情、そして愛らしさ……。

エレノアの魅力を余す所無く描き上げたその技量に、「自分達に隠れてこのようなものを……！許せん!!」との憤りを通り越し、寧ろ感動してしまったほどだったのだ。

そして是非ともこの絵を肖像画として欲しくなってしまったという訳だ。勿論等身大で。

早速、件の学生に肖像画の依頼をしたのだが、「申し訳ありません、会長。実は王家と専属契約を結んでしまいまして、他の方に描く事は……」と、非常に恐縮しながら断られてしまい、更にタイミングを見計らったかのようにアシュルから、「出版を認めてくれるのならば、バッシュ公爵家でのみ、仕事を受けることを認めてもいいけど？」と、提案されてしまったのだった。

……確実にここまでの流れを読んでいたであろうアシュルに、今回に限りは完敗であった。

「あ、あの……。でも出来れば、この本の出版は国内限定で……」

「ああ勿論！　なるべく他国に流出しないように気を付けるよ！」

アシュルは最後のダメ出しとばかりに、エレノアの目には全くもって優しくない、極上スマイルを浮かべたのだった。

ちなみに、依頼したエレノアの等身大肖像画だが、「受注が数多くある為、半年後になります」とのことで、なんでそんなに受注があるのかは心の平穏の為、敢えて聞かないことに決めたオリヴァー達であった。

◆◆◆◆◆

「ディランとフィンは、移民達の最終審問で不在なんだ」

書籍について一応の決着がなされた後、出された緑茶（緑茶⁉）を飲みながら、両殿下の姿が見えないことを尋ねると、アシュル様からはそんな言葉が返ってきた。

あ、ちなみに本の題名ですが、『現代に蘇った姫騎士～守るべきものの為に～』……だそうです。

それ聞いた瞬間、某ボクシング漫画の主人公のように、真っ白くパサパサ状態になって風化しかけたところ、クライヴ兄様に「しっかりしろ‼　影が薄くなってるぞ⁉」と励まされ、慌てて踏ん張りました。

……兄様方が、私にこの本の存在を隠したかったのって、こうなることを予期していたのかもしれない。なんせ兄様方やセドリック、私が獣人王女達に一発入れたくて決闘受けたってこと、知っているからなぁ……。

くっ……！　なんか本当、「いっそ殺せ！」的な気分……。

……で、話を元に戻すと、なんでも最終審問とは……。フィンレー殿下の『闇』の魔力を使い、相手が嘘を言っていないかどうかを判断する、移民にとっての最終試験のようなものなのだそうだ。

何故そんな事をするのかといえば、草食系獣人達はともかく、移民希望者の中には肉食系に属した獣人達もいるからである。

つまりは、移民を装ったシャニヴァ王国の残党であるかどうか、その確認をする必要があるという訳なのだ。

口調や態度を幾ら取り繕っても、心を偽ることは難しい。

フィンレー殿下の『闇』の魔力は、その真実を否応もなく暴く。私の前世でのウソ発見器の、超高性能バージョンといったところだろう。

それに草食系獣人達の中には、支配階級であった肉食系獣人達のスパイも交ざっている可能性があるのだそうで、それらの炙り出しも同時に行っているのだそうだ。

そしてディーさんは、そんなフィンレー殿下に害を為そうとする相手から、フィンレー殿下を守る為、ボディーガードとして彼の傍に付いているんだって。

でも、何千人も審査しなければいけないって、本当に大変だなぁ……。しかも不測の事態に備え、王都からだいぶ離れている港町で行われているらしいし。

「まあ、事情はあるにせよ、フィンも今迄好きな事だけしてきたんだから、そろそろ働いてもらわないとね。今回は三日缶詰みたいだけど、治療師（ヒーラー）も同行させているから、死にはしないさ」

アシュル様が、サラリと鬼畜発言をする。

そういえばディーさんもフィンレー殿下も、私が王宮（ここ）で療養している時、割と暇そうにしていて、戦後の後始末を一手に引き受けていたアシュル様がたまにブチ切れていたけど、それって、今この時の為だったんだ……。

成程、ご愁傷様です。それとアシュル様、きっとあの時の鬱憤晴らしも兼ねているんだろうな。

「そうですね。王侯貴族たるもの、身分に合った責任と義務は、きちんと果たさなくてはなりませんからね」

オリヴァー兄様が、アシュル様の言葉に深く同意している。

心なしか機嫌がよさそうに見えるのは、多分気のせいではないだろう。

そう言えば兄様も、山のような縁談話やらお花やら贈り物などの処理で、今まで大変だったからなあ……。

「ああ、そういえば、シャニヴァ王国王太子だったヴェイン王子だけどね、他の王族達の何人かと共に、処刑は免れたみたいだよ」

「ヴェイン王子が……!?」

いきなり出てきたその名に、思わず声が大きくなってしまい、私は慌てて口を噤んだ。

――王女達や側近達と共に捕縛され、尋問を受けた後、他の肉食系獣人達と共に連合国軍へと引き渡された、白狼の獣人王子。

常に人族を見下し、私に対しては特に当たりがきつかった彼だったが……。

実は彼の『運命の番』が私だったらしく、番への恋情と人族への嫌悪とで混乱していた事が、その行動に繋がっていたのだそうだ。

それを聞いた時は、正直物凄くビックリしたし、未だに自分が彼の『運命の番』であった事を信じられずにいる。

なんせ、気が付けば憎々し気に睨まれていた記憶しかないから。

皆が言うところによれば、『エレノアを睨んでいたというより、エレノアの周囲にいた我々を睨んでいたんだよ』だそうである。

ともかくそのヴェイン王子だが、自分達の陰謀が露呈し、故郷が滅ぼされた事を告げられた後、全く反省をしていない姉達や側近達と違い、元王族としての覚悟を決めた様子で、取り調べにも粛々と応じ、反抗的な態度なども一切見せる事は無かったという。

それは連合国軍に引き渡された後でも同じだったようで、元々の高い魔力と身体能力を惜しんだ竜人族の長の一存で助命されたのだそうだ。

「……ですがアシュル殿下。彼はエレノアをまだ『番』と認識しているはず。将来、エレノアに害が及ぶ可能性があるのではないでしょうか？」

オリヴァー兄様の言葉に、アシュル様が頷く。

「オリヴァーの懸念は尤もだ。だが、我々もそこらはちゃんと考え、対応している」

聞くところによれば、ヴェイン王子は助命する事と引き換えに、その身に『隷属の首輪』を着けられたのだそうだ。

これは獣人としての本能を抑える作用もある上、着けた相手を裏切ったり、命令以外で他人を傷つけたりする事が出来ない呪いがかけられているのだという。

逃亡防止は勿論のこと、未だ各地に潜んでいる残党達が彼を旗印に復興を謳い、反乱を引き起こす事を防ぐ為なんだとか。

そしてその『隷属の首輪』を着けられたヴェイン王子への、真の命令権を有しているのは竜人族の長ではなく、首輪を作ったアルバ王国王族なのだそうだ。

それはヴェイン王子に対してのみならず、竜人族をはじめとした、未だ人族を見下しているであろう亜人種達……すなわち東大陸の連合国に対する牽制でもあるという。

「……そうですか……。助かったんですね……彼」

私はずっと胸につかえていたものが取れ、ホッと息をついた。

あの決闘の後。王女達とは違い、王族らしく潔い態度を貫いたという彼の事は、実はずっと気になっていた。

考えてみれば、彼らは生まれた時から選民意識を植え付けられていたのだ。いわば彼らは歪んだ選民意識が生み出した被害者とも言える。

王女達は手遅れとしても、反省する態度を見せたヴェイン王子だけでも、何とかやり直すことが出来ないだろうか……。そう思っていたから、彼が条件付きとはいえ、生き長らえたことは素直に嬉しい。

……まあ私も、駄犬だなんだと、結構酷い事を言っちゃったんだけどね……。

「優しい虐待……」

「……？　エレノア？　何の話？」

私の横に座っていたオリヴァー兄様が首を傾げたので、私は慌てて、今言った言葉の説明を行った。

「え〜と、私の前世の世界での言葉なんです。子供が間違ったことをしても、叱らない・窘めない・正しいことを教えない……。それらを『優しい虐待』って呼ぶんです」

私が『前世』という言葉を使ったことに、兄様達が少しだけ顔を顰めたけど、もうアシュル様も王族の皆さんも、私が『転生者』であることを知っているのだから、そのまま話を進める。

ようは、その『優しい虐待』を繰り返され、ただ甘やかし肯定することによって、間違った考えを持つ子供が出来る。そしてその子供が親になって、同じことを子供にする。……そういった負の連鎖は、人間関係の歪みやその人自身の破滅をもたらすのだ。

直接心身を傷つける虐待と違って、傍から見れば優しく接している為に分かり辛いが、それをされた相手の人生を歪めてしまうという点で言えば、心身の虐待と同様に酷い虐待と言えるだろう。

……実は私、前世で行く予定だった大学では、心理学を学ぼうかと思っていたので、そういったことに興味はあったのだ。

ネットやテレビでも、よく特集組まれていたから、知識としては割と持っている方だと思っている。

「ヴェイン王子やあの王女達、そしてこの国の……というより、この世界の女性達も、その虐待の犠牲者なんじゃないかなって、ちょっと思ってしまったんです。女の子だからと甘やかさず、人として大切なことを教え、愛情を持って叱ってあげていれば、我儘でどうしようもないと傍から思われている子も、ひょっとしたら、とても素敵な女の子になれていたんじゃないでしょうか？」

私の言葉を聞いた、その場の全員が驚愕で目を見開いた事に気が付かず、私は出されたお茶を口に含んだ。

——その時だった。

いきなり室内にズン……と重力がかかったような感覚の後、天井付近に、なにやら黒いモノが広がって……。

ドサドサー!!

「くっ……！」

「どわっ！」

「きゃあぁっ!!」

何かがいきなり、目の前に落ちてきた。……というか、その一つは私に覆い被さるように落ちてきたのだった。幸い、あんまり衝撃は感じずに済んだけど。

「ってて……。あー!!　フィン、てめぇ！　俺のことは床に放りだしといて、なに自分だけちゃっかり、エルに抱き着いてやがるんだ!!」

「だって、ディラン兄上までエレノアのトコに落ちたら、エレノアが潰れちゃうでしょ？」

「お前だけでも潰れるわ!!　さっさとどけ！　俺にもエルを堪能させろ!!」

「………はい？」

……え？　私に覆い被さっているの……フィンレー殿下……？　しかも、ディーさんもいるよ……。え⁇　なぜに……⁇

私とその場にいる誰もが、突然出現したディーさんとフィンレー殿下に呆然とする中、ディーさんは、私に覆い被さる形で抱き着いているフィンレー殿下をベリッと引き剥がし、呆然として固まっている私を、ひょいっと抱き上げた。

「ああ……愛しい俺のエル……。会いたかった！」

うっとりとした様子で私を見つめる、その顔面破壊力で強制的に我に返らされ、真っ赤になった頬へと、ディーさんが口付け……かけたが、闇の触手（？）が私に巻き付き、ディーさんの腕から私を奪い取る。

「ちょっとディラン兄上！　抜け駆け止めてよね！」

「抜け駆けじゃねぇ！　挨拶だ挨拶！　いーからエル返せ‼」

「やだよ」

「お……お前らー‼　何でここにいる⁉　仕事はどうした！⁉」

ようやく我に返ったアシュル様の怒鳴り声に、ディーさんとフィンレー殿下が互いに顔を見合わせる。

「「休憩」」

息ピッタリにハモった弟達の言葉に、アシュル様の何かがブチ切れた音が聞こえた（気がした）。

「サボりの間違いだろうがーっ‼　とっとと仕事場に戻れー‼」

「えー！　だって、折角エレノアが、わざわざ王宮に遊びに来たのに！」

「そうだそうだ！　兄貴とリアムばっかりズルいぞ!!　今迄真面目に仕事していたんだから、ちょっとぐらい、いいじゃねぇか!!」

「そもそも何で、エレノアがここに来たのをお前達が知っているんだ!?　誰にも口を割るなと、釘を刺しておいたというのに!!」

「ふっ……。そんなの、エルが来たらすぐ分かるように、王宮(ここ)にシールド張っておいたに決まってんだろ！」

「ちょっと！　なにディラン兄上が偉そうにしてんの？　そのシールド張ったの僕だけど？」

「俺が提案しなけりゃ、張らなかっただろうが！」

「そりゃそうだけどさ……」

「誰か！　今すぐ魔導師団長を呼べ!!　そしてこの王宮に張られた、くだらん術を全て解かせろ!!」

「くだらなくはないだろ!?　現にこうして役に立ってんだし！」

「そうだよアシュル兄上！　それとあのクソジジイ呼ばないでくれる？　思わず攻撃したくなっちゃうから」

「お前らもう、今すぐ黙れー!!」

ブチ切れているアシュル様に対し、ディーさんとフィンレー殿下が、ブーブーと文句を述べ、私はそんな彼らの様子を、闇の触手（？）にグルグル巻きにされた状態で、ふよふよ宙に浮きながら観察する。

アシュル様……なんか、めっちゃお気の毒。

本当に、長男って大変なんだなぁ。……あ、そうか！　だからクライヴ兄様と気が合うのか！　な

るほど、納得。

そして前から思っていたけど、ディーさんとフィンレー殿下って、性格真逆そうなのに仲が良いよね。

あ、近衛の人達、唖然とした顔でこっちを見上げている。

うん、そりゃ驚くよね。こんな高い所から見下ろす形になってしまって済みません。

「お〜いエレノア、生きてるかー？　フィン兄上、もういい加減エレノア下ろしてやれよ！」

「エレノアー。無事ー？」

リアムとセドリックが、心配そうに私を見上げながら声をかけてくる。

そしてその後方では、「フィンレー殿下！　さっさとエレノアを下ろしてください！」と、オリヴァー兄様とクライヴ兄様がブチ切れていた。

……う〜ん……。本当なら私の方こそ、キャーキャー大騒ぎしなけりゃいけない状況なんだろうけど、既にこの時点でライフがマイナスに振り切っている為、なんかもう、どうとでもなれ的な気分である。

……いや、投げやりはいかんな。

淑女たる者、グルグル巻きで宙に浮いている姿を、いつまでも衆目に晒すなんて有り得んでしょ。

ここは皆の言う通り、さっさと下りなくては。

「……あの〜、フィン様。そろそろコレ、解いてもらえませんか？」

その一瞬後、室内の空気が急速冷却し、私を拘束していた闇の触手（？）が、パッとかき消えた。

「——えっ？　……きゃあっ！」

当然のことながら、宙に浮いていた私はそのまま落下し……クライヴ兄様にキャッチされる。

だけど何故か皆、私を凝視している。一体どうしたのだろうか？

「……エレノア……。お前、フィンレー殿下のこと、『フィン様』って……」

「……あっ！」

クライヴ兄様の指摘に、ハッとする。そ、そうか！　呼び方か！

「す、済みません!!　ついうっかり、フィンレー殿下の名前を縮めてしまって……！」

私は慌てて、クライヴ兄様の腕の中から床に下り立つと、超絶無表情なフィンレー殿下に向かって頭を下げる。

だって、他の殿下方が全員「フィン」って言ってるから、つい何も考えずに言葉が出てしまったんだよ！

ああ……。そもそも最初から「様」付けじゃなくて、「殿下」付けだったら、こんな間違いしなかったのに！

未だ何も言わず、無表情なフィンレー殿下にビクビクしていた私に、リアムが声をかけてくる。

「大丈夫だエレノア。フィン兄上、嬉し過ぎて思考停止しているだけだから」

「え？」

「……エレノア……」

直後、背後からの地を這うような声がかかり、ビクリと振り返ると、能面のようなオリヴァー兄様がこちらを見つめていた。

「フィンレー殿下を愛称で呼ぶなんて……。君、もしかして殿下の事を……？」

「へっ？　え？　オ、オリヴァー兄様？」

「ああ、そういえば君もクライヴもセドリックも、エレノアに愛称呼びされてなかったっけね？……まあ、それを言うなら僕もなんだけど。でも君達、僕と違ってしっかり婚約しているよね？　それなのに愛称呼びじゃないって……。ひょっとして君達、それほど愛し合っていない……？」

「アシュル殿下！　僕達は結婚後に、好きなだけ呼んでもらう予定なんです!!　下らない邪推はお止めください！」

　アシュル様の言葉に対し、オリヴァー兄様が噛み付かんばかりの勢いで反論すると、ディーさんがポンと手を叩く。

「そういや俺も、エルと愛称で呼び合っているよなー！　……なあ、これってもう婚約で良くねぇ？」

「ディラン殿下……。そのドヤ顔止めてもらえますか？　思わずしばき倒したくなりますから」

　ウキウキ顔のディーさんに対し、クライヴ兄様の氷点下の眼差しがぶっ刺さる。

「ねぇ、エレノア。やっぱり『様』付け止めて、アシュルって呼んでくれない？　それかさっきのフィンみたく、様付けでもいいから愛称で……」

「どさくさ紛れに、なにお強請りしてんですかー!!」

「……まてよ？　俺は既に、エレノアとは呼び捨てし合っているよな？　ってことは、ひょっとして既に……！」

「リアム。エレノア、僕のことも呼び捨てだからね。変な白昼夢見ないでくれる？」

　顔を紅潮させているリアムに、セドリックの容赦のないツッコミが炸裂する。……そ、そういえば愛称呼びは基本、婚約者か夫の権利……なんだったっけ……。

　己の失言により、ギャアギャアとサロン中がまさにカオス状態となり果ててしまう。

そんな渦中でオロオロしていた私の肩に、ちょんちょんとつつかれる感触が……。

「……ねぇ、エレノア。もう一回……さっきのあれ、言ってみてくれる……？」

顔をほんのり赤くし、思いきり照れながらお願いしてくるフィンレー殿下の尊いギャップ萌えに、私の鼻腔内毛細血管は久々に崩壊を迎え、それにより、サロン内は更なるカオスへと突き落とされたのだった。

和食でお呼ばれ

「さて。エレノアがこんな状態ですし、我々はここで失礼致します」

フィンレー殿下のギャップ萌えにやられ、鼻腔内毛細血管が崩壊した私は、ソファーに座ったセドリックの膝の上でグッタリしていた。

勿論これはイチャつき目的ではなく、単純に貧血の治療です。

私と同じ『土』の魔力属性持ちは、この場ではセドリックだけだからね。

あ、違った。正確に言えば、アシュル様もだった。

アシュル様、全属性持ちだから『土』の魔力あるんだって。

「僕が癒してあげようか？」って言われた時、兄様方から秒でお断りされていたけどね。

「そう？　折角来たんだから、夕食を食べていきなよ」

「お気遣いは大変有難いですが……。セドリック」

「はい、兄上」

オリヴァー兄様に名を呼ばれ、セドリックが私を横抱きにしたまま立ち上がった。

そのまま一礼し、部屋を出て行こうとした時、アシュル様の溜息交じりの声が背後から聞こえてくる。

「残念だな。今日のメニューは『ワショク』なのに」

――……ワショク……。和食⁉

そのワードを理解した途端、私は上半身を勢い良く起き上がらせ、後方を振り返った。

「ちなみにテンドン、カツドン、オヤコドンが選べるんだけどね」

――天丼……カツ丼……親子丼……だと……⁉

「エレノアはどれが食べたい？」

「て、天丼！　海老とカボチャ増し増しでお願いしま……いたたたっ！」

「うん、海老とカボチャ多めだね！　早速、厨房に伝えるから！」

青筋を立てたクライヴ兄様に頭部を鷲づかみにされ、ギリギリ力を入れられて悲鳴を上げている私に対し、アシュル様はめちゃくちゃ嬉しそうな極上スマイルを向けた。

他の殿下方も、もの凄く嬉しそうだ。

「やったな、兄貴！」

「母上が、『困った時には故郷の食べ物で釣れ』って。言っていた通りだったね！」

「そうだね。なんでも母上とエレノアの元故郷って、食べ物へのこだわりと執着が世界一強いらしいから」

「あー、それ分かる！　セドリックとの婚約も、お菓子食べ放題で釣られたらしいから！」

……そんな事を、ワイワイと話し合っている殿下方を見ながら、クライヴ兄様がボソリ……と呟いた。

「お前……帰ったらお仕置き決定な……」

『ひぃぃぃ!!』

クライヴ兄様の処刑宣言に、私は身を震わせた。……が、天井を食す為だ。私に悔いは無い！

「エレノア。……分かっているだろうね……？」

「エレノア。僕も、今回ばかりは許さないからね……」

続く静かなる怒りに満ちたオリヴァー兄様とセドリックの言葉に、私の身体が更に震えだす。

うん、悔いはない！　……悔いはない……はず。

や、やっぱり早まった……かな？


そうして再び、ロイヤルファミリーとの晩餐に参加すべく、あの物凄く長いテーブルが置いてあるダイニングへと移動する。……あれ？　端まであったはずの椅子が、半分以上無くなっている。何故？

「エレノアが心置きなく食事が出来るように、父上達は不参加だから安心して。……というか、ディラン、フィン。お前達には持ち帰り用に持たせてやるから、さっさと仕事場に戻れ！」

「それはねぇだろ兄貴！」

「そうだよアシュル兄上！　抜け駆けなんて、絶対にさせないからね！」

……等と、微笑ましい（？）兄弟喧嘩を見ながら、国王陛下や王弟殿下方が参加しないという事実に、私はホッと胸を撫で下ろした。

殿下方だけでも目に優しくないのに、新旧ロイヤルが勢揃いすると、顔面偏差値が臨界点を軽く突破するからなぁ……。テーブルの端に逃げようにも、椅子が無いから逃げられないし。

「お待たせいたしました！　テンドンで御座います！」

そうこうしているうちに、今やすっかり顔なじみとなった料理人の皆さんが、なんかウキウキしながら次々と料理を運んできてくれる。

あああ……！　ふんわりと甘じょっぱいタレの香りがする～！

ワクワク顔の私の前に、どんぶり（しかも縦に青い縞々が！）と味噌汁、箸が置かれる。

そしてどんぶりの中には、溢れんばかりに盛られた海老、パプリカ、レンコン（レンコン⁉）、カボチャの天ぷらが……‼

しかも、それらの上にはたっぷりと、濃い飴色に輝くタレがかけられている。その完璧なフォルムはまさに、『ザ☆天丼』である。

「……これは……。主食とオードブルが一緒になっている……のかな？」

「……えっと、これは野菜を油で揚げたもの……だな？　フリッター……？」

「変わった香りですね……。でもなんか、妙に食欲をそそります」

オリヴァー兄様とクライヴ兄様、そしてセドリックが、目の前に置かれた天丼をまじまじと興味深げに見ながら、そう呟いている。

ふふ……。ただ野菜を揚げただけと侮ってはいけませんよ？　食べたらきっと、人生観変わりますから！

「では、いただこうか」

結局、ディーさんとフィンレー殿下……もといフィン様は、一緒に夕飯を食べる事になったようだ。

アシュル様の言葉に、ロイヤルズと私は一斉に箸を持つと、天丼を食べ出した（兄様達はフォークを持っている）。

さてさて……まずは、たっぷりタレのかかった海老の天ぷらから……。

う、うわ～！　サックリした薄い衣の下に、ぷりっぷりの大海老の柔らかい身が隠れていた！　噛み締めると海老独特の甘い味が、甘じょっぱいタレと絡まって……もう最高！

お次はカボチャの天ぷらを……。うわぁ……！　ホクホクして甘くって、もういくらでもいけちゃうぐらい美味しい!!

まさか、異世界で天丼を食せる日が来るとは……！

聖女様、本当に本当に、有難う御座いました!!

そして、聖女様の為に奔走したであろう国王陛下と王弟殿下方、お疲れ様でした!!


「…………」

一心不乱に天丼をがっついているエレノアのあまりにも幸せそうな様子に、オリヴァーは「淑女としてのマナー！」と窘めるタイミングをなくしてしまった。

それどころか、こちらまで幸せな気分になってしまうくらい美味しそうに天丼を食べる姿を見て、うっかり頬が緩んでしまう。

それは他の者達も同じなようで、婚約者達もロイヤルズも思わず自分の食事の手を休め、エレノアの姿に頬を緩め、微笑ましく見入ってしまっていた。

そして近衛や給仕の者達、料理人達までもが、「なんと豪快な食べっぷりか……！」「流石は姫騎士……！」「ああ……。あんなに美味しそうに食されて……。嬉しい‼」等と言いながら、エレノアの食べっぷりに惚れ惚れと見入ってしまっていたのだった。

もはやこの部屋の中には、「いや、女としてその食べっぷりはどうよ⁉」と、冷静にツッコめるような人物は、誰一人として存在しなかったのであった。

「ところで、聖女様は今どちらにいらっしゃってるんですか？」

大盛りの天丼を半分ほど平らげたところで、私はずっと気になっていた疑問を口にした。

……というか天丼の美味しさに我を忘れ、忘却の彼方に放り投げていた疑問が、やっと戻ってきたというか……。

聖女様は私のように転生した訳ではなく、ある日いきなり故郷からこちらにやって来てしまった方だ。故郷に対する思いは、それこそ私とは比べ物にならないだろう。

実際、この和食へのこだわりっぷり一つ取っても、それを強く感じる。

そんな彼女が、息子達の嫁候補……という事だけではなく、『転生者』であり、元同郷の私が遊びに（本当は抗議しに）来たのだから、大喜びですっ飛んで来そうなものなのに、何故か全く姿を現さない。絶対におかしい。

多分だけど、またどこかに慰問とかしているのかな？　と思っていたのだが案の定、王都に行く事が出来ない人達の為に、巡礼の旅に出たのだそうだ。

う～ん……。流石は聖女様！　元同郷者として鼻が高いです！

「……というのは表向きで、本当の理由は父上達から逃げただけなんだけどね……」

――はい……？

逃げた？　なんのこっちゃ？　と思ったら、どうやら国王陛下や王弟殿下方、私が実家に帰ってしまった事により、寂しさのあまり『義娘ロス』を発症してしまったのだそうだ（ここですかさず、「いや、義娘じゃないですよね⁉」とオリヴァー兄様からツッコミが入ったが）。

で、国王陛下や王弟殿下方、「そうだ！　だったら本当の娘をつくればよくね？」となり、怒涛の夜のお誘いを受けた聖女様……アリアさんが、たまらず逃げ出した……。というのが事の真相らしい。

う～ん……。そりゃあ、あんな超絶美形で、（多分）ハイパー絶倫だろう夫達四人に連日求められてしまえば、いくら愛していても耐えられなくなるに違いない。

しかもアリアさん、だいぶ改善されたとはいえ、ツンデレだしね。

「成程。そうだったんですか！　愛が深過ぎるというのも大変なんですねぇ！」

そう言いながら、再びもっしゃもっしゃと天井を食べ始めたエレノアを無言で見つめる婚約者達と、彼女に思いを寄せる王家直系達は、心の中で同時に思った。

『この子、全然自分に当て嵌めていないな』……、と。

この場にいる全員が全員、エレノアを嫁に欲しがっている男達ばかりなのである。

むしろ聖女様（母親）の苦労は明日の我が身……と、自覚してわななくべきところであるにもかかわらず、天丼の美味しさに頭半分持って行かれている彼女は、そこのところを全く気が付いていない。

「……まあ、これがエレノアですから……」

オリヴァーの言葉に、その場の全員が納得する。……そうだよね、エレノアだもんね。

男女の生々しさよりも、食い気……。それこそがエレノアの良さであり、困ったところではあるのだが、『エレノアだから』で納得してしまう自分達は、多分物凄くこの子に感化されてしまっているのだろう。

「まぁ……。でもそれも悪くないよね」

アシュルの言わんとする事をその場の全員が理解し、苦笑を浮かべたのだった。

やる気スイッチ

天丼を食べ、帰宅したその後ですが、兄様方とセドリックにお仕置きは……何故かされませんでした。

「考えてみれば、あと二年もないしね」

「ああ。先のことを考えれば、今はまぁ……。あれぐらいなら、目を瞑ってやらんでもない」

……えっと。制裁を免れたのは素直に嬉しいんだけど、言葉の含みが何となく不穏なような……？

ちなみにだが、私はお土産にと言って渡された、テイクアウトの天丼をアイザック父様に食べさせ、お気に召したのを確認したところですかさず、王家から稲の苗を譲ってもらえないかとお強請りしてみた。ついでに、領内でお米を生産してみれば……とも提案してみたのである。

なんといっても、バッシュ公爵領はアルバ王国が誇る一大穀倉生産地。

稲作と麦作は、確か二毛作で相性が良いはず！（いや、領地の気候的には、相性良いのかよく分からないけど）

相乗効果で、お米をうちの新たなる名産品とし、私は美味しいお米が食べ放題……！

嗚呼。なんという薔薇色の計画なのだろうか!!

アイザック父様も、「うん、それいいね！」と乗り気になってくれたし、再来年あたり、黄金に輝く稲穂の絨毯が領内で見られるかもしれない。そうしたらおにぎり食べ放題だ……!!

――……なんて、夢見ていた時期がありました。

結果的に言うと、父様が苗の譲渡を王家に打診したところ、秒で却下を食らったそうな。

「やっぱりね」「ああ。絶好のカードを、あいつらが渡す訳ないよな」なんて、兄様達がなにやら話していたけど……。

ああ……。米食べ放題……！　儚い夢だった。

「父様のバカバカ！」

悲しみと八つ当たりを込め、父様の胸をポカポカしていたら、何故かめっちゃデレデレされた挙句、それを見ていたセドリックにも、「僕にも今の、やってくれる？」って強請られてしまいました。

ってか、何喜んでんですかあんたら！　私は怒ってんですよ!?

そう言って、セドリックをポカポカしたら、やっぱり物凄く喜ばれてしまった。……何故だ？　解せぬ。

◇◇◇◇◇

――そんなこんなで、学院復帰から数週間が経ちました。

『……最近、なんか雰囲気というか……。私に向けられる視線の質が、微妙に変わったような気がする……』

婚約申し込みの嵐も、なんとか収束してきた今日この頃（勿論、未だ申し込まれたりしているけど）。いつものとおり、皆でランチを取っていた私は胸中でそう呟きながら、カフェテリア内をこっそりとチラ見してみた。

するといつも通りに、憎々し気な視線を寄こすご令嬢方の他に、何やら話し合いながらこちらを凝視していた人達が、パパッと視線を逸らした。

そして再び話し合いに戻るのだ。……しかもやけに楽しそうに。

「??」

そして特筆すべきは、そういった態度を取る人達は、大抵男女が入り乱れたグループ構成となっているってこと。

え？　その組み合わせ、いつものことだろって？　いやいや、全然違うんですよ。

どこが違うかというと……。

まず、彼らは互いに会話を楽しんでいる……ってところです。

え？　普通だろそんなことって？　いえいえ、全然違うんですよ！

だって、私が今迄見ていた光景って、女性が好き勝手話したり、男性に何かを命令したりしているのを、取り巻きの男性達が、にこやかに相槌打ったり尽くしていたり……だったんだもん。

それが女性達も男性達も、何かこう……屈託が無いというか、凄く自然な表情で、楽しそうに「ただ」お喋りをしている……って感じなんです。

しかも不思議なことに、こちらを時たまチラ見する彼ら……というか、彼女らに、いつもの敵意が全くもって感じられないのだ。

勿論、こういったグループはまだ少数なんだけどね。

あ、それともう一つ！

これも少数なんだけど、以前より滅茶苦茶親密そうにしているカップルが誕生しているのだ！

そういう人達って下級貴族なうえ、元々互いが婚約者同士……っていう人達が殆どみたいなんだけど、これがまた、男性の一方通行……って訳でもなく、互いに想い合っている的な、今迄考えられないような、アオハル的王道カップルって感じで……。

あれ？　そういえば、こっちに好意的な視線を向ける一群も、下級もしくは中級貴族の人達だったような……？

まあともかく、男女が普通に仲良くしている姿って、「これぞ王道青春学園生活！」って感じで、見ていてとても楽しいし、年相応にアオハル繰り広げるカップルを見かけるのも、とても新鮮で嬉しい。

なんせ今迄、アオハルとは真逆な世界が広がっていたからね。

……そんでもって、求婚者がこれ以上増えないのは、大変に有難いことです。舐める喉飴の量も減るってもんだ。

「どうしたの？　エレノア。何かとてもご機嫌そうだね？」

「はい、オリヴァー兄様。私の所為で色々ありましたけど、雨降って地固まるというか……。婚約者の方と、以前にも増して仲良くしているご令嬢がいたり、年相応に気の合う方達と友情を深める方々も出てきて、良かったなぁって思っていたんです！　やっと、姫騎士熱も落ち着いたって事でしょうかね？」

そう言って笑った私をオリヴァー兄様だけでなく、席に座っていた全ての人達が、複雑そうな顔をしながら曖昧に笑った。……んん？　何で？

「あ！　そういえば実技の授業、女子生徒の見学者増えましたよね！　最近クライヴ兄様が、私の練習相手になってくださっているからでしょうけど。兄様、カッコいいし！」

そう言ったら、何故かクライヴ兄様までもが、半笑いの表情を浮かべた。

「エレノア。そういえば、次の授業は実技だろう？　お前は着替えに時間がかかるんだから、そろそろ移動するぞ」

あ、そうでした！

私はオリヴァー兄様の頬に軽くキスをした後、セドリックとリアムに「また後でね！」と言い残し、クライヴ兄様と共にカフェテリアを後にしたのだった。


実は私、学院復帰と同時に、今迄は見学しかさせてもらえなかった実技の授業について、正式に参加許可が下りたのである。

……条件として、組手はセドリックとリアム、そして何故かクライヴ兄様に限られているんだけどね。

そしてそれに伴い、私専用の着替え部屋が用意されたのである。

今まで、遠い離れで着替えていたから、凄く嬉しい！

……でも、なんだかよく分からないんだけど私の体操着、何故か決闘の時に着た戦闘服の、簡易バージョンを着用するのが義務付けられているのだ。

ジャージは当然ながらＮＧ。しかもそれ、学院長を筆頭とした、お歴々が満場一致で決めたのだとか。

学院長……。まさかのコスプレ愛好家疑惑、浮上。

しかもどうやら学院長って、現国王陛下や王弟方の叔父様だったらしく、学院長から王家に話が行って、国王陛下方がノリノリで許可決定したらしい。

ってか、何でそうなる⁉ 私はいつものジャージの方が、動き易いし好きなんですけど⁉

その決定に対し、抗議するかと思われた兄様方やセドリックだが、これまた何故か、美容班達とノリノリで私の授業用戦闘服を仕立てている。

私がジャージを所望しても、聞こえないフリをするか、笑顔でスルーされる始末だ。

それに対して抗議しようもんなら、「じゃあ、実技は今まで通り見学にする？」と言われて終了。

これってあまりに、理不尽過ぎると思いませんかね⁉

「エレノア、もういいか？」

「あ、はい！　クライヴ兄様。お願いします」

そんなことをつらつら考えていた私は、声をかけてきたクライヴ兄様に慌てて返事をしながら、カーテンの間から顔を出した。

「ん。じゃあ後ろ向け」

言う通りにすると、クライヴ兄様が手際よく背中のボタンを留めていく。

……毎度思うのだが、この簡易戦闘服もどき、なんで一人で着られない仕様になっているのだろう。

しかも何気にドレス仕様な服なので、無駄に凝った装飾が何ともいただけない。

今日の服など、背中にズラリとボタンが並んでいるタイプなのだが、これ、前の方に付ければ良かったのではないだろうか。

「それこそ美容班の連中の拘りなんだろ。ほれ、次は髪を結うから椅子に座れ」

そう言うと、これまた手際良くリボンを使って私の髪を編み込みながら、一纏めにして結い上げていく。

ドレスの着付けのみならず、髪のセットまでマスターしましたか、クライヴ兄様。

……最近とみに思うのだが、クライヴ兄様のスパダリ感が止まるところを知らない。

この分では、いずれ料理や刺繍までをも完ぺきにこなしてしまうのではないだろうか。

「私、クライヴ兄様がいなかったら、生きていけない（生活していけない）気がします」

何気なく呟いた途端、クライヴ兄様の手がピタリと止まった。

「クライヴ兄様……？　んんっ！」

――物凄い力で抱き締められたと思ったら、激しく口付けられ、息が止まりそうになる。

「ああ、俺もお前無しでは生きていけない……！」

目元を紅く染め、壮絶に色っぽい表情と声が私を撃ち抜き、抵抗力を根こそぎ奪う。

……どうやら私は無意識に、兄様のヤバいスイッチを押してしまったらしい。

その後、クライヴ兄様が満足するまで熱いキスと抱擁が続き、私の足腰は生まれたての小鹿のようにヘロヘロになってしまった。

当然の結果として、セドリックとリアムの物凄い抗議を含んだジト目が、クライヴ兄様に対し炸裂した。

ついでに言うと、後でそのことをオリヴァー兄様にチクられたクライヴ兄様は、しっかりきっちり制裁されてしまったらしい。

何で私がそれを知っているのかといえば、クライヴ兄様が温泉浴場の床で、物凄く良い笑顔のオリヴァー兄様を前に青い顔して正座していた……と、ウィルに教えてもらったからです。

クライヴ兄様……。不用意にヤル気スイッチ押して、本当に申し訳ありませんでした。

姫騎士の剣舞

今日の実技授業の内容は格闘技である。

アルバ王国は剣技と同様、格闘技も男子の嗜みの一つとされる。

その為、各々が学院入学前に、基礎的なことを一通りマスターしてくるのが基本だ。

そしてその基本にプラスして、先生方が応用技や実践的な攻撃の形等を教え、各自が自分の力量に合った相手と組んで練習を重ね、最終的に先生と対戦する。

そして合格が出たら、また新たな技を極める……といった感じに学んでいくのだ。

ちなみに私は、自分の力量に合った相手と練習したくても、セドリックとリアム、そしてクライヴ兄様達としか組手をさせてもらえないので、それが叶わない。

既に、マロウ先生と良い勝負が出来ているリアムとセドリックとでは、私とレベルが違い過ぎて、本気で手合わせしたところでコロコロ転がされて終わりだ。私は良いんだけど、彼らにとっては練習にならない。

「そんなことない！　エレノアと練習出来るだけで、僕（俺）は幸せなんだ!!」

……って、二人ともなにかにつけ、私と練習したがるんだけど、幸せ云々はともかく、私とばっかり手合わせしていたら、彼らの技術向上の妨げになってしまう。

なので、ある程度手合わせしてもらったら、二人との手合わせは遠慮するようにしているのだ。

他のクラスメート達も、良い笑顔で二人に手合わせ申し込みまくっているしね（二人とも、何故か時たまブチ切れているけど）。

クライヴ兄様に至っては、マロウ先生と互角レベルでやり合うほどの手練れだ（というか、たまに競り勝っているし）。当然、私とではお話にならない。

まあ、兄様はもう学院卒業しちゃっているから、授業云々関係ないってことで、私の相手はだいたい兄様に相手してもらっている。

時たま、オーウェン君や他のクラスメート達が、「手合わせお願いします！」ってやって来ては、クライヴ兄様にぶっ飛ばされているけどね。皆、向上心豊かで素晴らしい限りだ。

今日も、ある程度クライヴ兄様に相手をしてもらった後、兄様に挑んできたセドリックとリアムが兄様と手合わせ（というより、ガチの戦いに近い？）しているのを、休憩がてらボーッと見学していた。

そんな私の傍に、マロウ先生が音も無く忍び寄り、声をかけてくる。

「ねえ、バッシュ君。君さぁ、今度の授業で皆に『剣舞』を披露してくれないかな？」

「わっ！　ビックリした!!　……え？　剣舞？　私が？」

ってか、何故に剣舞？

「うん、そう。ほら、バッシュ君が初めてこの授業に参加した時、やったアレ。珍しい形だったからさ、是非ともちゃんと見てみたくって！　他の生徒達にも、いい参考になると思うんだよ!!」

「は、はぁ……」

確かに最初の授業の時、肩慣らし的にちょろっと剣舞をやったことがあったけど……。あれ、しっかり見られていたのか。ってか、いつの間に⁉

「ああ……！　それにしても今日の出で立ちも最高だね‼　白いレースが雄々しさを和らげ、どことなく中性的な魅力を与えている……！　まさに眼福‼」

「…………」

顔を紅潮させてのガン見に、思わずドン引く。

……マロウ先生。以前の飄々とした貴方は一体どこに⁉　というほどの変わりようである。

もしこの世界に写真があったら、多分だけど今ここは撮影会場となっているのではないだろうか。

自分で言うのもなんだけど、今の私の恰好、完全にＲＰＧのコスプレっぽいもんね。

……まあね。見た目はアレだけど動き易いし、これ着て授業受けるだけなら良いんですよ。

でも、あの決闘の時着た服ほどではないにしても、やはり華美だし嫌でも目立つから、視線ビシバシで居心地悪い。

それに何より、マロウ先生の態度が明らかにおかしくなる。

こないだなんて、準備体操代わりの軽い打ち合いをクライヴ兄様としていたら、地面に突っ伏して身悶えていたから……。

その時は、なんか見てはいけないものを見てしまったような、物凄くいたたまれない気分になってしまったものだった。

「いいんじゃねぇか？　エレノア。俺もお前のあの剣舞、ちゃんと見たこと無かったし、どうせならしっかり見てみたい」

いつの間にやら戻って来ていたクライヴ兄様のお言葉に、私は思わず眉根を寄せた。

「えぇー！　あれって実践形じゃないですよ？　どっちかと言えば奉納舞ですし……」

そう。私、前世の剣の師匠から習った、奉納舞に近い形しか知らないし、絶対剣の参考になんてならないよ！　クライヴ兄様やセドリックの剣舞の方が、遥かに実践的で美しいと思うんだけど……。

それに何より、目立ちたくない！

「奉納舞⁉　女神に捧げる剣舞！！？　いいねー‼　物凄くいいよ‼　益々楽しみだ～‼」

あ、マロウ先生。なんかのスイッチが入った。

「で、でも、オリヴァー兄様が許可されるか……」

「そりゃあ、するに決まってるよ！　寧ろそれ聞いたら、特等席でガッツリ鑑賞する気満々になると思うよ？」

「そ、そうですか……？」

ってか、特等席⁉　どこのコンサートですか！　ただの授業の実演ですよね⁉

「エレノア！　僕も見てみたい‼　ああ……。きっと物凄く綺麗だろうな……！　エレノアの剣舞……！」

「あ、俺も‼　なぁ、セドリック！　俺とお前の魔力を使って、エレノアの剣舞に花を添えないか⁉」

「いいね、それ！　で、リアム。どうやろうか⁉」

クライヴ兄様にしごかれ、割とボロボロになっているにもかかわらず、セドリックとリアムのお子様コンビが、元気にキャッキャと盛り上がる。

そんな中、他のクラスメート達も、わらわらとこちらに向かってやって来る。

「えっ⁉　バッシュ公爵令嬢の剣舞⁉」

「姫騎士の奉納舞⁉」

「うわぁ！　やったね‼　あぁ……！　同じクラスで良かったぁ‼」

……あぁあ……。な、何か大事になってきた……！

これ……今更「やりません」って言えないパターンだよね？

……はい、分かりました。観念します。……家に帰ったら真剣に練習する事にしよう……。頑張ります。

「……なんで……。こうなっているの……⁉」

今現在、私は獣人王女達と決闘を繰り広げた、あの攻撃魔法の試験会場に立っている。

そう、かの有名な戦闘アクション漫画でよく出てくる、天下一を決める武闘会の試合会場的な、あそこですよ。

私と王女達との戦いで、完膚なきまでにズタボロになっていたのだが、今は元通り綺麗に修復されている。……というより、何か前より綺麗になっている気がする。

床に敷き詰められているのって、滅多に目にする事が出来ない魔鉱石ではないでしょうかね？　しかも純白って、初めて見ましたよ。

そして何故か、その周囲にはクラスメート達だけでなく、大勢のギャラリーが私の立っているステージ（?）を取り囲んでいるのだ。

ってか、このステージを一番よく鑑賞出来る位置に、いつの間にか貴賓席が作られちゃってるよ！

しかもそこにちゃっかり、学院長とオリヴァー兄様が隣同士で座っているんですけど‼

学院長！　仕事はどうした⁉

兄様も授業は⁉　……って、え？　もうすぐ卒業だから、授業はもう無いんですか？　生徒会の仕事をしに来ているだけだから、ここにいても問題無い？　あ、そうですか。

不幸中の幸いか、貴賓席にロイヤルズの姿は見られない。

まぁ、そもそもロイヤルな面々が、学院の一女学生の剣舞なんてもんを見学しに来るなんて、普通は有り得ないことなんだけどね。

でもあの方々だったら、絶対面白がって誰かしらが鑑賞しに来るかもと思っていたから、正直ホッとした。

『それにしても……』

今回は以前の決闘の時と違い、ご令嬢方も沢山見学している。

その上、剣舞の見学だから緊張感も無く、皆和気あいあいとしていて、とても楽しそうだ。

でも確か今日の剣舞、クラスメート達の参考程度に……って話だったよね⁉　なのに何でこんなにギャラリーがいるの⁉

ってか、明らかにサボりと分かる学生達や教員の方々、多すぎなんですけど⁉

これって絶対、この学院のトップである学院長が仕事サボっているからだよね⁉

学院長！　今からでも遅くないから、さっさと仕事に戻ってください‼

そんな気持ちを込め、貴賓席を睨み付ける。

するとお歴々の方々は皆、そんな私に対して、物凄く良い笑顔を浮かべながら頷いている。

「気合十分だね、頑張って！」って、声なき声が聞こえてくるようだ。違うっつーの!!

ちなみにだが、今回の私の出で立ちはというと、前世の小袖と袴を身に着けたような姿となっている。当然、今履いているのは靴ではなく足袋である。

そして髪形はというと、頭のてっぺんに一つ縛り……。所謂、ポニーテールというやつだ。

勿論これ、私がイラストを起こし、それを基に美容班に作ってもらった衣装だ。

やはりというか、前世で習った剣舞を舞うからには、着慣れた和装でやるのが一番である。

足さばきが間違っても、隠せるという利点があるしね。

ちなみに小袖の色は純白で、袴は黒一色である。ついでに言えば、刀を差す為の紐……というか、それに見立てたベルトは焦げ茶色。

兄様方やセドリックは、「自分達の色を纏ってくれた！」と大感激してくれたし、美容班ならびに召使達は、「流石はエレノアお嬢様！」と感動してくれていた。……のだが、私としてはこの配色、意図した訳ではなく、前世での剣舞の衣装がこれだったからという、至極単純な理由だったのである。

……だが、私は空気の読める女。

感動に水を差すべきではないと判断し、敢えて訂正はしませんでしたとも。ええ。

「……ああ……!!　今日の装いはなんという……。極限まで華美を排し、全ての生き物の母である女

神様を称えるべく、白と黒という混沌の原初の色を纏って奉納舞を捧げようなどと……なんという思慮深さ……！　まさに至高の存在である姫騎士……。はぁ……尊い……!!」

「……おい、変態（マロウ）。いい加減こっちに戻ってこい！」

「あれ？　ヒューバード総帥。何でこちらにいらっしゃっているんですか？」

「お前が、映像の記録係を蹴ったからに決まってるだろうが!!」

静かな怒りを全身から発している上司に対し、マロウは「やれやれ」とでも言うように、首を横に振った。

「当たり前でしょう？　そんなん気にしながらなんて、折角の尊い剣舞、ガッツリ楽しめないじゃないですか！　姫騎士に対する冒涜ですよ!?」

「お前……。仕えている王家（雇用主）への冒涜はどうでもいいのか？」

大真面目に力説する、どうしようもない副官を前に、ヒューバードは額にビキビキと青筋を立てた。

「それに、総帥の方が僕より実力が上なんですから、ソレ使えば最高の映像が撮れますって！」

マロウの言う『ソレ』とは、ヒューバードが手にしている、手のひらサイズの丸い水晶のような魔道具のことである。

この魔道具は王家の至宝の一つで、使用者の目を通し、映像を魔石に記録する事が出来るという、大変貴重な代物だ。

ちなみに、以前エレノアが決闘を行った際にも、実際にこれが使用されている。

実は今回、国王陛下や王弟殿下達は、しっかり剣舞を鑑賞する気満々であったのだが、宰相のワイアットが「他の者達や殿下方に示しがつきません！　というかあんたら、仕事サボるな!!」と却下したのである。

実際、アシュルもディランもフィンレーも、シャニヴァ王国の移民関連の仕事が詰まっており、血の涙を流しながら、今回の鑑賞を断念したという経緯があった為、国王と王弟達は渋々、自分達も鑑賞するのを断念したのである。

で、「ならば！」と、この魔道具をヒューバードに託したという訳なのである。

ようは、剣舞の一部始終を記録してこいという事なのだ。

勿論、ヒューバードとしても、仕事として堂々とエレノアの剣舞を鑑賞しに行けるのは、全くもってやぶさかではない。……というより、非常に役得である。

ただこの魔道具。使用する際、己の魔力を使って調整しなくてはならない為、きちんとした映像として記録するには、大変に気を使わなくてはならないという欠点があるのだ。つまりはマロウの言う通り、純粋に剣舞を楽しむ事が出来ないのである。

だからこそ、映像の記録をマロウに押し付けようとしたというのに、「は？　何言ってんですか？　嫌です！」の一言で終了。

常々殺意が湧く奴ではあったが、今回ばかりは真面目に殺してやろうか？　という考えが頭をよぎったものだ。……色々使える奴だからと、何とか紙一重で思い止まったけれども。

「あ、ほら総帥！　そろそろ始まりそうですから、頑張ってください！　僕ももう行きますねー！じゃっ！」

――やっぱりあいつ、殺そう。

再び戻って来た殺意を胸に、ヒューバードも絶好の撮影ポイントを探すべく、その場から姿を消したのだった。

『……もう……こうなったらやるしかない……！　精神統一して……。舞う事だけに集中しよう』

私は胸中でそう呟くと、深く溜息をつきながら覚悟を決めた。

スッとステージの中央に歩を進め、表情を引き締め一礼すると、背筋を伸ばした状態のまま、腰を低く落とす。

……その瞬間、今迄騒がしかった会場が静寂に包まれ、緊張感に身が引き締まる。

どの格闘技でも同じだろうが、上半身をぶれさせず、下半身を使って流れるような動きをする事が剣技の基本であり、美しい所作とされる。

私は腰に差した柄に手をやると、刀をゆっくりと引き抜き、真一文字に一閃する。

シャラン……。

白刃が空を切る音と魔力が共鳴し、硬質な美しい旋律を奏でる。

そうして私はゆっくりと立ち上がると、刀を構え、滑るような足捌きを駆使しながら、斜め袈裟斬りや回し切り、突き技などを要所要所に盛り込んだ剣舞を披露していったのだった。

「……ああ……。美しいね……！」

オリヴァーが、夢見るような面持ちで熱い視線を送る先には、白刃を煌めかせ、見慣れぬドレス

（？・）の裾を翻しながら舞うエレノアの姿があった。

流れるような美しい動きの中で、時折見えぬ敵を倒すかのように、白刃が鋭く空を切る。

その都度、刃の動きとエレノア自身の魔力が共鳴し、まるで旋律を奏でるような、美しい共鳴音が周囲に響き渡る。

更に、ひらり、くるりと舞う姿に合わせ、セドリックとリアムの演出であろう花風が舞い踊るさまは、まさに女神に捧げる奉納舞というのに相応しい美しさだった。

剣舞には、精神統一の作用もあるというエレノアの言葉通り、一旦舞に集中すると、エレノアは周囲がまるで目に入らなくなる。

それを良いことに、エレノアの練習中を利用し、リアムとセドリックは土の魔力と風の魔力による花風を、エレノアの周囲に舞わせるリハーサルを繰り広げていた。

それに自分やクライヴも途中から交じり、「青の花弁はダメだな」「深紅も雰囲気に合わない」「白……いや、いっそ薄紅色なんてどうだろう？」などと、演出に口を出していたのである。

ちなみにだが、そんなエレノアの姿を、ウィル、ミアを含む使用人達一同は地面に片膝を突き、手を組み、涙ながらに祈りを捧げていた。

その甲斐あって、舞い踊る薄紅色の花弁はエレノアを美しく彩り、文字通り彼女の剣舞に最高の花を添えている。

エレノアの前世における、『神』に捧げられるという刀を使った邪気払いの奉納舞は、その可憐な姿と対極の、凛とした表情が一種の神々しさを携え、ただただ美しかった。

素早く周囲を見回すと、陶酔の面持ちでエレノアを見つめる男子生徒達や教員達に交じって、熱い視線をエレノアに送っている女子生徒の姿が、あちらこちらで見受けられた。

皆、男子学生達に劣らぬほど、恍惚とした表情を浮かべながら頬を染め、エレノアの姿に魅入っている。

『まさか、こうなるとは思っていなかったね……』

エレノアを敵視していたご令嬢方の中で、エレノアに憧れる者達が出始めている……と、『影』達からの報告を聞いた時は、流石に「いや、それはないだろう」と、信じられなかった。

だがその報告通り、確かにエレノアに対して好意的な視線を送るご令嬢の数は、着実に増えていっている。

エレノア本人は気が付いていないだろうが、ご令嬢方による『姫騎士愛好会』なるものも発足しているのだ。

そしてエレノアに憧れるあまり、エレノアの行動を模倣し、婚約者達や恋人達と以前よりも格段に良好な関係を築くご令嬢方も出始めているのだという。

今迄のこの世界の常識から考えれば、それは信じられないような変化だった。

「……本当に僕の……いや、僕達のお姫様はたいした子だね」

エレノアを中心に広がる波紋は穏やかに、だが着実に広がっていっている。しかも、とても良い方向に。

だが、その波紋は、要らぬモノをも揺り起こしてしまう諸刃の剣(つるぎ)でもあるのだ。

「愛しいエレノア。……大丈夫。君は僕が必ず守ってあげるから」

――この身の何に代えても……ね。

そう心の中で呟きながら、オリヴァーは最愛の妹が繰り広げる剣舞に、再び魅入られていったのだった。

第二章

新たな婚約者編

パトリック・グロリス

剣舞が終わり、柄と鞘が重なった音に我に返った私は、何故か自分の周囲が花びらで溢れている事に、まず首を傾げた。

あれ？　この会場に、薄紅色の花なんて咲いていたっけか？

「ん？」

それからすぐ、自分に向けられる狂気に近い熱気というか、凄まじい視線に身体が硬直してしまった。

「と……尊い……!!」

「なんて……美しい……!!」

「ああっ!!　もう……もう、いつ死んでも悔いはない……!!」

「どこからともなく舞い落ちる花弁……。あれこそ姫騎士を祝福する女神のご慈悲!!　ううっ……か、感動で……目が霞む……っ!!」

陶酔し切った眼差しを向けながら、感動や興奮を口々に述べ、咽び泣く彼らの顔は、一様にこう……逝っちゃってるというかなんというか……。ハッキリ言って、超恐い！

ってか、そういえばこの花びら、セドリックとリアムの演出じゃなかったっけ？　それが女神様のご慈悲って事になっちゃってるの!?　ちょっとセドリック、リアム！　訂正しなさいよあんたら!!

「エレノア、さっさと行くぞ！」

いつの間にか、私の傍に来てくれていたクライヴ兄様に手を取られ、一応優雅に舞台から下りた私は、オリヴァー兄様とその近くにいたセドリックとリアムに、何とか引き攣り笑いを向けた。

するど何故か、その場の視線が彼らに一点集中する。

「上手いぞエレノア！　よしっ！　今のうちに走るぞ！」

「え？　は、はいっ！」

私とクライヴ兄様はその隙に乗じ、そそくさと会場を後にしたのだった。


「エレノア、剣舞見事だったぞ！」

「有難う御座います！　クライヴ兄様！」

「だが、練習の時より切り技が多かった気がするが？」

「あ、そうですか？　……えーと……。ひょっとしたら、切り技したくなるような、なんらかの要素があった……とか？」

「ああ……。変態の妄執が渦巻いていたからな……」

「は？　変態の妄執？」

「気にするな」

「ちょっ！　気になりますよ！」

クライヴ兄様に誘導され、互いにちょっと小走りになりながら、私達は会話を交わす。

熱狂している見学者達を避けながら校舎に戻ろうとするので、当然というか、人気の無い裏庭を歩く事となるのだが、幸い今は校舎にいるほとんどの人達が会場に集まっている。

その為、全く人と遭遇する事なく移動が出来た。

目当ての校舎に、あと少しで到着しようとしていたその時だった。ふいに背後から柔らかい声がかかる。

「エレノア・バッシュ公爵令嬢?」

振り返ると、いつの間にかそこにはスラリとした細身の男性が立っていて、こちらを静かに見つめていた。

すかさず、クライヴ兄様が私を守るように前方へと出る。

「あの……? どちら様でしょうか?」

制服も着ておらず、教員……といったふうでもない見慣れぬ姿に、困惑しながら尋ねる。

すると彼は、思わず見惚れてしまうような麗しい微笑を浮かべた。

――こ……これは……! 久々に目にブッ刺さるほどの顔面偏差値の高さ……!!

「ああ、失礼。私の名前はパトリック・グロリス。バッシュ公爵家の分家筋にあたる、グロリス伯爵家の嫡男ですよ」

――グロリス……伯爵家……って! マリア母様のご実家の名前では⁉

「え⁉ あ、あの……。それじゃあひょっとして、貴方は……⁉」

私のお爺様⁉ ……んな訳ない。あまりにも若すぎる。

ではマリア母様の夫の一人である、現伯爵……? いやいや、やっぱり若過ぎる。

ということは、必然的に彼は……。

「そう、君の兄だよ。初めましてエレノア。先程の剣舞、素晴らしかったよ」

「あ……有り難う御座います」

ニッコリと微笑む彼……パトリック兄様を、私はまじまじと観察する。

私や両親達と違い、全く癖の無いサラサラとした淡いストロベリーブロンドの髪は、全体的に長めにカットされていて、どことなく中性的な印象を与える。

瞳は逆に、柘榴のような光沢のある深紅。肌は透き通るように白く、顔も小顔だ。

マリア母様とは全く似ていないから、多分、現グロリス伯爵様がこういった顔立ちをしているのだろう。基本、この国の男性達は父親に容姿が似るからね。

そういえば、マリア母様がこの人を産んだのは、確か十六歳くらいだったと聞いた事があった。

そしてアイザック父様と結婚したのは、そのすぐ後で十七歳ぐらいの時。

その後、十八歳でクライヴ兄様を産んでいるから……。計算すると彼は今、二十三～二十四歳……といったところだろう。

でもこう言ってはなんだけど、パトリック兄様。実年齢よりうんと若く見える。下手すると、クライヴ兄様よりも年下に見えてしまうほどだ。

全体的に見た感想としては、絶世の美貌を持ってはいても、ちゃんと男寄りな美形のオリヴァー兄様とは違い、美形というより『美人』と言った方が合っている人だ。若く見えるのは、多分そういった要素もあるのだろう。

『でも、パトリック兄様……。何で私に会いに来たんだろう』

父様の話では、小さい頃に何度か顔合わせをした事があったようだけど、パトリック兄様の方から会いたいと言ってきた事は一回も無かったと聞いている。

それに確か母様の話によれば、今は引退しているという私の祖父。前グロリス伯爵は男性血統至上主義者で、現当主であるグロリス伯爵自身も、そういった思考をしているのだという。

つまりは前世の世界で言うところの、男性至上主義的なお偉方達と思考が近いのだろう。

……ということは、私を優しい表情で見つめてくるこの人も、そういう考えを持っているのだろうか？　だから『女として』価値の上がった私に、接触してきたというのだろうか？

でも、穏やかな表情を浮かべるこの人からは、そういった打算的なものは一切感じられない。

母様も、自分の父親の事は悪く言っても、パトリック兄様に関しては何も言っていなかった。

ということは、お爺様か父親のグロリス伯爵に言われて、仕方なくここにやって来たのだろうか？

「君とも、直接話してみたかったんだ。初めましてクライヴ。君の兄のパトリックだ」

「……お初にお目にかかります。オルセン子爵家当主、グラントが嫡子クライヴです。弟とお認めくださり光栄です。パトリック兄上」

クライヴ兄様が慇懃に挨拶をした後、深々と頭を下げた。

この世界……というか、貴族社会では、いくら同じ母親から生まれたとしても、上位貴族の兄弟が認めなければ、兄弟としての名乗りは出来ないのが決まりなのだそうだ。

だから私が今の私になる前は、クライヴ兄様は私の兄妹として名を名乗れなかったのである。

「ところでパトリック兄上。先ぶれも無くこちらにおいでになられたのは、どのようなご用件があっての事でしょうか？」

「うん。実は我がグロリス伯爵家主催のお茶会に、エレノアを誘おうと思ってね。はい、これ招待状」

「……一応受け取ってはおきましょう。ですがこのような要件は、直接お嬢様にではなく、バッシュ公爵家に正式に申し込まれるのが筋ではありませんか？」

「それがねぇ……。何度も正式にバッシュ公爵家に打診しているんだけど、ことごとくお断りされちゃっててね。だったら直接本人に渡せばどうだろうって考えて、こちらまでやって来たという訳なんだよ。それに、将来妻となるのだから、今のうちに交流を深めておきたいしね」

――え？　パトリック兄様。今なんと仰いました？

な、なんか、聞き捨てならないことをサラリと言われたような……？

「パ……パトリック兄様。今のは一体……」

「……誰が誰の妻になる……と？」

あっ！　クライヴ兄様の声が、めっちゃ低くなった！

パトリック兄様が、再びとんでもないことをサラリと言い放つ。

やっぱり聞き間違いじゃなかったんだ。……じゃなくて！　いきなり何言ってんですか、パトリック兄様!?

「エレノアと私がだけど？」

「婚約者でもない貴方が、どうやってエレノアお嬢様を妻にすると？」

衝撃的な発言に絶句している私の代わりに、クライヴ兄様が感情を抑えたような声で、私の疑問を口にする。

そうだよね。そもそもなんで、会った記憶すら無い相手と、いきなり結婚する事になってるの!?

「簡単な事だ。筆頭婚約者を正式な立場の者に……。つまりは私に戻すのさ。それに伴い、今の婚約者達も是正し、私が決め直すから、君もオリヴァーの弟のセドリックも、残念だけど婚約者からは降りてもらう事になるかな?」

クライヴ兄様の目に、剣呑な光が浮かび上がった。

……ってか、筆頭婚約者を元に戻して、クライヴ兄様とセドリックを婚約者から外すって……この人は一体、さっきから何を言っているのだろうか? 正式な立場って……そんなのオリヴァー兄様に決まってているじゃないか。

「……正式な筆頭婚約者は、兄上と私の弟である、オリヴァー・クロス伯爵令息です。これは我らの母である、マリア・バッシュ公爵夫人が正式に決定した事であって、エレノア自身も受け入れております。加えて私とセドリックは、エレノアから直接婚約者として認められました。戻す戻さないの話ではありません」

「オリヴァーが筆頭婚約者になったのは、母であるマリアの気まぐれに過ぎない。……そもそもバッシュ公爵家は代々、本家に娘が出来た場合は、筆頭婚約者を分家筋から選ぶのを慣習としている。逆もまたしかり。だから本来であれば、分家の筆頭である我がグロリス伯爵家の嫡子……つまり私こそが、正式な筆頭婚約者であるのだよ。いくら優秀だとはいえ、他家の嫡子であるオリヴァーには、その資格は元々存在しない」

――え!? そうなの!? ということは、マリア母様が父様と結婚したのは、そういう家のしきたりあっての事だったのか。

でもマリア母様は、その一族の不文律に逆らい、私の筆頭婚約者をオリヴァー兄様に決めた。

そして父様も、それに異を唱えず受け入れた。

……ひょっとしてそのことで、グロリス伯爵家と確執が生まれてしまったから、私は今迄、お爺様とお会いする機会が無かったのだろうか？

いや……。それよりもひょっとしたら、父様が私を守る為に、敢えて会わせようとしなかったのかもしれない。

「……慣習よりも尊ばれるのは、女性の意思。そして母親の決定です」

「マリア母様は、貴族社会における淑女としては大変に素晴らしい方だと思うが、如何せん、大貴族としての自覚が少々足らないところがある。そしてエレノア自身もまだ幼く、自覚に乏しい」

あ、はい。マリア母様がアレなのも、私に貴族としての自覚が無いのもその通りです。

女性至上主義なこの国でも、そういった貴族的な考えが尊ばれるのも分かります。でもたとえそうでも、この人の言っていることや考え方って、私は到底受け入れられない。

「それに……。エレノアが救国の乙女として注目を浴びている今。婚約者も、その立場に見合う血統の者を充てるべきではないのかな？」

「……黙って聞いていれば、戯言をベラベラと……。今の今まで、エレノアを放置してきたあんたらに、血統云々等と言われたくもない！」

遂にクライヴ兄様の堪忍袋の緒が切れてしまう。

だがパトリック兄様は、クライヴ兄様の怒気に動じることなく、寧ろ楽し気に口角を上げた。

「ははっ！　そうそう、そういうところだよクライヴ。君も君の父親も、元平民だけあって腹芸があまり得意ではないようだ。これしきの挑発に容易く乗るところが、エレノアの伴侶として相応しくないと言っているのさ。……尤もオリヴァーの方は、血統はともかく、かなり食えなさそうな子だけどね」

あからさまな、クライヴ兄様やオリヴァー兄様を見下す発言に、遂に私の堪忍袋の緒も切れた。

「……あのっ！　パトリック兄様！」

「ん？　何だいエレノア？」

「今迄の発言、訂正して兄様方に謝罪してください！　オリヴァー兄様もクライヴ兄様もセドリックも、私には勿体ないぐらいに素晴らしい人達です！　彼ら以上の婚約者なんて考えられないし、そもそも血統なんて下らないもので、彼らを侮辱しないでください!!　私は貴方を婚約者にする気なんてないし、一族の決まり事なんてどうでもいい!!」

「……血統が……くだらない……？」

「――ッ！」

一瞬、パトリック兄様の顔が無表情となり、柘榴色の目に冷たい光が浮かんだ。

「ふふ……。やはり君は、ちょっと貴族としての自覚が足りなさそうだね？」

直ぐに表情は元の柔和なものに戻ったけど、全身が凍り付くような冷ややかな眼差しだけは健在で、ゾクリと身体に震えが走った。

「クライヴ兄様……！」

思わずクライヴ兄様の手を握ると、クライヴ兄様は私を庇うように抱き締めてくれた。

そんな私達を暫く見つめた後、パトリック兄様は肩をすくめながら苦笑する。

「……まあいい。今日は挨拶がてら会いに来ただけだからね。エレノア。自分自身の為にも、私の言ったことをよく考えておくように。では、いずれまた」

フワリと、花が綻ぶような美しい笑顔を向けた後、パトリック兄様は私達に背を向け、歩いて行ってしまう。

私はその後姿を見ながら、なんとも言えない不安が湧き上がってくるのを感じたのだった。

「……そうか……。パトリック兄上がいらっしゃったか」

学院からの帰りの馬車の中。クライヴ兄様からパトリック兄様の言動に関する報告を聞き終わったオリヴァー兄様は、表情を僅かに曇らせながら、そう呟いた。

そんなオリヴァー兄様の様子に、クライヴ兄様は意外そうな表情を浮かべる。

「なんだオリヴァー、意外と冷静だな。お前の事だから、あの兄上の言動に、もっと怒り狂うかと思ったんだが?」

「いやまぁ、正直言って非常に不快だよ？　だけど……あのパトリック兄上が、そんな事を仰るなんて、意外だと思ってね」

——え!?　オリヴァー兄様、パトリック兄様とお会いした事があったんですか!?

「何だ？　お前、あの人と面識があったのか？」

クライヴ兄様が私の心の声をそのまま口にすると、オリヴァー兄様が肯定するように頷いた。

「ああ、まぁ一回だけ。公爵様の誕生日に、兄上がバッシュ公爵家にお祝いに来た事があってね。その時の印象は、物静かで穏やかな方だったんだけど……」

そう言って考え込んでしまったオリヴァー兄様。

え!?　オリヴァー兄様、バッシュ公爵家でお会いした……という事は、私と婚約してバッシュ公爵家に入ったばかりの頃……？　じゃあ私はその時どこに？

え？　オリヴァー兄様と顔を合わせたくないって言って、自室に籠城していた？　……うわぁ……。ご、御免なさい兄様。

その時だった。セドリックが珍しく、憤りを隠さない強い口調で声を上げる。

「ですが兄上！　グロリス伯爵令息の兄上方に対する暴言、僕はどうしても許せません！　オリヴァー兄上は、バッシュ公爵夫人であるマリア様が、直々に筆頭婚約者に指名されたのです。それを、さも間違いであったかのように……！　グロリス伯爵家に対し、正式に抗議の申し入れをすべきではないでしょうか!?」

「セドリック。気持ちは分かるが落ち着きなさい。そもそも、パトリック兄上の発言を聞いたのは、エレノアとクライヴだけ。中立な立場の第三者がその場にいなかった以上、たとえ抗議を行ったとて、言った言わないの押し問答になるだけだ」

確かにその通りだ。

あの場に居たのは、いわば身内だけ。……厳密に言えば、バッシュ公爵家の『影』もいただろうけど、まさか『影』に証言させる訳にはいかないもんね。

「ましてや、グロリス伯爵家は分家筋とはいえ、歴史あるバッシュ公爵家の流れを汲む名家。対して我がクロス伯爵家は地方貴族の、いわば新興勢力に近い。抗議など、軽くいなされて終わりだろう」

「確かに、我がクロス伯爵家では残念ながらそうなるでしょうが……。兄上はいずれ、バッシュ公爵家を継ぐ身です！　いくら名家であろうと、本家の後継者に分家の……ましてや伯爵家の者があのような暴言を……！」

「そう。グロリス伯爵家はバッシュ公爵家の分家であり、公爵家よりも格下の伯爵家だ。立場は明らかにこちらが上。ましてや、王家直系であるリアム殿下が、エレノアに思いを寄せていることも周知の事実だ。それを踏まえた上での挑発であるのなら、尚更迂闊に乗るべきではないだろう」

「……王家直系も、リアムだけがご執心じゃない……ってことも、高位貴族なら調べればすぐに分かりますしね」

「その通りだ。……寧ろ、そっちの方が僕にとっては頭が痛い」

「リアムだけだったら、まだ……ですよねぇ……」

「全くだ。リアム殿下だけだったら……まぁ……」

オリヴァー兄様？　セドリック？　話がなんかズレてますが？　それと、リアムだけならなんなんでしょうか？　濁したその先が、ものすごく気になります。

「……つまり、『グロリス伯爵家以上』の身分の家が背後にいる……という事か？」

眉根を寄せたクライヴ兄様の言葉に、オリヴァー兄様が頷く。

「多分ね。まぁ、おおよその当りはつけてあるけど。戻ったら公爵様に進言し、早急に裏を取ってもらう必要があるね」

兄様方やセドリックの会話を聞きながら、私は今日初めてお会いした、もう一人の兄の事を考えていた。

オリヴァー兄様が仰ったように、見た感じはとても穏やかそうな方だったし、クライヴ兄様の事も初対面であるにもかかわらず、兄弟である事を認めてくれた。

なのに、出てくる言葉は身分が云々と、兄様方を侮辱し見下すような、選民意識溢れるものだった。そこがアンバランスと言うか……。なにか違和感のようなものを感じてしまうのだ。

それに……。私を見るあの目は……。

一見、笑っているようで笑っていなかった。

私の言葉に反応した時のあの表情……。

全身が凍り付くような……。そう、あれは間違いなく『殺気』だった。

未だ嘗て、この国で男性にあんな表情を向けられた事など、一度たりとてなかった（以前、クリスタルドラゴンのいたダンジョンでは、リンチャウ国の連中に危ない目に遭わされたけど）。

思い返せば、仲が良くなる前のマテオですら、根本的には『女性』として、私を尊重してくれていた気がする。

なのに何故、確実に血が繋がっている兄に、あんな目で見られなくてはならないのだろうか？

……考えたくはないが、もしかしたら以前、オリヴァー兄様にしていたように、パトリック兄様にも何か失礼な態度をとったり、暴言を連発した事があるのだろうか？　……うん、有り得そうで恐い。なんせ前世の記憶が戻る前の私って、この国の一般的な肉食女子ばりに、我儘でどうしようもない子だったみたいだから。

「エレノア、どうしたの？　ひょっとして不安なのかい？」

いつの間にか、表情が硬くなっていたのだろう。オリヴァー兄様が私の頬にそっと掌を当てながら微笑んだ。

「大丈夫だよ。こんなこと、いずれ起こるだろうと想像していた現象の一つに過ぎないんだから。君は何も心配しなくていいんだ」

「……はい、兄様」

頬に添えられた優しい掌の温もりに、甘えるように頬を擦り寄せると、オリヴァー兄様の笑みが深いものになった。

クライヴ兄様も私の頭を優しく撫でてくれ、セドリックも握りしめていた私の手に指を絡め、ギュッと握りしめてくれる。

――うん、兄様方やセドリックがいてくれれば、きっと大丈夫だ。

触れられている温もりに、知らず緊張していた身体がほぐれていくのが分かる。

「有難う。オリヴァー兄様、クライヴ兄様、セドリック」

私は大好きな私の婚約者達に向け、とびっきりの笑顔を浮かべた。

――けれどバッシュ公爵邸に帰った時、私が感じていた不安は現実となって、私の目の前に突き付けられるのであった。

衝撃的な報告

「エレノア！　そしてオリヴァー、クライヴ、セドリック。皆お帰り」

「アイザック父様!?」

「公爵様!?」

屋敷に到着した私達は、着替える為に自室に向かおうとしてジョゼフに止められ、サロンへと案内された。

するとそこには何故か、まだ仕事中であろうアイザック父様が待っていたのだった。

しかも、待っていたのはアイザック父様だけではなかった。

「お帰り、エレノア」

「おう、エレノア！　久し振りだな、会いたかったぞ！」

「メル父様⁉　そ、それに……グラント父様⁉」

ここ最近、アイザック父様よりも帰ってくる回数が減っていたメル父様と、あの温泉事件以降、我が家に出入り禁止になっていたグラント父様までもが、私達を待ち構えていたのだった。

「エレノア！」

グラント父様、超久し振りだからか飄々とではなく、物凄く嬉しそうな良い笑顔で、私の前で手を広げている。

「グラント父様！」

私も一ヵ月ぶりにお会いするグラント父様にテンションが上がり、広げられた腕の中に飛び込もうとした。……その瞬間。

温泉浴場での、あのとんでもない光景がフラッシュバックしてしまい、思わず後方飛びよろしく、思い切り飛びずさってしまった。

「エ……エレノア⁉」

私を抱き締める寸前だった腕がスカッと空を切り、呆然としているグラント父様に微妙な距離を保ちつつ、私は慌てて謝罪した。

「あ……っ！　ご、御免なさいグラント父様！　つ、つい……！」

「うん、やっぱりエレノアの心の傷は癒えていないようだね。というわけでグラント。回れ右してここから出てってくれる？」

「そりゃねぇだろアイザック!!　お前、許してくれたんじゃねーのかよ!?」

アイザック父様の容赦無きお言葉に、グラント父様がクワッと噛みつく。

だが、アイザック父様はグラント父様に対し、汚物でも見るような、めっちゃ冷たい眼差しを向けたまま、更に冷たく言い放った。

「君があんまりしつこく、毎日宰相室に土下座しに来るお陰で、ワイアット宰相が『いい加減ウザいから許してやれ！』って言うから、仕方なく許したんだよ！　でも前言撤回！　当の被害者(エレノア)が嫌がってるんだから、言い訳がたつしね。さっさと出てけ！」

「と、父様！　私、グラント父様のこと、嫌がってないです！　だから許してさしあげてください!!」

「ほら見ろアイザック！　エレノアはちゃーんと、俺の事許してくれてんだろうが!!」

「エレノア！　こんな破廉恥なクズ、許してやらなくていいんだからね!?　その優しさは、別のところに使いなさい！」

「アイザック！　てめぇ、いい加減しつっけーんだよ!!」

親世代の、超不毛なやり取りに額に手を当てつつ、オリヴァー兄様が静かに声をかけた。

「……公爵様。グラント様の事は、この際隅に追いやってください。……公爵様や父上がここにいらっしゃるという事は、エレノア絡みでなにかあったのですね？」

その言葉に途端、父様方の表情が引き締まった。

「オリヴァー。そしてエレノア。落ち着いて聞いてほしい。……グロリス伯爵家から僕宛てに、マリアの署名付きの書簡が届いた」

「母様から⁉」

「……そう。中身を確認したところ、オリヴァーを筆頭婚約者から外し、代わりに長男のパトリックを筆頭婚約者にする……と、そう書かれていたんだ」

父様の口から語られた衝撃的な内容に、その場の空気が一瞬で凍り付いた。

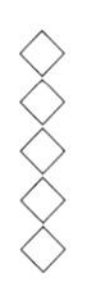

「……それにしても……。まさかあのパトリックが、わざわざそんな事を言いに君達の所にやって来ただなんて……。叔父の言いなりのアーネストならともかく……」

クライヴ兄様から、パトリック兄様とのやり取りを聞いたアイザック父様は、そう言いながら戸惑ったような表情を浮かべた。

あ、アーネストとは、グロリス伯爵家を継ぐ為に、グロリス家の養子となった、現グロリス伯爵……つまり、私の義理の伯父のことである。

「父様、パトリック兄様とは、どのような方なのですか？」

「うん。あの子とはあまり頻繁には会えなかったけど、小さい頃から物静かで穏やかな、とても良い子でね。君の事も、よく気にかけてくれていたよ。身分を笠に着るような子では、決してなかったんだが……」

同じような事を、オリヴァー兄様も仰っていた。

もし、パトリック兄様が本当にそういう人だったとしたら、何故あの時、私達にあんなことを言っ能性は？」

「……成程。確かに僕を筆頭婚約者から外す……と書かれていますね。父上、これが偽造された可能性は？」

「あらゆる角度から検証してみたが、魔力を使った改竄の形跡は確認出来なかった。念の為に筆跡なども確認したが、間違いなくマリアが書いたものだったよ」

メル父様が、いつもよりも若干憂いのこもった表情で溜息をつく。

それがあまりにも色気滴るけしからん表情だった為、うっかり顔が赤くなってしまいました。……こんな時にこんな事考えるアホな娘で、本当に申し訳ありません。

「旦那様。ことの真偽を確かめる為、マリア様にこちらへ出向いてくださるよう、連絡をお取りになられた方が……」

皆に紅茶を淹れてくれていたジョゼフが、アイザック父様に進言する。

だが、アイザック父様は難しい顔をしたまま、首を横に振った。

「マリアは今現在、グロリス伯爵家に滞在中だ。どうやら体調不良を起こしているらしく、療養中だからこちらに来られないと、叔父から連絡が来たよ。……逆に丁度お茶会が開かれるから、エレノアを連れて見舞いがてらこちらに来たらどうか？　とまで言われてしまってね」

「それは……」

ジョゼフが眉根を寄せる。……うん、それってどう考えても、私達をお茶会に来させる為の口実だよね？

だって母様、一週間前にバッシュ公爵家に遊びに来た時、元気溌剌だったもん。

でも私の意思をガン無視し、挙句に母様まで使って、こんな嫌がらせしてくるなんて信じられない！

こうなったらいっそ、グロリス伯爵家のお茶会に乗り込んで、私の口から直接ハッキリとお断りをした方が良いんじゃないだろうか。

「おい、アイザック。マリアの奴、あのクソ親父に監禁でもされているんじゃねぇのか？　んでもって、手紙も無理矢理書かされたんじゃねぇのかよ？」

「……あのマリアに、無理矢理何かをさせられるとは思えないけどね……。それにマリアは、元々実家も実の父親も毛嫌いしているから、グロリス伯爵家を訪れる際には、信用のおける夫なり恋人なりを常に同行させている。今回は、現在の恋人であるブランシュ・ボスワース辺境伯を連れていたはずだから、いくら叔父だとて、無理矢理軟禁する事など出来はしなかっただろう」

「ああ、そういやそうだな。……にしても、ボスワース辺境伯か……！　流石はマリア、大物食らいだぜ！」

んん？　ボスワース辺境伯……って、聞いたことがあるような……？

「ほら、セドリックの誕生日に、母上が連れて来ていた方だよ」

首を傾げる私に、オリヴァー兄様が苦笑しながら教えてくれた。ああ、あの人か！

「隣国に最も近い国境沿いと、その周辺の魔物生息地域一帯を守護するお方で、グラント様も一目置いているほどの猛者でもあるんだ」

「おうよ！　一度手合わせしてみたが、間違いなくクライヴよりも強いな！　俺と互角……とは言わねぇが、かなりいい線いっていたぜ！」

グラント父様の、手放しの称賛にビックリしてしまう。

あの方、そんなに凄い方だったのか……！

そして、辺境伯とは何か……と、オリヴァー兄様が説明してくれたところによれば、中央から離れていても大きな権限を認められている地方長官の一種で、身分は単なる伯爵より上位であり、侯爵に近いのだそうだ。

国境付近や、文字通りの辺境地域で、他国の侵略や魔物の大量発生を最前線で食い止め、国を守護する事から、広大な領土と権限を与えられていて、それに見合う強大な力を持つ人しか、『辺境伯』として認められないのだとか。成程。

あの日お会いしたボスワース辺境伯様は、確かに武人のような威厳に満ちた体躯をされていたけど、笑いかけてくれた顔はとても優しく穏やかだった。……まさかそんな凄い方だったなんて……。

……待てよ？　確かあの時私、とんでもない下着をしげしげ眺めていたり、オリヴァー兄様に正座させられて説教されていたりと、ろくでもない姿しか晒していなかった気がする。

うわぁ……。恥ずかしい！　きっと呆れられていたに違いない。

でもそうすると、母様の傍に、ボスワース辺境伯様は付いていらっしゃらなかったのだろうか。

だから母様、お爺様に軟禁されちゃって、あんな手紙を寄越したの？

「一応、筆頭婚約者の変更については、僕の名前で抗議文を出しておいた。……が、マリアの直筆の手紙がある以上、決定を覆すのは難しいだろうね」

「……え？」

父様の口から出た信じられない言葉に、一瞬思考停止となった私は、我に返った瞬間、父様に向かって叫ぶような声を上げた。

「アイザック父様⁉　何故ですか⁉　だって婚約者を選ぶ権利は、女の子にあるはずなのでしょう⁉」

「確かにその通りなんだけど、筆頭婚約者を決める権限は絶対的に母親にあり、たとえ娘がどれほど嫌がろうと、拒否権は与えられないんだよ。エレノアが成人していれば、決定権は本人に移行するのだけれど、エレノアはまだ未成年だから、今の段階では君がどれほど抗議しても、マリアの決定が優先されてしまうんだ」

　そこで私は思い出した。

　今の『私』になる前のエレノアは、オリヴァー兄様との婚約をとても嫌がっていたけど、婚約解消はしていなかった。あれはしていなかったのではなく、出来なかったのか。

　それほどまでに、この世界での母親の権限は強いのだ。

　じゃあ私は、このままオリヴァー兄様と離れなくてはならないのだろうか？

　ううん、オリヴァー兄様だけじゃない。クライヴ兄様とセドリックとも、引き離されてしまうの……？

　ポロリ……と、無意識に涙が零れ落ちる。

　そのままポロポロと、涙が次々零れ落ちて止まらない。

「エレノア！」

　そんな私の身体を、オリヴァー兄様が優しく抱き締めてくれる。

「オリヴァー兄様ぁ……！」

　しゃくり上げる私をあやすように、オリヴァー兄様が涙を零す目元に、頬に、何度も口付けを繰り返す。

「大丈夫だエレノア。君は絶対に誰にも渡さないし、君を傷つけるものは、僕が何に代えても排除する！　……だから、泣かないで……」

そう言ってから、再びオリヴァー兄様が私を自分の胸にきつく抱き締める。

『オリヴァー兄様……』

優しくて温かくて、心の底からホッと出来る、大好きな兄様の香りを胸いっぱいに吸い込む。

……私が前世の記憶を取り戻した時から、ずっと守ってくれた。優しくて愛しい温もり。

この温もりが……。兄様が私の傍から居なくなるなんて……そんなこと、絶対に嫌だ！

「エレノア、俺も同じだ。お前がいなければ生きていけないって、あの時言っただろう？」

「僕もだよエレノア。何を失っても、誰を敵に回しても……。君を絶対奪わせない！」

「クライヴ兄様……。セドリック……」

まだ涙が止まらないまま、私はクライヴ兄様とセドリックにも代わる代わる抱き締められる。

「勿論、私達も手を貸すよ。折角出来た、可愛い可愛い娘を横から攫(さら)われるなんて、断じて許される事ではないからね」

「当然俺もだ！　……まあ今回、力業でどうこうって話じゃなさそうだから、あまり出番は無いかもしれねぇけどな」

「メル父様……。グラント父様……」

……うん、私もだよ。私も絶対、みんなの傍から離れない……！

ひとしきり泣いて、ようやっと私が落ち着いた頃を見計らい、アイザック父様が話し始めた。

ちなみに私は今、オリヴァー兄様に膝抱っこされ、ガッチリとホールドされた状態です。……シリアスな状況なのに、なんか締まらないな。

「……叔父は幼い頃、当時子が居なかったグロリス伯爵家の養子に出されてね。それを怨んでか、このバッシュ公爵家の当主の座にずっと固執していたんだ。父は長子で強い魔力を持っていたけど、身体が弱かったからね。でも、とても優しい方だったんだよ」

「エレノアにも会わせてあげたかったな……」と、アイザック父様が懐かしむように、目元を緩ませる。

うん、きっとアイザック父様みたいな、とても優しい方だったんだろう。私もお会いしてみたかったな。

「十四の時に父が亡くなった時も、僕がまだ若輩だということを理由に、当主の座を譲るよう、叔父に迫られたよ。……幸いというか、一族の殆どは僕を支持してくれたし、ジョゼフ達古参の家令達も、僕を守ってくれた。それとここだけの話、ワイアットのじーさまのお口添えがあったのも大きかったかな?」

え？　父様、ワイアット宰相様と、その時から懇意にしていたんだ！

……え？　懇意にというより、勝手に弟子認定されていただけ？　いやいや、それにしたって凄いですよ。

「マリアも僕の父を慕っていたから、婚約者の時もそうだったけど、公爵夫人になっても、実家に関わらせないよう、バッシュ公爵家の内情に全く関わろうとしなかったんだ。その上君を産んですぐ、内々にオリヴァーを筆頭婚約者に決めてしまった。……きっと君を、叔父の野望の道具にされたくなかったんだろう。だからこそ今更、筆頭婚約者を変更するなんて有り得ない。間違いなく、何かの力が働いている」

「アイザック、お前の事だ。どの家がグロリス伯爵家と関わっているのかぐらいは掴んでいるんだろう？」

「……まあね。だけどどの家も、僕やメル達を敵に回してまで、叔父に付くとは思えないんだよね」

「公爵様。ノウマン公爵家はその中に含まれておりますでしょうか？」

「オリヴァー兄様？」

ノウマン公爵家って……。確か四大公爵家の一つだよね？

「ノウマン公爵家……か。あそこが深く関わっているという話は、今のところ出ていないね。今回のお茶会には、娘が参加するみたいだけど。そういえば、招待されているご令嬢方は皆、彼女の取り巻き達だったな」

「……そうですか」

アイザック父様のお言葉に、何やら思案しているオリヴァー兄様のご尊顔が、近距離で目にぶっ刺さってくる。

兄様……。その愁(うれ)いを帯びた真剣な眼差し、尊いです！

「とにかくだ。グロリス伯爵家のお茶会には、エレノアを含めて我々も参加することにしよう。クライヴはエレノアの専従執事だから、勿論付いて行ってもらうし、オリヴァーにセドリック。君達にも勿論、参加してもらうよ？」

「はい。公爵様」

「勿論です！　公爵様！」

「あちらはきっと、お茶会の席でエレノアの筆頭婚約者の変更について発表するだろう。当然、マリアも参加するはずだ。……エレノア」

「はい、父様」

「愉快なお茶会にはならなさそうだし、こんな形で君を叔父に会わせたくなかったんだけれど……。ともかく、マリアの無事と真意を確認しなければ、話にならないからね」

「大丈夫です父様！　私も色々、パトリック兄様や伯父様やお爺様に、言いたい事や聞きたい事がありますから！」

だから心配しなくて大丈夫！　……と言いたかったんだけど、何故か父様方も兄様達も、揃って微妙な顔をした。セドリックに至っては、あからさまに不安な顔をしている。

いや、「何故!?」とかは訊きませんよ？　私だって色々やらかしてきた自覚はありますから。

でもその、「こいつ、確実になんかやらかす！」的な視線、やめてください。傷つきます！　私だって空気ぐらい読むんですからね!?

策略の裏側

「これはレイラ・ノウマン公爵令嬢。またお会い出来て光栄です。この度は、我がグロリス伯爵家にようこそおいでくださいました」

そう言いながら、初老の紳士が豪華なドレスに身を包んだレイラに向かい、最上級の者に対する貴族の礼を執る。

その面差しは老いてなお、非常に整っており、物腰も若かりし頃はさぞや……と思わずにはおれないほど洗練されている。

——だが、友好的な笑みを浮かべるその眼差しだけは、尊ぶべき『女』としてではなく、『ノウマン公爵令嬢』としての自分を値踏みするかのように、油断のならない光を湛えていた。

『……相変わらず、不快な男ね……』

女性を国の宝として尊ぶこのアルバ王国にあっても、こういった類の男は貴族の中に一定数存在する。その中でもこの男……。前グロリス伯爵バートン・グロリスは、群を抜いた『男性血統至上主義者』として知られていた。

そしてその噂どおり、自分に見せる慇懃な態度の中に、打算が見え隠れするのだ。

「ええ、私もよ。それにお茶会へのご招待有難う。参加するのが今から楽しみよ」

わざと、格下の者に対して行う態度と口調で接してみる。

男性血統至上主義者のこの男が小娘にそんな態度を取られ、どう出るかと様子を見るが、友好的な態度は崩れなかった。……尤も、腹の中はどうだか分からないが。

「それは宜しゅうございました。お父上とは、仕事で何度か懇意にさせていただいております。どうかくれぐれも、宜しくお伝えくださいませ」

「ええ。そうするわ」

「ところで、弟君のカミール様はおいでではないのですか？」

「あの子は連れて来なかったわ。最近くだらないものに御執心で、腑抜けてしまっているから」

「それはそれは……。弟君も、我が一族の誇る『姫騎士』に御執心とは……。私も鼻が高いですな！」

言葉に含まれた揶揄うような響きに、レイラの眉がピクリと吊り上がった。

「……ええ。だからこそ、貴方がたの話に乗ってあげたのよ」

レイラの眼差しが、バートンの後方に控えているストロベリーブロンドの青年へと注がれる。

――パトリック・グロリス……。

彼が自分に接触してきたのは、別の伯爵家が主催する夜会での事だ。

普段自分が侍らせている男達と違い、女と見まごう程の線の細い美しさに興味を持ち、「私と個室へ参りませんか？」との誘いに応じたのだ。

丁度バッシュ公爵令嬢、エレノアがもてはやされ始め、何もかもが気に入らない状況下にあった時期と重なった事もあり、分家筋であるこの男をその気にさせ、適当に遊んだ後で捨てて溜飲を下げてやろうと目論んだのである。

だが二人きりになった時、彼の口から聞かされたのは自分への愛の言葉ではなく、グロリス伯爵家の立てた計画に、自分を一枚噛ませる為の提案だった。

『この計画が上手くいけば、私の弟であるオルセン子爵令息……クライヴは、エレノアの婚約者ではなくなります。そして、私がエレノアの筆頭婚約者になった暁には、貴方の弟君をエレノアの婚約者に指名いたしましょう』

そんな驚くような提案の数々に、思わず湧いた疑念を口にする。

『……貴方、それでいいの？　カミールが婚約者になれば、身分の高さから筆頭婚約者の立場は貴方ではなく、私の弟に移るのよ？』

その言葉に対し、彼はフワリと花が綻ぶような美しい笑顔を浮かべる。

『構いませんよ。私が欲しいのはエレノアではなく、あくまでバッシュ公爵家家長の座ですからね』

淡々と紡がれるその言葉にも態度にも、自分の妹に対する情けの感情は欠片も見られなかった。

未だ嘗て遭遇した事の無い、女を駒のように利用しようとするこの男に戦慄を覚えたが、同時に湧き上がってきたのは仄暗い愉悦だった。

『……良いわ。貴方の計画に乗ってあげましょう』

そうして私は、彼等の『共犯者』となったのだった。

『そう……。この男が筆頭婚約者になれば、あの女はクロス伯爵令息やオルセン子爵令息と引き離され、自分を愛さない男の所有物となり、道具扱いされる……！』

それを想像しただけでも笑いがこみ上げてくる。今迄の鬱屈とした気分が晴れ、溜飲が下がる思いだ。

──しかも結果的に、あの女の手から離れたクライヴ・オルセンを、自分のものに出来るかもしれないのだから……。

気に食わないのは、あの女の血が我がノウマン公爵家に入る事だが……。

まあ、クライヴ・オルセンを手に入れる為の代償と割り切れば問題は無い。

それに父は、一目置いているバッシュ公爵との強固な繋がりを持つ事が出来るし、表向き反抗的な態度を取る弟も、自分が焦がれる女を手に入れる事が出来るのだ。最終的には私に感謝するだろう。

少し手を貸すだけで、我がノウマン公爵家にとって、計り知れない恩恵が転がり込んでくる。多少の不快さなど、我慢出来ようというものだ。

――ただ、懸念すべきは王家直系達だろう。

第四王子のリアム殿下は、あの女に対する好意を隠そうともしておらず、聞くところによれば他の殿下方も、あの女を憎からず思っているとの事だ。

そんな彼らが横やりを入れてきたとしたら……。

今回の計画を聞かされた時からずっと、心の中で引っかかっていた懸念。

それを口にした私に対し、パトリックはなんて事のないように頷いた。

「確かに、王家が出てくれば多少は面倒なことになりましょう。ですが、リアム殿下はまだ婚約者ではなく、いわば婚約者候補の身。有力貴族の婚姻事情に、公式に口を挟む事は出来ません。ましてや、その婚約者の中に四大公爵家の嫡男がいれば、なおのこと……」

「でも……。もしクロス伯爵令息達が、婚約への異議申し立てに王家を引っ張り出してきたら……」

「それこそ有り得ませんね。同じ女性に好意を寄せる相手……しかも王族に助力を願い出るということは、諸刃の剣となりかねない。彼ら王族が、それを口実にエレノアを『公妃』としてしまったら？　寧ろ、彼らが絶対に助力を仰げないのは王族なのですよ」

酷薄そうな笑みを浮かべるパトリックの言葉に、レイラはようやく安心し、扇で口元を隠しながら笑みを浮かべる。

次いで、ひっそりと部屋の奥のソファーに腰かけている一人の女性へと目をやった。

――社交界の華とされ、淑女の鑑と謳われる恋多き女性。マリア・バッシュ公爵夫人。

あのエレノア・バッシュ公爵令嬢とよく似た面差し。……だがその顔に表情は無く、目もどこか光を失ったように、ぼんやりと何もない宙を見ている。

そんな彼女に寄り添うように、パトリックとよく似た壮年の男性が、うっとりとした恍惚の表情を浮かべながら、彼女の髪を優しく梳いている。

……多分彼は、このグロリス伯爵家の現当主である、アーネスト・グロリスであろう。

「ああ、僕の愛しいマリア……。やっと僕の元に帰って来てくれた！　……これからはずっと、僕の傍にだけいておくれ……」

自分や他の者達が居るにもかかわらず、彼はただひたすらに、バッシュ公爵夫人に愛おしむような眼差しを向け、愛を語っている。

その姿はどこか狂気を孕んでいるようで、背筋がうすら寒くなってしまう。

そしてそんな彼に対し、バートンもパトリックも、冷ややかな眼差しを向けていた。

「……それにしてもまさか、貴方までもがこの計画に参加していたとは思いもしませんでしたわ。ボスワース辺境伯様？」

名を呼ばれ、グロリス伯爵とバッシュ公爵夫人の座るソファーの横に立っていた男が、ゆっくりとこちらを振り返る。

腰まである、艶やかでやや青みがちな紫紺の髪をした美丈夫は、一見武人のようなガッシリとした……だが、しなやかな体躯を、動き易さ重視といった最低限貴族であることが分かる服装で包んでいる。

『辺境の蒼き守護神』

『ドラゴン殺し』の英雄、グラント・オルセンと並び称されている目の前の男は、四大公爵家の令嬢である自分に対し礼を執るでもなく、ただ淡々とした表情を向けてくる。

「……手に届かぬと思っていた者が手に入るかもしれないとあらば、乗らぬ男など、この国にはいない……」

ブランシュ・ボスワースは、そう静かな口調で言葉を返した後、ラピスラズリのような深い紫紺の瞳をゆっくりと細めた。

その『届かぬと思っていたもの』が何であるのか……。この状況なら嫌でも分かる。

レイラは不意にこみ上げてきた苦い感情に、思わず眉根を寄せた。

「母親の次は、それよりも若くて愛らしい実の娘が欲しくなったのかしら？　辺境伯様ともあろうお方が、良いご趣味ですこと」

揶揄と皮肉を込めた言葉にもブランシュは動じず、穏やかな表情を崩さない。

「何とでも。アルバの男なら、こうと決めた女性を得る為ならば、手段は選ばない。……ましてや我らアルバ王国の至宝とされる、伝説の姫騎士の再来とあれば、なおのこと……」

一瞬、その瞳にトロリとした熱いものが浮かんだのを感じ、レイラはギリ……と、奥歯を噛み締めた。

――オリヴァー・クロスといい、クライヴ・オルセンといい、この男といい……！

何故、誰もが一目置くような男達が、あんな女に夢中になるのだ。

特にこの、若くして辺境伯を継いだ男は、歴代辺境伯の中でも最高とされる魔力と、あの『ドラゴン殺し』の英雄に匹敵する剣技を併せ持つとされる英傑。

爵位、美貌、能力……そして、辺境を守護する要として、王族からも一目置かれているこの男は、孤高にして高潔と名高く、妻も恋人も娶（めと）らぬまま、ひたすらこの国を守護する事に人生を捧げてきた。

そんな男の望みが、あんな剣技の真似事をするだけの、たいして美しくもない小娘だなんて……！

『……まあ良いわ。エレノア・バッシュ。一週間後のお茶会、私にとって最高の……貴女にとって、最低の日になるのだから。せいぜい楽しみにしていなさいな』
これから起こる出来事に思いを馳せつつ、レイラはうっとりと嗤った。

それぞれの思惑と役割

『やあ、オリヴァー。どうやら大変な事になっているみたいじゃないか？』

バッシュ公爵邸内で、オリヴァーに与えられた執務室。

そこに置かれた重厚な机の上で、オレンジ色の綿毛……いや、丸いフワフワの小鳥が、ちょこんと佇み囀（さえず）っている。

だがその可愛らしい見た目とは裏腹に、囀る声はテノールに近いバリトンボイスである。

『今回の件、王家はギリギリまで手を出さず、静観させていただくよ。君とバッシュ公爵の望み通りにね。でもいよいよもって策が尽きた時は、僕で良かったら幾らでも君達の力になるからね？　……まぁ尤も、君が素直に僕達に頼ってくれるとは思わないけどね』

「……………」

黙って聞いているオリヴァーだったが、次の台詞を聞いた瞬間、無表情だった顔が鬼の形相となり、背後から黒い魔力が溢れ出す。

『でもね、覚えておいてほしいんだけど、僕らもいつまでも手を拱いて見てはいないよ？　いざという時には、王家が独断で動かせてもらう。ポッと出の男にエレノアをくれてやるほど、僕らも人間が出来ている訳じゃないんでね。……ふふ。まあ君なら、そうなる前に賢明な判断をしてくれると信じているよ』

噴き上がる暗黒オーラに、オレンジ色の毛玉がプルプル震え、黒いつぶらな瞳もウルウルし出す。

それを傍で見ていたアイザックは、落ち着かせるようにオリヴァーの肩をポンポンと軽く叩いてやった。

「オリヴァー、落ち着いて。エレノアの愛する連絡鳥、苛めちゃダメだよ？」

「……分かっております。公爵様」

そう、この鳥はご存じ、マテオの連絡鳥の『ぴぃ』である。

強力な防御結界に覆われたバッシュ公爵家だが、この愛らしい小鳥だけは、結界を通過できるようにしてあるのだ。その為、王家からの連絡はもっぱら、この小鳥が請け負っている。

――エレノアとクライヴがパトリックと邂逅した事を、やはりというか王家は把握していた。

「……分かってはいましたが、エレノアにも王家の『影』が付いた……という事ですね」

「そのようだねぇ……」

オリヴァーが溜息交じりに口にした言葉に、アイザックも思案顔で頷いた。

王家の『影』が付く。

それはすなわち、王家がエレノアのことを、『守るべき者』と判断したという事に他ならない。つまりは事実上の妃候補扱いである。

非常に腹立たしいが、婚約者候補として、また王家直系としては当然の行動であろう。

なにより、エレノアの父親であるアイザックがそれを黙認しているので、自分が異を唱える訳にもいかない。

　この人は勿論、親友達の息子である自分達を大切に思ってくれている。

　だが何より最優先するのは、最愛の娘を守る事であり、その為のあらゆる可能性を常に考えているのだ。

　……それに異を唱える事はしない。自分だとて最優先にするのは、『この世で一番愛しい者を守る』事なのだから。

　丁度メッセージが終わったのだろう。未だに小さく震えながらも、ぴぃはジッとオリヴァーからの返事を律儀に待っている。

　その健気というかいじらしい姿に、さしものオリヴァーも己の漏れ出た魔力を可能な限り引っ込め、ゆっくりと口を開いた。


「アシュル。オリヴァー・クロスからの返事はどうだった？」

「ええ、父上。一言だけ『そのまま最後まで静観なさっていてください（意訳：しゃしゃり出てくんな！）』ですよ」

「ははっ！　流石はオリヴァー・クロスだ！　アシュル、お前の恋敵は実に侮れんな！」

　王の執務室にて。息子の報告を受けたアイゼイアは、心の底から楽しそうに笑った。

　それに苦笑で返しながら、アシュルは肩に止まっているオレンジ色の毛玉を、指で優しく撫でてやる。

「そうですね。……まぁ、ここからはオリヴァーのお手並みを拝見しながら、我慢比べですよ」

　寧ろ、グロリス伯爵家の思惑と動きに激怒し、自ら動き出そうとしている弟達を抑える方が頭が痛

い。……そうぼやく愛息子に対し、「頑張れよ」と激励の言葉をかけながら笑みを深くした父、アイゼイアに一礼すると、アシュルは執務室を後にした。

「でも僕だって、本当は気が長い方じゃないんだけどね……」

人気のない長い回廊を歩きながら、アシュルはそう独り言ちる。

まだ、様々な根回しが終わっていない段階なのだ。有力貴族達が絡んでいるこの状況で、王家が動くわけにはいかない。

ましてやエレノアは『婚約者』ではなく、まだ『婚約者候補』であるのだ。

今の段階で自分達が動けば、エレノアは『公妃』として扱われる事となり、今度はバッシュ公爵家側を敵に回す事となるだろう。オリヴァーはそれを分かっていて、自分達に釘を刺してきたのだ。

――あの男は、自分からエレノアを奪おうとする者に対して容赦をしないからな……。

もしエレノアが、世の一般的な女性達同様、男性に対して奔放であったのなら、オリヴァーは自身のドス黒い執着心を綺麗に隠し、エレノアがどんな男のものになろうが微笑んで受け入れていただろう。

だが、エレノアは希少な『転生者』であり、いつまで経ってもこの世界の常識に染まらない、無垢で初心な女の子だった。

そのあまりにも異質で愛おしむべき心根と有り様は、アルバの男達が潜在的に抑え込んでいる、獰猛な執着心と劣情を容赦なく掻き立てる。

最もアルバの男性らしい気性を持つあの男（オリヴァー）が、そんなエレノアに溺れないはずがない。

ましてやエレノア自身も、その重すぎる溺愛を必死に受け止め、健気にも同等の想いを返そうとしてくれているのだ。

そんな愛おしむべき最愛を守り、己のものにし続ける為なら、あの男はどんな相手であっても、いかなる謀略であろうとも、絶対に白旗なんて掲げないだろう。勿論、クライヴとセドリックもだが……。

その彼らがエレノアに対し、あれほどまでに己を律し、真綿で包むように愛おしみ、ドロドロの執着心を抑えているのは、ひとえに本人達の凄まじいまでの自制心と、エレノアに対する心からの愛情ゆえだ。

その一方で、抑えきれぬ己の欲望に抗えず、どんな手段を使っても手に入れようとする者達……。

エレノアを愛する男は、くっきりとその二極に分かれる。

——果たして自分は……。自分達は、どちら側なのだろうか？

もし、自分達がエレノアと初めて会ったお茶会で、素のままのエレノアと出逢っていたら……。

彼女の心を置き去りに、ただ己の欲望のまま、親友であるクライヴの事も、敵に回せば恐ろしく厄介なオリヴァーの事も関係なく、彼女を『公妃』として手に入れようとしていたに違いない。

だから、そんな事にならなくて良かったと、今では心の底からそう思っている。

もし己の欲望に忠実に行動していたとしたら……。

彼女と会うたび感じる、穏やかで愛おしい時間も、かけがえのない親友も、未来の優秀な腹心も、全て失うところだったのだから。

あの屈託のない笑顔を守る為なら、引くところは引き、譲るべきところはギリギリまで譲るつもりでいる。

だがそれはあくまで、エレノアの大切な婚約者である彼らに対してのみ。

その他の者達に奪われるくらいなら、自分達が容赦なく奪わせていただく。

「……だから、精々頑張ってくれよ。……僕自身の我慢が限界になる前にね……」

そうポツリと呟くアシュルの表情は、普段親しい者にすら見せたことがないほど、冷たいものであった。

◇◇◇◇◇

その男が前触れもなく、フラリと『紫の薔薇の館(ヴァイオレット・ローズ)』を訪れたのは、店を閉める間際の時間帯だった。

「あらー？　久し振りねぇ、グラント。ここに来たって事は、アイザックに許してもらえたのかしら？」

「よう！　メイデン」

そう。実はこの男、あの淫乱女(マリア)の挑発に乗って、可愛い義娘(エレノア)の目の前にイチモツを晒すという、とんでもない愚行を行い、バッシュ公爵家から出禁にされていたのである。

ついでに、メルヴィル経由でそれを知った自分も、「私の可愛い義娘に、なんちゅうもんを見せてやがんだこの変態！　アイザックに許されるまで、ここに来んな！　もし来たら潰す!!」と厳命していたので、ここにやって来たということは、アイザックの許可が下りたのだろう。

「……まぁ、ワイアットじーさんの口利きのお陰で、何とかな……。っても、アイザックの野郎は完壁に許してねぇから……ま、仮ってトコだな」

――ああ、成程。あの本気で怒っていたアイザックが、よく一ヵ月やそこらでこいつを許したなと思ったら、ワイアット宰相が取り成したのか……。

胸中で納得しながら、あの渋強面な爺さんの姿を脳裏に思い出す。

彼がここを訪れたのは数回程度。

そしてそのどれもが、仕事から逃げて隠れていたアイザックを捕獲する為だった。

「騒がせて申し訳なかった。詫びに、今ここに居る者達の今日の飲み代は全て、ワイアット公爵家にツケてくれ」

……なんて、その度にクールに言い放っちゃう渋いイケオジっぷりにやられ、隠れファンがこの店に大勢いるのは、ここだけの話である。

「あーっ!! グラントちゃん!!」

「ちょっとぉ！ 超久し振りじゃなぁい!? 会いたかったぁ!!」

「ねぇねぇ、エレノアちゃん元気!? アイザックちゃんやメルちゃんにお願いしてんのに、全然ここに連れて来てくれないのよ!! 酷くない!?」

「グラントちゃんなら、問答無用でパーッとエレノアちゃん連れて来られるでしょ？ ね～？ お願い♡」

グラントの姿を確認した途端、店内の子達がワッとグラントを取り囲んだ。

「おいおい、流石にんなこと出来っかよ！ しかも今それやったら、真面目にアイザックにぶっ殺されんぞ!?」

「グラントちゃんなら大丈夫でしょ～？」

「そーよ！ 殺しても死ななそうだもん！」

「てめぇら……。俺を何だと思ってやがんだよ!?」

「「「え～？ イケメン脳筋おバカ？」」」

「ぶっ殺すぞ⁉　この男女共が‼」

「「「ひっど～い‼」」」

軽口を叩き合いながらも、女の子達は皆、何だかんだと楽しそうだ。

メルヴィルやアイザック同様、グラントも身分や性別といったもので相手を測ろうとしない。

その姿は、あくまで素で天然。己で見て感じたものを信じて接し、行動するのだ。

そんな彼を慕う者は多く、無名の冒険者時代から、老若男女問わず好かれていた。

この店で給仕長を務めているハリソンも、グラントに惚れて冒険者パーティーに参加したうちの一人である。

……尤も、猪突猛進の脳筋野郎の暴走に常に巻き込まれていた自分からしてみれば、「てめぇ！　いい加減にしやがれ！　マジでぶっ殺すぞ⁉」……というのが正直な感想だ。

実際、それらの被害に対するフォローを入れるのは、全て相棒たる自分の役目だったのだから。

『あの時代は、毎日が楽しく充実していたけど、それと同等に修羅の日々だったわね……』

そんな遠い日々のアレコレを思い出しながら、メイデンはパンパンと両手を叩く。

「ほら、あんたら！　そろそろ閉店準備してちょうだい！　ああ、それとハリソン。別室に酒とつまみを用意しておいて。作業が終わったら、あんたら全員そのまま帰っていいからね？」

「「「はーい！」」」

「おい？　メイデン」

「久し振りにサシで一杯ひっかけるわよ！　……あんたもそのつもりでここに来たんでしょ？」

——そう。昔からこいつのフォローは、自分の役目なのだから。

「……ふ〜ん……成程。可愛い義娘と息子のピンチに、自分が役に立ちそうもないって落ち込んでるわけ？」

「……ま、端的に言えばそうだな。あ〜！　これが冒険者時代だったらなぁ！　一発入れて終わるんだがなー！」

「終わんないわよ!!　一発入れてスッキリした後には、膨大な後始末ってやつが付いてくんの!!」

高級ワインを瓶のままラッパ飲みしている、元相棒の言動に眉間をほぐしながら、こちらも同じく瓶を手に持ち、ワインを飲み干す。

いや、最初はちゃんとグラスで飲んでいたのだが、対面で飲んでいるとつい、飲むスピードが速くなってしまうので、互いにグラスに注ぐのも面倒となり、最終的にはこのような飲み方となるのである。

互いにウワバミなだけに、店の酒を飲み尽くさないよう、普段はちゃんとグラス飲みで調節しているのだが、今日はもう店も閉店だし、たまにはこうして心ゆくまで酒を飲み交わすのも良いだろう。

ちなみに別室飲みにしたのは、こんな姿を店の連中に見られたくないからだ。美人マダムとしての沽券にかかわる。

「メイデン、美味いなこれ！　こんなのこの店に置いてあったっけか？」

「あんた好みだと思って隠していたからね」

「おい！　何で隠すんだよ!?」

「てめぇの飲みっぷりを考えろ！　このウワバミが！」

それにしても、我が義娘は獣人王国に続き、またしてもトラブルに巻き込まれているようだ。

なんというか……。言いたくはないが、一度神殿でお祓いした方がいいのではないだろうか？

――まあ、でもそういったトラブルに見舞われるのは、致し方ないことなのかもしれない。

なんせ我が愛する義娘は、あんなに可愛くて素直で、この国の女の基準からズレまくっているような子なのだ。

しかも、巷で話題の実録小説に加え、実際に戦った姿を見た者の口伝も広まり、『姫騎士の再来』なんて言われているのである。寧ろ、トラブルに巻き込まれない方がどうかしている。

「……ねぇ、グラント。ワイアット宰相に言われたからって、あのアイザックが仮にでもあんたを許すと思う？　きっとあんたには、あんたにしか出来ない役割があんのよ。それにあんたって、ただその場にいてくれるだけで、悩み事なんてどーでもよくなったりするからね」

……そう。破天荒で考え無しの行動に神経をすり減らされてはいたが、それと同時に、その広い懐と裏表の無さに、どれほど救われたかしれない。

女性上位のこの世界において、女を愛せない男や、『女』として男を愛する自分のような者の立場はとても低い。女性が極端に少ないがゆえに、存在自体は認められていても、やはり差別の対象になり易いのだ。

特に『冒険者』などは、その弱みに付け込んだならず者に食い物にされてしまうことが多い為、性癖をひた隠して己を偽り、生活している者が大勢いた。

ましてや怪我や体力低下により廃業した者達などは、寄る辺も生活の保障も無く、やむにやまれず男娼となる者も少なくないのだ。

……だから自分は、そんな冒険者達や、性癖に悩んでいる者達が安心して働けるような場所をつくりたいと、ずっと思っていた。

悩んで悩んで、それをグラントに打ち明けた時、この男はアッサリと「あー、いいんじゃね？　だったら餞別代わりにここやるわ！」と言って、自分がアイザックから譲り受けたこの館を、まるで飴でもくれるようにポンと寄越してくれたのだった。

この『紫の薔薇の館(ヴァイオレット・ローズ)』と今の自分が在るのは、間違いなく、この猪突猛進な脳筋バカのお陰だ。なんかしゃくに障るから、素直に言った事はないけど……。こいつの為なら、命だって懸ける覚悟はある。

それは冒険者仲間だったハリソンや、この場所によって救われた沢山の者達も同様だろう。

アイザックもメルヴィルも、こいつに振り回されながらも親友をやっているのは、主に精神面で救われているからに違いない。

「……そーだな！　エレノアの為に出来る事があるってんなら、何でもやってやりゃあいいんだ！　居るだけで良いってんなら、幾らでもエレノアの傍にいてやるし！　寧ろご褒美だな！」

「いや、それはあくまで比喩表現だからね？」

その言葉のまま、エレノアにピッタリ張り付いていたら、寧ろ息子にとっては嫌がらせに等しいだろう。

「ありがとなメイデン、スッキリしたわ！　やっぱ持つべきものは昔馴染みだな！　男女だけど！」

「あんた……へこんでいても、その減らず口は健在ね。……まあ礼なら、落ち着いた時で良いからエレノアちゃん連れて来なさいよね。……ところで、あんたらのお悩みに直結しているかどうか分からないけど、ちょっと気になる事があったから教えてあげる」

「おう？　何だよ気になる事ってのは」

「実はね、ここ最近来店した客なんだけれど……」

自分の話を聞いていたグラントの顔付きが、徐々に険しいものへと変わっていく。

「……悪ぃなメイデン。今晩は帰るわ」

「良いわよ？　こっちは寧ろ、酒飲み尽くされなくて助かったもの」

「この借りは、いずれまた」

「あんたから貸しはつくらない主義なの。どーせ返せやしないんだから！」

「まぁ、そう言うな！　とにかく助かった。また来るな！」

「なるべく早く来られるようにしなさいよね！」

ヒラリと手を振り、そのまま足早に出て行くグラントの姿を見送りながら、メイデンは自分のボトルの中身を一息に飲み干した。

「まったくねぇ……。イイ男なんだけど、好みじゃないのよね。残念！」

そう呟き、机の上に転がっている何本もの空のボトルを眺めたメイデンは、もう一本ボトルを追加すべく、ソファーから優雅な仕草で立ち上がったのだった。

グロリス伯爵家のお茶会

「さあ、エレノアお嬢様！　本日は気合を入れてお支度致しますよ！」

「よ……宜しく……お願いします」

いつも以上にやる気に満ちあふれた美容班達を前に、私は引き攣り笑いを浮かべた。

「エレノアお嬢様！　御髪の艶といい、お肌のハリといい、まさに珠玉のごとき完璧さです!!　なに者をも恐れる事は御座いません!!」

「う……うん。ミアさん達のおかげです……」

そして彼らの横には、同じくやる気に満ち溢れたミアさんや、猫獣人のエミリアさん、リス獣人のノラさんの姿もある。

グロリス伯爵家のお茶会に参加することを決め、念の為にと、学院もお休みしていたこの一週間というもの、私はミアさんを筆頭としたケモミミメイドさん達に、ボディーマッサージ、トリートメント、美顔エステ……といった、あらゆるケアを施されていたのである。

おかげ様でミアさんの言う通り、普段の五割り増し、髪も肌も艶々のプルンプルンである。ありがたや。

ちなみに何故、ここにエミリアさんとノラさんがいるかというと……。

あれは一週間前のこと。「聖女様から派遣されました！」「マテオ様から、あらゆる美容品を持たされております！」と、王家の支援と称し、大荷物を持ってバッシュ公爵邸に突撃してきたからである。

どうやら、「私達の命の恩人であるエレノアお嬢様のピンチ！」と、駆け付けてくれたらしいのだが、一体どこからそんな情報が……。

「殿下方もご心配されております！」

「国王陛下方や王弟殿下方も同様です！」

「いざとなったら、王宮に亡命するようにとのお言付けを賜っております！」

「『美味しいワショクを沢山作って待っているからね♡』と、聖女様も仰っておりました！」

……ああ、そうですよね。私、王家の『影』がついていたんだもんね。そりゃあ皆知ってるわ。

兄様方やセドリックは、エミリアさん達の伝えてくれた王家側のメッセージにブチ切れていたけど（亡命云々ね）、それでもこうして美容班として彼女らを派遣してくれたのだ。彼らとしては、あくまでヤバくなったら……という心づもりなのだろう。

アシュル様、ディーさん、フィン様、リアム、マテオ。……そして王家側の方々、心配かけて御免なさい。

「お支度が整い次第、私共で最高のメイクを施させていただきます！」

そう笑顔で言い放った彼女らのケモミミや尻尾も、そのやる気に連動してめっちゃピルピルしていて、思わずその場の使用人一同共々、ほっこりしてしまいました。

嗚呼……緊張感がほぐされていく。和むなぁ……。

「ウィル！　ジョナサンから届いたドレスは!?」

「おう、ここだ！　お前達、後は頼んだぞ!!」

「おうよ！　任せておけ！」

「私達の本気を見せてあげます！」

「我らがお嬢様の一世一代をかけた今日この日。磨き上げた技術の全てを注ぎ尽くし、俺達の手でお嬢様をアルバ王国一……いや、この世界で一番美しいご令嬢に仕立て上げてみせる！　皆、気合を入れるぞ!!」

「「「「おぉ!!」」」」

……まるでこれから討ち入りに行くかのような、美容班達のやる気が熱い（若干殺る気も含まれている気がしなくもないが）。

まぁ、討ち入りに行くっていうのも、中らずとも雖も遠からずだけどね。

ちなみに、バッシュ公爵家専属デザイナーのジョナネェですが、今回の件を知るや、出禁にも拘わらずすっ飛んで来るなり、あっという間に私を下着姿にひん剥いた挙句、勝手に採寸しまくり、来た時同様、すっ飛んで帰って行ったのだった。

……そしてたったの一日で、山のようなサンプルを送り付けてきたのである。

その鬼気迫る迫力に、流石の父様方や兄様方も、何も口を出せなかった。

そしてなし崩し的に、彼（彼女？）の出禁は解除されたのである。

「いーこと、エレノアちゃん！　今回はあんたの女としての矜持が試されてんのよ⁉　いつものポヤポヤ頭をシャッキリさせて、気合入れなさい！　ドレスは女の戦闘服。私があんたの貧相な乳と尻をカバーして、初々しくも婀娜な小悪魔風淑女に見えるよう、渾身の作品を仕上げてみせるわ！」

ふんす！　と、ド派手なヒラヒラブラウスを着た胸を張りながら、やや……いや、かなり失礼な発言を力強く宣言する頼もしいオネェ様に、兄様方やセドリックは、なんと言っていいか分からない様子で顔を引き攣らせていた。

だが、言われた当の本人である私はといえば、怒りよりも寧ろ『そこまで私のことを考えてくれて……！』と、感動の方が先に立ってしまい、思わず涙腺が緩んでしまう。

「ジ、ジョナネェ、有り難う！」

「いいのよ！　あんたのドレス作りにかこつけて、お兄ちゃん達の身体の採寸しまくる特権は、誰にも奪わせないわ!!　……それに大切な妹には、大好きな人達と幸せになってほしいもの！」

若干、己の欲望交じりではあったが、私に対する思いやりをヒシヒシと感じ、感動した私は、オネェ様デザイナーに抱きついた。

「本当に有り難う！　大好き！」

「や……やだもぅ、照れるじゃないの！　全くあんたって子は、幾つになってもお子ちゃまなんだからっ！」

後に、私がジョナネェに抱き着いた時の様子を皆から聞いたところによれば、有り得ないくらいのデレデレ顔っぷりだったそうで、その場に居た全員がどん引きしていたそうだ。

そして兄様方はというと、「自分達の身の安全の為にも、やっぱりあのデザイナー……切るか……？」と呟いていたとかなんとか。

ところで、何でこちらの事情をジョナネェが知っていたかというと、なんでも美容班とジョナネェは共に『紫の薔薇の館（ヴァイオレット・ローズ）』の常連で、今回の件も彼らから聞いたとの事である。

後に美容班達はジョゼフに、「守秘義務とは!!」と、延々説教された挙句、鉄拳制裁を食らったとかなんとか……。ごめんね、皆！

「みんな……。本当に有難う!! 私……私、みんなの為にも頑張るね!!」

私は目元を潤ませ、満面の笑みを浮かべながら、その場に居た人達全員にお礼を言う。

熱気に呑まれ、オタオタしていた自分が情けない。

皆、私の為に頑張ってくれているのだ。その期待に応えられなきゃ女じゃない！ 私も精一杯頑張らなきゃ！ ……って、あれ？ 何故か美容班が全員、真っ赤な顔で倒れ伏している。

「ぐっ……！ お、お嬢様の笑顔が……眩しい！ なんという尊さ……!!」

「この笑顔を守る為なら……。どんな激務でも、俺は耐え切ってみせる！」

「ああ……！ ジョナサンの野郎に、ドレスその他の仕上げ要員としてこき使われようが、その所為で二日完徹しようが、まったく悔いはない！ 寧ろ本望だ!!」

ちょっと、ジョナネエ！ 他人の家の使用人、いつの間にこき使ってんの!?

ってか、二日も完徹しちゃダメでしょ!? ちゃんと寝てください!!

「ミア、そろそろあんた、私達と職場交代しなさいよ！」

「そうよそうよ！ あんたばっかり、お嬢様の笑顔を毎日見られるなんてズルいわ！」

「代わるも何も、私はここに就職したんだからね！ 羨ましいんなら、貴女達も公爵様に就職願いを提出すればいいのよ」

「そ、それは……。ジル様やグレイ様が許可されなくて……」

「わ、私は提出したはずなんだけど、いつの間にか、サイラス様とガイ様とマシュー様に握り潰されていて……」

……うん。王宮の皆様。着実にケモミミメイドさん達に包囲網敷いていているみたいですね。

ってか確か、ジルさんとグレイさんって、グラント父様の部下の騎士さん方だし、サイラスさんとガイさんってアイザック父様付きの文官だったような……？　あ！　マシューさんって確か、魔導師団の副団長さんだ。

ううむ……。流石は父様方の部下達、抜け目がないな。

「さぁ！　では張り切っていきましょう!!」

そうして再び、お茶会に向けたドレスアップ大作戦が開始されたのであった。


ジョナネェが作ったドレスは、まさに圧巻……といった出来栄えになっていた。

シルエットは、プリンセスラインとエンパイアラインの良いトコ取りといった感じに仕上がっていて、コルセット等で身体を締めたりせずとも、着るだけで女性らしさを最大限に引き出せるような仕様となっている。

流石はジョナネェが、「乳と尻が貧相でもバッチリカバー！」と豪語していただけのことはある。

全体的に、メインカラーは当然というか、筆頭婚約者であるオリヴァー兄様の色。そう、『黒』である。

黒は前世において『死者を送る色』という意味合いを色濃く持っているが、同時に最上位の正装の色でもある。

本来であれば、こんな小娘が黒いドレスを着たとしても、浮くかゴスロリになるかのどちらかなのだが……。

ジョナネェの作る黒いドレスはビロードのようでいて、ふんわりと柔らかな印象を与える上品な光沢を持つ生地をベースにしている。

そしてそれに、様々な黒の濃淡の透けるような薄い生地やレースを重ね合わせることによって、非常に愛らしく、それでいて上品な華やかさを持たせているのだ。

更にメインの生地には、ドレープ部分に複雑な模様のように縫い込まれた『海の白』を施されており、動くごとに淡く柔らかい輝きを放つ仕組みとなって、落ち着いた黒いドレスに相応しい美しさを与えている。

しかもこのドレス、大胆にも太股の上部……つまりは丁度ミニスカートを穿いたようなぐらいの位置から左右に分かれており、下に穿いたフワリと舞う羽衣のように透ける、純白のシルクドレス部が見えるようになっている。

またそのシルクドレス部はシースルー仕様に何重にも重なっており、黒いスパッツ（のようなズボン……？）を穿いた足が、膝の部分あたりから透けて見えるようになっているのだ。

そして靴はというと、黒に近い茶色に染めた革をなめし、極限まで磨き上げられ、艶やかに光るブーツタイプ？　のヒールである。

しかも組み紐のように、足首から脹脛（ふくらはぎ）にかけて複雑に絡める珍しいタイプ。これが黒いスパッツにも映えるし、シルクドレスからも透けて見えて、まるで模様の一部のようにも見えるのだ。

「あんたは、下手なアクセサリーをゴテゴテ着けるより、コサージュをふんだんに使った方が似合うわよ！」

そう宣言された通り、珍しく肩を全部出したドレスの貧相な胸元を覆い隠すかのように、黒・白・

茶色に着色された、薄いシルクを重ね合わせ、大輪の花に仕立て上げたコサージュが華やかに彩りを添えている。

しかもそのコサージュ、髪飾りともお揃いで、アップされた髪をシルクのリボンで纏め上げ、その上に三色の花弁が、まるで咲き誇っているかのように配されているのだ。

ちなみに、顔の両脇にわざと垂らされた髪の毛は、美容班達の拘りだそうだ。

最後にミアさん達が、メイクを施してくれて完成。

今回のメイクは大人っぽさを追求し、猶且つ初々しさを残した仕様となっているのだそうだ。

どこら辺が？　というと、目元をシャープに見せるように、あえて寒色を配したのだとか。成程。

「お……お嬢様……！　大変にお美しいです……!!」

「ああ……！　まさに……　まさに、女神に愛されし姫騎士の装い……！」

「まるで福音が聞こえてくるようだ……!!　なんという眼福……!!」

「これならいける……！　勝てます、お嬢様！　完全勝利です!!」

……ちょっと待ってほしい。なんなんですか最後の台詞!?

私、一応お茶会に行くんだからね？　この間みたいに戦いに行く訳じゃないんだよ？　分かってる？

っていうか、全員祈りのポーズ止めてください。

確かにちょっとゴージャスな戦闘服っぽいテイストだけど、今回姫騎士関係ないからね？

「え？　でもジョナサンのやつ、『コンセプトは姫騎士の正装よ!!』って喚いていましたよ？」

美容班の言葉に、額にうっかり青筋が立った。

ドレスは女の戦闘服って言っていたけど、実際に戦闘服作ってどーすんだ！　あのオネエ!!

『それにしても……』

自分の恰好を姿見で見ながら、思わず感嘆の溜息が漏れる。

兄様方やセドリックの色って、『黒・白・茶色』と、言ってしまえば地味カラーばっかりなのに、よくもここまで華やかな装いにすることが出来るものである。

流石は当代きっての売れっ子デザイナー。性格破綻していても、やることはちゃんとやる男……いや、オネェである。

その時、タイミングバッチリに、扉が叩かれる。

「エレノア？　支度は終わったかな？」

「はい！　オリヴァー兄様、どうぞ！」

返事をしたすぐ後、ドアが開かれ、貴族の正装に身を包んだオリヴァー兄様、クライヴ兄様、セドリック、そして父様方が、一斉に部屋の中へと入ってきた。

『――ヴッ!!』

それはまさに、『眼福』ではなく、『眼殺』と言っていいほどの、凶悪な美しさの嵐だった。

オリヴァー兄様は、ブラウスやクラバット以外、黒を使用した正装を身に着けている……が、どことなく、私のドレスの仕様と似た作りとなっているのは、ジョナネェがわざとそういうふうに作ったからであろう。

つまりは、私の筆頭婚約者はあくまでこの人なのだ……との、無言のアピールである。

にしても、普段着痩せするオリヴァー兄様のしなやかな肢体を、さりげなく主張しているこのライン……。

「測定していると、めっちゃ腰にクルのよねー♡」なんてジョナネェが言っていたことがあるけど、そんなジョナネェの妄執が感じられる逸品だ。

黒という、ある意味禁欲的なこの色が、逆にオリヴァー兄様の滴る色気を引き立てている。……いかん、直視し過ぎたら目が溶ける！

セドリックも黒を基調とはしているものの、茶色いカラーをふんだんに使用している。茶色は私のカラーでもあるので、婚約者の色を纏う上では、これ以上ないほどのアピールであろう。

しかもセドリック、何気に豪奢……というより、凛々しい系の、いわば騎士服に近い仕様の正装を纏っていて、普段の柔和な顔立ちを、男らしく引き締まった感じに見せている。

アイザック父様とメルヴィル父様は、『ザ・貴族！』といった、思いっきり正統派な貴族の出で立ちをしている。

アイザック父様は、普段の五割り増し凛々しくなっているし、メル父様は普段の五割り増し色っぽくなっている……。いや、アイザック父様はともかくメル父様、何で色っぽくなっちゃうんですか？色々おかしいですよね？

グラント父様は、騎士の正装を更に豪華にしたような軍服をお召しになっている。これ、あれだ！きっと、将軍が着る正装だ！

うわぁぁー!!　元・コスチュームオタクの血が滾る!!　写真撮りたい!!

このように、それぞれが自分のカラーを最大限に映えるよう、作り込まれた正装を身に着けている中、クライヴ兄様は私の専従執事としてお茶会に参加するので、身に着けているのは執事服である。

……だが、執事服だと侮るなかれ。

普段の執事服と違い、黒をベースとした中に、瞳の色であるアイスブルーがバランス良く配されていて、滅茶苦茶凛々しいのだ。

というか、執事服を模した戦闘服……といった出で立ちに見える。

多分それって、腰に帯刀している日本刀の所為なんだろうけど、こちらもコスオタの血が否応なく滾りまくります!!

しかも、片耳に着けられた細い鎖のようなピアス。それに付けられた、小さな宝石は……なんと、インペリアルトパーズだ。

なんなんですか兄様！　そのちょいワル風な、野性味あふれる執事服は!?　ナイス過ぎます!!

よく見てみればオリヴァー兄様を含め、クラバットやタイを着けている面々は皆、私の瞳の色であるインペリアルトパーズを使ったピン止めを着けていた。

セドリックなど、少し長めの髪のサイドを後ろに撫でつけ、露わになった耳には、クライヴ兄様同様、インペリアルトパーズのピアスが煌めいていた。

そんなある意味、顔面偏差値の最終兵器(リーサルウエポン)とも言える美形集団は、私の装いを蕩けそうな眼差しで熱く見つめている。

……お願い、それ以上見つめないでください！　顔面破壊力で身体中穴だらけになっている気分です！　お茶会の前に犬死にするのだけは、なんとしても避けたいんです!!

あっ、ほら！　ミアさん達が顔を真っ赤にして、今にも倒れんばかりですよ!?

貴方がたの美しさって、普通の女子には刺激強すぎるんです！　ちょっとは控えてください！

「ああ……エレノア。僕の女神……。僕達の色を纏った君は、なんて美しいんだ……！　いつもの君が春の柔らかな日差しを受け、木漏れ日の中を舞う妖精だとしたら、今日の君は夜明けの太陽に照らされ、金色に輝く大地の女神のようだね」
オ、オリヴァー兄様ー!! 美辞麗句のスキルがまた一つ、レベルアップしましたね!?
「エレノア……! ああ……本当に夢みたいだ……! 僕の色を纏った美しい君を、こうして愛でられるなんて……。君をこの世に生み出された女神様に、この身の全てを捧げ、感謝したい気持ちで一杯だよ……!」
セ、セドリックー!!?
ち、ちょっ! さ、流石はオリヴァー兄様の弟!! 美辞麗句のスキルアップが半端ない!! そんな色気満載な蕩ける眼差しで、うっとり見つめないで! いつもの朗らかな君でいてっ!!

っていうか、本当にアルバの野郎共ってさぁ……!! 女を腰砕けさせる褒め言葉言わないと、死ぬ呪いにでもかかってる訳!? 普通に「似合うよ♡」

「うん、可愛い♡」で良いんですよ!

お願いだから、普通に褒めて! いちいち私の心臓止めるような、攻撃的な美辞麗句止めて!!

「……エレノア……」

――ッ! ……さ、最後はクライヴ兄様かっ!

いいですよ! こうなったら、どんな攻撃でも受けて立ちます! さあ、遠慮はいります……いや、要りません! どんと来てください!!

等と心の中で喚きつつ、身構えていた私の身体を、クライヴ兄様はフワリと抱き締めた。

「俺の最愛……! 絶対に俺は、お前を誰にも渡さない……!!」

「に……にいさま……！」

耳元で、ハッキリと告げられたその言葉が、私の心に沁み込んでいく。

「はい……。兄様。私も絶対、離れません」

そう言ってクライヴ兄様に抱き着いた私だったが、すぐさまベリッと引き剥がされる。

「お嬢様！　御髪が！」

「コサージュがずれました！　クライヴ様！　せめて帰って来てからにしてください！」

「あ……ああ、悪い」

美容班達の、鬼気迫る迫力にたじろいでいたクライヴ兄様に、オリヴァー兄様とセドリックの冷たい視線が容赦なく突き刺さる。

「……クライヴ……。口より手が早いって、どうかと思うけど……？」

「そういえばクライヴ兄上って、そういうところありますよね……」

「す、すまん、オリヴァー！　って、セドリック！　余計なこと言わんでいい！」

美容班達に服や髪を整えてもらいながら、私はいつも通りな皆とのやり取りに、知らず口元を綻ばせた。

「さて、それじゃあ皆、行こうか。グロリス伯爵邸に！」

アイザック父様のお言葉に、私を含めたその場の全員が頷いた。

マリア母様に筆頭婚約者の変更を撤回してもらい、お爺様に一言物申す為、いざ行かん！　お茶会へ！

「エレノア、これを着けてほしい」

父様方は父様方だけ、そして私は婚約者達と……といったふうに、馬車を二手に分かれて乗り込み、少し走った所で、オリヴァー兄様が螺鈿（らでん）細工のように美しい、バッシュ公爵家の家紋が刻まれた箱を私に差し出してきた。

「オリヴァー兄様、これは？」

「君の身を飾る宝飾品（お守り）だよ」

そう言って、ゆったりと微笑んだ兄様から小箱を受け取り、蓋を開けると……。お揃いの宝石をあしらった、ネックレスとピアスが入っていたのだった。

「うわぁ……。綺麗……！」

ネックレスは銀……よりも美しい、ミスリルのような、透明感溢れる白銀。

その煌めく極細のチェーンの中央には、インペリアルトパーズを中心に、ブラックダイヤモンド、トパーズ、サファイアといった、兄様方とセドリックの瞳の色と同色な宝石が、品良く散りばめられていた。

ピアスの方も同じように、インペリアルトパーズの周囲に、それらの石が配されている。

その、溜息が出そうなほど美しいネックレスを、オリヴァー兄様のしなやかな指が摘まみ上げ、私の首元に着けてくれる。

「ああ……。よく似合うよ」

そう言って微笑まれ、思わず頬が赤くなった私の右耳に、今度はクライヴ兄様の指が触れる。

「こっちの耳には、俺が着けてやろう」

そう言って、先程見たピアスを私の耳元に近付ける……って、ちょっと待ってください！　私、まだピアスの穴開けてないんですけど!?

「大丈夫だ。これは耳に触れるだけで、自然と嵌るようになっている。痛みも無いから安心しろ」

「そ、そういうものなんですか？」

そうこうしている間に、どうやら右耳にピアスが着けられたらしく、クライヴ兄様が満足そうに微笑まれた。

……全く痛くなかった……。

多分魔術の類なんだろうけど、異世界凄いな！

「エレノア、こっちの耳は僕が……」

そう言うと、左耳にセドリックの指が触れる。

どうやら右耳との位置を合わせようとしているのだろう。なぞられるように触れられて、思わず
「ん……！」と擽（くすぐ）ったそうな声が漏れてしまう。

「――ッ！」

途端、セドリックの指がピタリと止まる。……あの？　もしもし？　どうしました？

「ご、ごめん！　ちょっと、動揺しちゃって……」

見ればセドリックの顔が、ほんのり赤く色付いている。あれ？　本当にどうしちゃったの？

「……まだまだ、修行が足りないな。セドリック」

「も、申し訳ありません、オリヴァー兄上！」

「まあでも、あんな不意打ちは卑怯だよな？　気にすんな！」

等と、訳の分からない会話を交わしながら、セドリックの指が離れていく。どうやら左耳のピアスも着け終わったようだ。

「……うん。よく似合っているよ、エレノア！」

「ああ。更に美しさが増したな！」

「本当に綺麗だエレノア！」

それぞれが満足そうに感嘆の溜息をつきながら、熱い眼差しで私を見つめる。

私は胸元のネックレスをそっと指で触った。

――この真ん中のインペリアルトパーズは私で、それを守るように配されている、兄様方とセドリックの色を纏った宝石達……。

彼らこそが、私の婚約者なのだと主張するように、美しく煌めいている。

私は顔を上気させながら微笑んだ。

「オリヴァー兄様、クライヴ兄様、セドリック……。有難う御座います。私、これを身に着けて、皆の婚約者として頑張ります！」

その花が一斉に咲き綻んだような微笑を受け、オリヴァー、クライヴ、セドリックが、思わずといった様子で頬を赤らめさせる。

「エレノア……！」

「若様方、くれぐれも！　く・れ・ぐ・れ・も！　お化粧直しが出来る範囲になさってくださいね!?」

感極まり、いつもよりも艶やかに彩られた桜色の唇に、己の唇を重ね合わせようとしたオリヴァーだったが、横から鋭い一言が投げかけられ、思わずその動きを止めて振り向く。

……そこには、万が一のお化粧直し要員として馬車に乗り込んでいた美容班のシャノンが、化粧道具一式を手に、ギラギラした目でこちらを凝視していたのだった。

そのドン引くほどに血走った瞳は、「お嬢様の完璧な装い……崩したら殺す！」と、如実に物語っていて、思わずオリヴァーは居ずまいを正した。

「……えっと……。うん、頑張ろうね、エレノア」

「は、はいっ！」

車内に、なんとなく微妙な空気が流れる中。馬車は一路、グロリス伯爵邸に向かって走り続けたのであった。

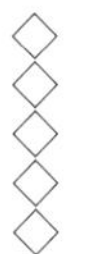

「ああ、気持ちが良い陽気ね。絶好のお茶会日和だわ！」

「本当ですわね、レイラ様！」

「レイラ様がおいでになるお茶会は、いつもこのように快晴ですもの！」

「きっとレイラ様が、女神様の祝福を賜っていらっしゃるからですわ！」

グロリス伯爵邸の中庭に建てられた、白亜のガゼボの中。

豪華なドレスに身を包み、上機嫌で微笑むレイラ・ノウマン公爵令嬢の言葉に対し、取り巻きのご令嬢達は口々にレイラを褒め称える。

そのような賛辞を当然のように受け止めながら、レイラは素早く周囲に視線を巡らした。

普通、このようなお茶会は貴族達の交流目的以前に、適齢期に入った男女の出会いの場という要素が強い。その為、夜会と違って若者達が圧倒的に多いのだ。

勿論、家同士の繋がりやお披露目的で、親が子を連れて来る事もあるから、ある程度の年齢層も一定数存在する。

だが今日の参加者達は、自分の親世代か、それよりも上の年齢層の紳士達が明らかに多い。まるで夜会のようだ。

そして、彼等はなにくれと無くこちらへ視線を送ってくるのだ。

まあ、それも当然だろう。

なにせ自分は、四大公爵家であるノウマン公爵家の令嬢であり、その傍らには自分の筆頭婚約者であり、同じく四大公爵家、アストリアル公爵家の嫡男、ジルベスタ・アストリアルがいるのだ。

しかも、王家の覚えめでたきボスワース辺境伯までもが、このお茶会に参加している。注目されないはずがない。

前グロリス伯爵……あの男は、自分の派閥に付くかどうかを迷っている親族や貴族達を、この茶会を機に引き込むと言っていたから、この参加者達の半分近くは、そういった者達なのだろう。

そして、自分達は彼等に対する『保険』として、このお茶会に参加させられたに違いない。

このような大物達が、いずれは自分の後ろ盾兼親戚になるのだと証明する為に。

勿論、彼等の目的はそれだけではなく、『あの女』が参加するから……という事もあるのだろうけど。

「それにしても……遅いわね……」

6
June
2024
ーニューアイテムラインナップー
New Item Lineup
TOブックス
SHIBUYA TSUTAYA POP UP SHOP
本好きの下剋上
〜司書になるためには手段を選んでいられません〜
第1弾特典はステッカーシール
(全4種)
6階IP書店にて
好評
開催中!
ハンネローレの貴族院五年生1&ドラマCD11
予約受付中
本好きの下剋上
司書になるためには手段を選んでいられません
-原画展-
OSAKA
5月31日(金)〜6月9日(日)
なんばマルイにて開催!
入場料500円(税込)/エポスカードご提示で400円(税込)
※未就学児無料/未就学児のご入場の際には入場特典はつきません。
椎名優先生サイン会
6/8開催!
原画展会場先行販売グッズ
クリアファイル(2枚セット)
アクリルスタンド(原画展OSAKAイラスト)
ボールペン
(原画展デザインハンネローレカラー/ハルトムートカラー)
ステーショナリーセット
レターセット(アレキサンドリアver.)
ステーショナリーセット第2弾 など
商品のご購入はTOブックスオンラインストアへ!

扇で口元を覆いながら、小声で呟くレイラの傍に、青年期に差し掛かった美しい少年が一人、近寄って来る。

その少年を確認するなり、取り巻きの令嬢達が揃って色めき立った。

「……姉上。此度のお茶会、何故私をお誘いになられたのですか？　私の婚約者は此度の茶会に呼ばれていないというのに……」

やや不機嫌そうに、そう話しかけてきた弟のカミールに、レイラは笑顔を浮かべた。

「あら、カミール？　姉の私が弟を誘う事に不満でもあって？　それに婚約者がいないからお茶会に参加しないなんてお話、聞いた事なくてよ？」

「……私はカルロッタの筆頭婚約者です。一人でお茶会に参加する意味がありません」

そう。婚約者であっても、たいして相手に関心を持たれていなかったり、『ただの恋人』という地位にある男達等は別の出会いを求め、茶会やパーティーに積極的に参加するのが普通だ。

だが、筆頭婚約者となった者は、相手のご令嬢に絶対の操(みさお)を立てる。

その為、基本的に筆頭婚約者の令息は婚約者の同伴無しで、このようなお茶会に参加する事はない。

なので当初、カミールは姉に誘われたこのお茶会の参加を拒否していた。

だが、姉のゴリ押しと姉に甘い父親の取り成しで、渋々参加する事になったのである。

「まあ……。そんな不機嫌顔は止めなさい。折角の端正なお顔が台無しよ？」

「私がどんな顔をしようと、私の自由です」

レイラは最近、とみに生意気な口をきくようになった弟に内心で舌打ちをしながら、表面上はにこやかな様子で微笑みを浮かべた。

「あら？　貴方の為にと、今日のお茶会に連れて来てあげた私に対し、随分な口のききようね？」

「私の為？」

「そうよ。……だって今日のお茶会、貴方の意中の女性が参加するのだもの……」

その言葉を聞いた瞬間、カミールの顔が分かりやす過ぎるほどに変わった。

……そう、今日のお茶会は特別なゲスト……。エレノア・バッシュ公爵令嬢がやって来るのだ。

弟が執心し、心の底から欲しいと願っているであろう、あの忌々しい女が。

「……ねぇ、カミール？　もし貴方がご執心の姫騎士が……貴方のものになるとしたら、どうする？」

レイラはこれから行われるであろう、自分にとってのこの上なき喜劇を思い、その興奮のまま弟に問い掛けてみる。

傍から見て分かりやす過ぎるほど、あの女に心酔している弟の事だ。きっと食い付いてくるに違いない……。

だがしかし予想と異なり、弟の顔は瞬時に無表情となった。

「は？　何を仰っているのですか？　そんな有りもしない世迷い言、冗談でも口に出されない方がよろしいですよ？」

「なっ!?」

「おい？　カミール」

レイラの横に控えていた、レイラの筆頭婚約者であるジルベスタ・アストリアル公爵令息が、困惑した様子でカミールに声をかける。

「あ、有りもしないなんて、貴方こそなんで断言するのよ!?」

「姉上の方こそ、正気ですか？　彼女の筆頭婚約者は、あのオリヴァー・クロス伯爵令息ですよ？」

「だったらどうだって言うの⁉　そりゃあ、誰よりも美しいし、物凄く頭が切れるって事は知っているわ！　でも所詮、ただの伯爵令息じゃないの！」

それにあの男は、じきに筆頭婚約者ではなくなるのだ。仮にも四大公爵家の直系が、何を言っているのか。

「……ただの伯爵令息……。王立学院に通っている者達の中で、そんな事を仰るのは姉上だけですよ」

激昂する姉と、それを気遣いながら、更に困惑した表情を浮かべるジルベスタ。自分達を戸惑うように見つめる姉の取り巻き令嬢達と、彼女らの婚約者達。

……だがその中において、現在学院に在籍中の者達は皆、カミールの言葉に同意するような表情を浮かべていた。

――そう。学院でオリヴァーを深く知る者なら、陰で『万年番狂い』と評されている彼がどれだけ恐ろしい相手であるのかを、骨の髄まで知っているのだ。

婚約者であるエレノア・バッシュ公爵令嬢を、己の命よりも大切に想っているあの男は、正々堂々と戦いを挑む者には寛容だが、姑息な手を使ったり、他力本願な手を使う者には一切の容赦をしない。

実際父が、自分に断りも無く、「息子の婚約者に」等と言って、勝手に縁談をバッシュ公爵家に打診してしまった時など、生徒会室で「そういえばカミール。ノウマン公爵家から、エレノアと婚約を結びたい……と、正式な申し込みがあったんだよ。……君、知っていた？」と、笑顔で告げられ、真面目に心臓が止まりそうなほどの恐怖を覚えたものだ。

「い……いいえ。私には、自身を筆頭婚約者とする婚約者がおります。……ですが、もし叶うならば……。直接、自分の言葉でバッシュ公爵令嬢に求婚したいと……そう、思っております」

掠れる声で、辛うじてそう告げた瞬間、自分に向けられていた重い圧が霧散し、「そうだろうね。……君は姉君とは違うから」と告げられた時、ようやく詰めていた息を吐く事が出来たのだった。

全身、冷や汗に塗れていた事に気が付いたのは更にその後。生徒会室を出て暫くしてからだった。

「……私は確かに、エレノア・バッシュ公爵令嬢をお慕いしております。ですがそれ以上に、己の分を弁えております」

「なっ……！　あ、貴方は……！　それでもノウマン公爵家の嫡子なの!?」

「なんとでも。ノウマン公爵家の嫡子であればこそ、婚約者に不義理を働くような愚かな事はしたくありません。……それに、私だって命は惜しい」

「なっ!?　そ、それはどういう……」

更に言葉を発しようとしたその時だった。周囲が突然ざわめき立ち、姉弟揃って振り返る。

──そこにはレイラの待ち望んでいた人物……。エレノア・バッシュ公爵令嬢の姿があったのだった。

「あれが……エレノア・バッシュ公爵令嬢……」

思わずといったふうに、誰かがポツリと呟く。

その言葉が会場となった庭園の、葉擦れと小鳥の囀りしか聞こえぬ静かな空間に響いた。

一瞬で、その場の者達の目を釘付けにした美しい少女。

見たこともない風変わりな……それでいて華やかな黒いドレスに身を包んだ、小柄で華奢な身体。

真っすぐと前を向いたその大きな瞳は、インペリアルトパーズのようにキラキラと輝き、薔薇色の頬は、生き生きとした生命力に満ち溢れている。そして桃色の唇は、まるで瑞々しい果実のように艶やかだった。

今や、『姫騎士の再来』として時の人となった、エレノア・バッシュ公爵令嬢。

その姿を目にした多くの者達は、「あれが……噂の……」「ほぉ……！」と、口々に呟きながら、感嘆と称賛の溜息をついた。

特にエレノアの事を、初期の噂でのみしか知らなかった者達は、その噂とのあまりの違いに、女性達は呆然と絶句し、男性達はその可憐な美しさに頬を染める。

何よりも普段、エレノアの事を貶める発言を繰り返している令嬢達など、ある者は口を開けたり閉じたりを繰り返し、ある者は認めたくないとばかりに扇を握りしめ、ブルブルと身体を震わせている。

レイラですら、暫し言葉もなくエレノアの姿に釘付けになってしまっていた。

次に注目されたのは、彼女を守るように周囲を固める男性陣の姿だった。

優雅な所作で彼女の手を取り、エスコートしているのは、バッシュ公爵令嬢の筆頭婚約者であり、『貴族の中の貴族』と社交界で謳われている、麗しき黒の貴公子、オリヴァー・クロス伯爵令息である。

絶世の美貌と、この国最高峰と誉れ高き実力を有する宮廷魔導師団長、メルヴィル・クロス伯爵。

その資質の全てを受け継いだとされ、将来は確実に、第一王子であり、王太子でもあるアシュルを補佐する宰相になるだろうと言われている、貴公子達の筆頭。王族にも一目置かれる存在である。

そして彼らのすぐ後に続くのは、やはりバッシュ公爵令嬢の婚約者であり、この国の大将軍である『ドラゴン殺し』の英雄、グラント・オルセン子爵の一人息子、クライヴ・オルセン子爵令息である。

彼もまた、偉大な父親の資質や冴え渡る美貌を余すところ無く受け継ぎ、将来父から軍事権の全てを継承するとされる、第二王子ディランの右腕にと切望されている英傑である。

そして、メルヴィル・クロス伯爵のもう一人の息子であり、兄同様、バッシュ公爵令嬢の婚約者である、セドリック・クロス伯爵令息。

父親や兄と違い、桁外れの華やかさは無いものの、その幼さで既に剣技、体術、そして学業に至るまで非凡な才能を開花させ、第四王子リアムに『親友であり、最高のライバル』と公言されている秀才だ。

その圧倒的に人目を引く彼等の更に後方からは、彼等の父親達が続く。

次期宰相である、アイザック・バッシュ公爵。宮廷魔導師団長メルヴィル・クロス伯爵。大将軍グラント・オルセン子爵。

王家主催の夜会ですら滅多にお目にかかれない、超大物揃いの来襲に、彼らがやって来た理由を知らされていない参加者達は……いや、知らされていた者達もだが、男も女も皆一様に言葉もなく、食い入るように彼らの姿に釘付けになる。

特に貴婦人方やご令嬢達などは、自分の婚約者やパートナーそっちのけで、極上の男達(獲物)にウットリと熱い眼差しを向けている。

『このような機会は滅多にない』『是非お近づきにならなくては……！』……等、欲望に塗れた声なき声が聞こえてきそうなほど、その瞳は肉食女子(ハンター)の本能のまま、ねっとりと熱く。彼らに向かって注がれていたのだった。

――……そして更に……。

『そ……それにしても……なぁ？』

『あ……ああ……』

エレノアの装いを見た参加者の男性達が、とある事実に気が付く。

そう……。エレノアのドレスからアクセサリーに至るまで全て、『婚約者達』の色のみを纏ってい

る……という事実に。

普通、女性が婚約者の色を纏う……と言っても、学院の制服ならいざ知らず、社交界で着るドレスは基本自分の好みの色を最優先する。

その為、色を入れるとはいっても精々、ドレスにほんの少しお飾り程度に色を入れたり、アクセサリーにさりげなく、婚約者の色の宝石を紛れ込ませたりする程度であるのが一般的なのだ。

ましてや、余程好意のある相手でなければ色を纏う事すらしないのもザラで、婚約者全員の色を全身に纏うなどと、普通であれば有り得ない事であるのだ。

それゆえ、エレノアの装いは世間一般の常識を覆し、最大級の衝撃をその場の男達に与えたのだった。

そしてそれと同時に、彼女の婚約者達の、狂気にも等しき凄まじい執着心に戦き、誰もが思わずゴクリ……と喉を鳴らした。

◆◆◆◆◆

「エレノア・バッシュ公爵令嬢。随分と素敵な出で立ちですこと」

突然声をかけられ、私はオリヴァー兄様に手を取られたまま、小首を傾げた。

『えっと……？　この人って誰だっけ？』

きつめな翡翠色の瞳。完璧な化粧が施され、腰迄ある金髪を緩くカールさせた美女。

豪奢な宝石があしらわれた髪留めでサイドをまとめ、ドレスも見事な宝石がこれでもかと使用されており、大変に華やかだ。

かなり裕福な家のご令嬢だと、パッと見ただけで分かる。

「エレノア、この方はレイラ・ノウマン公爵令嬢だよ」

「ノウマン公爵令嬢……」

オリヴァー兄様が小声で耳打ちしてくれた事により、相手の女性の名前が判明する。

確かノウマン公爵家といえば、四大公爵家の一柱。明らかに自分達より格上の相手である。

それ以外にも兄様達が、「あまり関わらせたくない相手」と言っていた気がするが……。

確かにこのご令嬢からは、あまりいい感情を感じられない。

けれども一応ドレスを褒めてくれているようだから、挨拶がてらお礼を言わねばならないだろう。

私はオリヴァー兄様から手を離し、レイラ・ノウマン公爵令嬢の前に歩み寄ると、格上の者に対するカーテシーを行う。

「初めましてレイラ様。お褒めに与り光栄に御座います」

すると何故か、レイラ様のきつい眼差しが、より一層険を含む。

『あれ？　お礼言っただけなのに、何で怒っているんだろう？』

「……貴女。見た目と違って、随分いい性格をしているわね！」

「はあ……？」

キョトンとした様子の私を見たレイラ様は、気を取り直したように口元を扇で隠しながら、私に対し蔑んだような眼差しを向ける。

「……いいわ、分かり易く言ってあげる。そこまであからさまに、婚約者の『色』を身に着けるなんて……。いくら貴女には分不相応な素敵な殿方ばかりだからって、媚び過ぎではなくて？　私だったら自尊心が邪魔をして、そこまで卑屈にはなれませんわ」

「そうよねぇ……」「恥ずかしくないのかしら？」と、レイラ様の後方で、ご令嬢方がヒソヒソクスクスしているのを聞きながら、私は心の中で本格的に首を傾げる。

——はて？　この方、本当に何が言いたいのだろうか？

表情や口調から、説教のようなことを言われたのだろうが、ちっとも分かり易くない。

あ、でも思い切り同意出来る事も言われたから、それに対してコメントしておけばいいのかな？

「はい！　私の婚約者って、レイラ様の仰る通り、私には勿体ないほど素敵な方々ばかりなんです！」

ちょっと照れながら、正直に本音を述べると、レイラ様の表情が何故か益々険しくなった。え？

何故に？

「わ、私が言いたいのは、何でそこまで婚約者達の色を身に着けているのかということよ！」

「そんなの、大切な人達の色だからに決まっているではありませんか」

「——ッ!?」

さも当然とばかりに返した言葉に、レイラ様は思わず絶句してしまう。

しかも何故か、レイラ様の傍にいたご令嬢達までもが、私に驚愕の眼差しを向けてきた。

「こうして好きな人の色を身に着けていると、包み込まれ、守られているようで、とても幸せな気持ちになりますでしょう？　婚約者の色を身に着ける理由なんて、それで十分なのではないでしょうか？」

そっと自分の胸元に手を当てると、言葉の通りに幸せな気持ちが湧き上がってきて、思わず頬が赤くなってしまう。

そんな私に対し、レイラ様はブルブルと小刻みに身体を震わせながら、何か言おうとする。でも何故か言葉が出てこないようだ。

それは後方に控えている、彼女の取り巻き令嬢達も同様のようで、私は再び首を傾げた。

エレノアの後方で、レイラとのやり取りを見守っていたオリヴァー達が頬を染め、小刻みに身体を震わせる。

「オリヴァー兄上、お気を確かに！　……それはここから帰った後まで待ちましょう」

「……僕もだよ……。……ああっ！　この場でなかったら、そのまま押し倒してしまうのに……ッ！」

「……ヤバい……。口元が緩んで止まらねぇ……！」

そんな彼らに対し、その場にいた男性客達が一斉に、どす黒い嫉妬の眼差しを向けた。

それはレイラの弟であるカミールや、レイラの筆頭婚約者のジルベスタ、レイラの取り巻きのご令嬢達の婚約者達も同様で、オリヴァー達に殺意にも似た嫉妬の視線を浴びせる。

そしてそれと同時に、エレノアに対しては、熱に浮かされたように蕩けそうな眼差しを向けた。

――大切な人達の色だから、身に着けたい。

あんな……信じられない言葉を、当然の事のように話す女性がいるなんて……。しかも本当に幸せそうに微笑みまで浮かべて。

もしも自分があんなふうに、愛する相手に同じ想いを一途に向けてもらえたとしたら……。それはどれほどの悦びだろうか。

そう思えば思うほど、彼等の嫉妬は膨れ上がっていった。

「ふふ。もしも自分が、あんな良い子にあんな素敵な言葉を言われたとしたら……って想像したら、思わず自分の息子に嫉妬してしまいそうになったよ」

「全くだな！　我が息子ながら、くっそ羨ましいぜ！」

周囲の嫉妬の視線に動じる事なく、寧ろ余裕の態度で受け流している幸せそうな息子達や、ナチュラルに周囲の野郎共を煽りまくっている、ある意味魔性な可愛い義娘の姿に目を細めた後、グラントは鋭く会場全体を一瞥する。

そしてさりげなく周囲を見回すと、会場の端にある木の幹に凭(もた)れ掛かりながら、こちらの様子を窺っている、ブランシュ・ボスワース辺境伯の姿を確認した。

『……今のところ、一人……か。だが多分、近くに居るはず……』

そう、グラントが心の中で呟いた時だった。

「おお！　よく来たなエレノア！　会いたかったぞ！」

今回の茶番劇の主役であろう老人……。前グロリス伯爵、バートン・グロリスが、現当主のアーネスト・グロリスと孫であるパトリック・グロリス。……そしてマリアを連れ、こちらへとやって来るのが見えたのだった。

祖父との対決

『この方が……私のお爺様……』

私はお爺様に向け、軽くカーテシーを行った後、不躾にならない程度にお爺様を観察した。

外見だけを見れば、流石はアイザック父様の実の叔父だけあり、とても良く似ていた。……という
より、アイザック父様よりも精悍な……男性的な覇気を纏っている分、若かりし頃はさぞや女性にモ
テただろうと、容易く想像する事が出来た。

だがその『覇気』の源は、多分というか間違いなく『野心』からくるものだったのだろう。

それを証拠に、私を見つめるその目には、僅かな親しみと何かを推し量るような、酷く冷たい光が
宿っていたのだから。

「バートン叔父上。この度はお茶会へのお招き、感謝いたします。それとアーネスト、パトリックも
久し振りだ」

私が何かを言う前に、アイザック父様が私達の間に割り込むように、お爺様へと挨拶する。

そしてわざとだろうが、マリア母様に言葉をかけることを敢えて避けた。

『母様……』

マリア母様は、パトリック兄様にそっくりな男性に肩を抱かれるようにして立っている。

その表情は酷くぼんやりとしていて、いつもの快活な母様の面影がまるでなかった。

『父様方の言う通り、何かされているのだろうか……？』

ふと視線を感じてそちらを見てみると、パトリック兄様が目を細めながら、さりげなくこちらに手を振っているのが見えた。

――こうして見てみると、全く悪気の無い、普通に優しいお兄さんって感じなんだけどなぁ……。

「おお、アイザック。こうして直接会うのは随分と久しいな」

「そうですね。叔父上がまだグロリス伯爵家の当主だった頃は、年に一回。親族の定例会でお会いしておりましたが、ここ数年はご無沙汰しておりましたね」

「ああ。今は楽隠居の身なのだから、エレノアを連れていつでも遊びに来いと、再三言っておっただろう？」

「生憎と、当家もエレノアの進学やら陞爵やらと、色々と慌ただしかったものでして……」

「だが、これからは大いにこちらに来ると良い。……それはそうと、エレノア。何故婚約者の色を纏わぬのだ？」

「えっ？　纏っていますが？」

いきなり話を振られ、母様の様子に気を取られていた私は何も考える事なく、返事を返してしまった。

するとお爺様の眉がピクリと吊り上がったのが見えた。……あ、そうか。そういえば……。

「……お前の纏うべき色はそのような暗色ではなく、華やかな桃色であろう？」

「申し訳ありません。桃色は嫌いなんです」

私はまごうことなき本心を言い放った。すると益々、お爺様の眉毛が吊り上がる。

――……いや、パトリック兄様の色だから纏いたくないとかいうのではなく、本気でピンクが好きではないんですよ。

今現在のエレノアカラー的にも合わないって思うし、何より前世でね……。

そう、あれは忘れもしない小学校五年生の頃のこと。

髪形もバリバリショートカットで、あちこち生傷をたんとこしらえていた、ほぼ男の子に近い見た目だったにもかかわらず、ピアノの発表会で、無理矢理ピンクのフリフリドレスを着せられた事があったのだ。

……結果。そのあまりの似合わなさに、周囲に大爆笑されてしまったのである。

あの時から一種のトラウマというか、ピンクだけは本当に駄目になってしまったんだよね。

いや、兄様方やセドリックが着ろと言えば着るけどね。

でも好んで着たいとは思わないし、なんなら一生着なくても構わない。要はそれぐらい苦手な色なのだ。

「……エレノアよ。お前の筆頭婚約者は、このパトリックになったのだと、確か先日手紙を送ったはずだが？」

お爺様の発言に、ザワリ……と、周囲からどよめきが起きる。

「え……どういうことだ？」

「筆頭婚約者が、クロス伯爵令息ではなくなったと……？」

動揺したような声が、あちらこちらから上がる。……幸いにも予想されていた状況だからだろうが、兄様方や父様方から暗黒オーラや殺気は噴き上がっていない。

まず、最初は大人しく相手の出方を窺おうか……といった感じなのだろう。

私は厳格な表情を浮かべながら、私を睨みつけるように見つめるお爺様の目を、負けじとばかりにキッと睨み返した。

「お爺様。そのことについて一言申し上げます。私の筆頭婚約者は、この兄のオリヴァーだけです！」

「……それは過去、お前の母であり、私の娘であるマリアが寵愛する男に入れあげ、その息子可愛さに誤った判断を下してのこと。娘はその愚かしさにようやく気が付いたのだよ。エレノア、お前にとって真に相応しい正統な筆頭婚約者は、このパトリックだ」

――なんだと、このクソジジイ!!

思わずそう叫びそうになった私の肩を、横に居たアイザック父様がツンツンつつく。

……おっといけない、そうでした。冷静に……冷静に話をしないと……。

ああでもムカつく！　その言い方だと、メル父様とオリヴァー兄様が、まるで不当に私の筆頭婚約者をゴリ押ししたみたいじゃないか！

言っときますけどそれ、逆だから！　マリア母様がメル父様にゴリ押しで、オリヴァー兄様を私の筆頭婚約者にしたんですからね!?

オリヴァー兄様、幼少期から引く手あまただったのに、希少な『女』であるマリア母様に逆らえず、メル父様も兄様も、「ま、いっか。もしどうしてもダメそうな子だったら、裏の手使って解消するし」って、仕方なく筆頭婚約者の件、承諾したって経緯があるんだからね!?

ちなみに、それをメル父様から聞いた後、オリヴァー兄様に「ごめんなさい」って謝ったら、「何でバラすんだ、あんたはー!!」と、壮大な親子喧嘩が勃発していたっけ。

つまり、私はたまたまオリヴァー兄様のどこかの琴線に触れて、婚約を継続出来ただけなんだから

ね⁉　貴方なんかに侮辱されるいわれなんて、欠片も無いんだから！　ふざけんな‼

……と、そう言いたいのをグッと堪えつつ、深呼吸をする。

「……お母様の判断は正しかったと思います！　寧ろ、今の判断の方がおかしいのです！」

「――ッ⁉　母親の決定を、娘が異議を唱えるのか⁉　アイザック！　お前は娘にどのような教育を行っているのだ⁉」

「どういう……と仰られましても……。このように、大変に素直で可愛くて、最高に優しい子に成長してくれましたので、おおむね教育は間違っていなかったと思われますが？」

「アイザック‼」

いつもの表情、いつもの穏やかな口調。……だけど私には分かる。父様、ものすごく怒っている。

いや、その前から怒ってはいたんだよ？　「僕の可愛いエレノア泣かせやがって‼」って言って。

でも更に目の前で私のことを言われて、どうやら父様、完全にブチ切れちゃったみたいだ。

「それよりも、私はマリアの体調が非常に心配でしてね。なので、マリアの夫の一人であり、宮廷魔導師団長でもある、クロス伯爵に同行をお願いしました。彼は優秀な医師でもありますので、是非一度、診てもらったら如何でしょうか？」

えっ⁉　メル父様って、医師資格持っていたの⁉

ってか、もしこんなお色気だだ漏れなお医者様が開業していたとしたら、肉食女子達が連日、雪崩のように押し寄せること間違いなしですよ‼

「それは必要ないよアイザック。マリアは疲れているだけだし、何よりも僕の傍での療養を望んでいるからね」

そう言って、グロリス伯爵家の現当主であるアーネスト伯父様が、これ見よがしにマリア母様の肩を抱き、胸に引き寄せる。父様に対して思うところがあるのか、態度も口調もかなり挑発的だ。

「アーネスト。君に指図される謂れはないよ？　彼女の正夫はこの僕だ。僕には彼女を守る義務と権利がある。……さあ、マリアおいで。一緒に帰ろう？」

「……嫌よ。私は……アーネストの傍にいるの……」

「マリア……⁉」

アーネスト伯父様が、勝ち誇ったような顔を父様に向ける。

そして母様は戸惑う父様に目もくれず、私に目をやると、再び唇を開いた。

「エレノア……。貴女も、バッシュ公爵家の娘として……自覚を持ちなさい……。私の決定に逆らうなんて……。なんて駄目な子なの……！　淑女として……いえ、歴史あるバッシュ公爵家の一員として……失格だわ……！」

「お母様……⁉」

私を見ているようで、全く見ていない、光の無い瞳。

そこで私は確信した。母様は病気ではなく、やはり何かによって操られていると。多分、兄様方や父様方も私と同じ気持ちだろう。

そう思い、チラリと後方を窺うと、兄様方も父様方も一様に厳しい表情を浮かべていた。

そんな中、オリヴァー兄様と私の視線が合わさった。

兄様は目元だけ緩ませると、私の考えを察したかのように頷いてくれた。そうですよね！　兄様もそう思いますよね⁉

——だって、いくら病気だったとしても……。母様はこんな事、絶対言わないもん！

これ言ったら、絶対後で母様に怒られちゃうだろうけど、「淑女の嗜み？　何それ美味しいの？」って感じに、貴族女性として規格外なこの人が、こんなまともな貴族っぽい事、言う訳がない！　まだ短い付き合いだけど、これだけは断言できる！

「やっぱり母様はご病気です！　メル父様に診ていただくべきです!!」

「いい加減にしなさいエレノア！　先程から我儘ばかり言いおって。しかも言うにこと欠いて、母親の病気を言い訳にするなどと……。恥を知りなさい！」

「そうよ、バッシュ公爵令嬢。先程からの貴女の見苦しい態度、目に余るわ。同じ公爵家の者として情けなくってよ？」

いつの間にか傍に来ていた、ノウマン公爵令嬢が何故か参戦してくる。

というか貴女の方こそ、親族間のプライベートな会話に首を突っ込まないでください！　しかも何か楽しそうだし。

すると、多分うちの親戚筋であろう方達が、口々に「そうだな。それが主家の娘としての務めだ」「アイザック、お前が親として諭してやらねばならんだろう？」と、声を上げ始める。

それを興味津々とばかりに見物している招待客や、何やら楽し気に笑いながら、意地悪くこちらを見ているご令嬢方の姿も目に映る。

「お爺様、落ち着いてください。エレノアも動揺しているのですよ。懐いていた兄が婚約者から外されるのですから、当然の事でしょう。だけど、母親の決定は絶対なのだから、バッシュ公爵家の令嬢として、それに従わなくてはね？　エレノア」

パトリック兄様の言葉に、私の耐えに耐えていた堪忍袋の緒が、ブチリと盛大に切れる音が聞こえた。

「……そうですね。私は確かに、公爵令嬢として失格なようです」

静かに紡がれた私の言葉に、お爺様や、何故かノウマン公爵令嬢が勝ち誇ったような顔をしたが、それに構わず、私はクルリとアイザック父様に向き直った。

不意を突かれた父様は、私の真剣な表情を見て、先程までの厳しい表情を困惑顔へと変えた。

……父様、親不孝な私を、どうかお許しください！

「アイザック父様。私は母様のお言葉や、貴族のしきたりに従うことの出来ない、愚かな娘です。ですからどうか、今この時をもって、私をバッシュ公爵家から廃嫡してくださいませ！」

キッパリとそう言い切った後、痛いぐらいの静寂が、再びその場を包み込んだ。

お爺様方や、まさか私がそう出るとは思ってもいなかったであろう、兄様方やセドリック、そして父様方も、先程まで一触即発状態だった雰囲気から一転、言葉もなく呆然と私を凝視している。

当然というか、その他の参加者達も同じ様子だった。

そして、真っ先に我に返ったアイザック父様が、その静寂をぶち破る。

「……え？　……えぇぇぇぇぇーー!?　ち、ちょっ！　エ、エレノア!?　は、廃嫡って……!?」

「エレノア!?　き、君……い、いきなり何を!?」

「お、おいエレノア!?　怒りでどっか切れたか!?」

「お、落ち着いてエレノア!!」

アイザック父様の雄叫びに、次々と正気に戻った兄様方やセドリックが、慌てて私に声をかけてくる。次いで、お爺様やアーネスト伯父様達も我に返る。

「な……なんと……いう事を……。どういうつもりだ⁉　エレノア！」

お爺様が再び私を怒鳴りつけてくるが、その声は驚きのあまり、震えて迫力が無くなっている。

「え⁉　バ、バッシュ公爵令嬢……今、何を言ったんだ⁉」

「は……廃嫡って聞こえたけど……。嘘だろ⁉」

明らかに動揺しているお爺様方や、まさかそんな事を言い出すとは思ってもいなかったであろう、父様方や兄様方も、かなり狼狽しているご様子。他の参加者達の間にも、動揺と戸惑いが広がっている。

だが、そんな周囲の喧騒などなんのその。

私は驚き、次の言葉も出せずに固まっているアイザック父様に向かって、なおも言い募った。

「父様。貴族の娘としては、母様の決定に従うことが正しいことであり、義務であるのでしょう。ですが、私はその決定には絶対に従えません。私はパトリック兄様を筆頭婚約者には受け入れられない。でも、『エレノア・バッシュ』である限り、それは拒否出来ない。なので私は、バッシュ公爵家の名を捨て、平民になる所存です！」

「エ……エレノア……。あ……のね、ちょっと……落ち着こうか？」

「いえ、こういうことは、その場の勢いが必要なのです！」

「じゃあ益々、冷静になろうか⁉」

「そ、そんなこと、出来る訳ないじゃない‼」

突然、アイザック父様の言葉を遮るように、ノウマン公爵令嬢……レイラ様の鋭い金切り声が上がった。

「貴族の娘が、自ら廃嫡を望んで平民になるなんて話、聞いた事がないわ！　だいたい貴女、平民になってどうやって生きていくつもり⁉」

「大丈夫です！　その気になれば、女だってどうにか生きていけますよ。パン屋さんとかお花屋さんとかに就職してもいいですし……。あ！　ダンジョンに行って賞金稼ぎをするのも良いですね！」

ああ……本当に。そういう生活、凄く良いかも……。

元々ダンジョンでクエストしてみたかったし、前世では大学生の傍ら、バイト生活してみたかったんだよね。……生憎、大学の門をくぐった時点でフェードアウトしたから、夢叶わずだったんだけど。

その果たせなかった夢を、今世で叶えるのも悪くはない。

「ふ、ふざけないで‼　元貴族の娘が働く⁉　信じられないわ！　貴方みたいな小娘が、下々の中でまともに生きていける訳ないでしょう⁉」

「あら、心配してくださっているのですか？　大丈夫！　私はこの通り、貴族としては失格ですし、それに剣技や格闘技も多少の心得がありますから！」

そう。なんといっても不本意ながら、私は『姫騎士』だしね。

それに、初めてダンジョンに行った時よりは強くなっているだろうし……。うん、スライムよりも強い魔物でも、何とか倒せるだろう。……多分。

私の言葉に、信じられないといった表情を浮かべ、黙り込んでしまったレイラ様。

その時、後方から静かに声がかかった。

「エレノア……」

「オリヴァー兄様……」

私は戸惑うような表情を浮かべ、私を困惑顔で見つめているオリヴァー兄様の前へと立つと、兄様の顔を真っすぐ見上げた。

「オリヴァー兄様。もし私が廃嫡され、肩書も何もない、ただのエレノアになったとしても……。私の婚約者でいてくださいますか？」

言い終わった後、勢いのまま逆プロポーズのような真似をしてしまった事に気が付き、思わず羞恥心で真っ赤になってしまった。

こんな衆人環視の中、勢いでやらかしてしまった事に対しても、恥ずかしさが増してくる。

……が、ここは踏ん張りどころである！　これが私の答えだと、お爺様やその他の人達に、ちゃんと示さなくてはならないのだから。

「エレ……ノア……！」

私の問い掛けに、オリヴァー兄様の瞳が大きく見開かれ……揺れる。

そうして、少しだけ潤んだ黒曜石のような美しい瞳が、私を熱く優しく見つめる。

「当然だろう？　バッシュ公爵家なんて関係ない。僕が愛しているのは、エレノア……君という珠玉の存在そのものなのだから」

そう言うと、オリヴァー兄様は私の前に片膝を突いて手を取った。

……あ、こ、この体勢って……。

「エレノア。僕は君が君である限り、僕の全てを捧げ愛し守り抜くと、ここに改めて誓う。たとえ魂となっても永久に……僕の全ては君だけのものだ」

そう言うと、オリヴァー兄様は私の手の甲に優しく口付けた。

……って兄様ー！　こ、行動まで望んでおりません！　言葉だけでいいんですー!!

真っ赤なユデダコ状態になって震えている私の傍に、クライヴ兄様とセドリックが、極上の笑顔を浮かべながら近寄ってくる。

そして、そのタイミングでその場から立ち上がったオリヴァー兄様の代わりに、二人は次々とその場に片膝を突くと、それぞれが私の手を取った。

「当然俺も、未来永劫お前の傍を離れる気はない。……それに、ダンジョンに行くんなら、相棒も必要だろう？」

そう言いながら、色気たっぷりの極上スマイルでウィンクした後、クライヴ兄様も私の手の甲に口付ける。

「僕も勿論、永遠に君の傍にいるよ。それに、エレノアがバッシュ公爵令嬢じゃなくなったのなら、我がクロス伯爵家の養女になればいいんじゃないかな？」

そう言って微笑みながら、セドリックも私の手の甲へと口付けを落した。

「ああ、それは良いねぇ！　今までは義娘だったけど、本当の娘に出来るなんて最高じゃないか！早速手続きに移るとしようか！」

「おいメル！　なにお前らだけで、勝手に話決めてんだよ!?　だったら俺の姓になっても良いじゃねぇか！　な、エレノア？　俺んとこならもっと自由に、好きな事が出来るぞ？　なんならダンジョンには、俺が同行してやるから……な？」

「ち、ちょっと、メル！　グラント!!　勝手なこと言わないでよ!?　エレノアは僕だけの娘なんだからね！」

目を回しながら、あうあうしていた私だったが、アイザック父様の悲鳴に近い抗議の声を聞き、慌ててフォローに入る。

「大丈夫です父様！　たとえバッシュ公爵家の娘でなくなっても、私の父様は父様だけですから！」

「だーかーら！　そこじゃないっ!!　廃嫡なんて認めないって言っているだろー!?」


——……一体我々は、何を見せられているのだろうか……?!

この言葉こそが、今現在目の前で繰り広げられている、非現実とも言える光景を見ている者達全員の共通した思いであった。

いくら新しい筆頭婚約者が、由緒正しき歴史のある家系の者であろうとも、それによってあれほどの……女性であれば誰もが欲しくなるであろう、将来性溢れる婚約者達を手放せと言われれば、母親の決定であろうが抗うのは当然だ。

だが普通の女性であれば、それに納得していなくても成人するまで待ってから、己の意思で夫や恋人を手に入れれば済むだけの話なのだ。彼らとしても、あれほどに執着心を持っている女性がそう望むのであれば、そのように従うに違いない。

なのにまさか……。自ら廃嫡を望むなどと、誰が想像出来たであろうか。

基本、女性は男に奉仕され、献身的な愛情を注がれる事が当たり前で、それをただ当然の事として受け入れている。

ある程度の身分差は障害になれども、女性が望む事は叶えられ、女性に望まれれば、男は喜んでその身を捧げる。

女性が男性への想いを返す行為。それこそ、その相手を婚約者や恋人として取り立てる事であり、子を生す事なのだ。

それが常識であるこの世界で……。仮にも高位貴族のご令嬢が、自分の持つ地位や身分、全てをかなぐりすててまで、愛する者への想いを貫き通そうとしたのだ。

そんな、全てを捨ててまで自分を選んでくれた女性に、「私の婚約者でいてください」などと言われ、断る男などいるものか。いたとしたら、それは男ではない。それか、第三勢力（同性愛者）であるかのどちらかだ。

……いや、第三勢力でも、アレにはやられる。

普段、女性達の傍若無人さに眉を顰めている彼らにとって、己が享受している全ての特権や権利をかなぐりすててでも、その想いを貫こうとする彼女の姿は、衝撃以外のなにものでもない。

この衝撃は、第三勢力達の中で、恋愛感情とはまた違った胸の高鳴りや感動へと昇華されていく。

「あれが……。『姫騎士』の再来と言われるご令嬢なのか……！」

「し……しかも、あの恥じらう姿……！　あ……あれが噂に聞く……『ギャップ萌え』というものなのか……!?」

「な……何という破壊力!!　む……胸が……胸が締め付けられる……！　と……尊い……!!」

「なんだろう……。天使……？　いや、女神かな……？　うん、女神に違いない!!」

そのあまりにも豪胆かつ潔い行動。そして健気で一途な心根に、その場に集った男達は皆、畏怖とも感動とも言うべき、不可思議な感覚と興奮に包まれていた。

そして女性陣はというと、そんな男性陣の反応に嫉妬の炎を燃やす……事なく、男性陣以上に今現在、自分達の目の前で行われている信じられない出来事に対し、茫然自失となっていた。

中には隠れ姫騎士信者のご令嬢が、「姫騎士……尊いっ！」と涙ぐみながら、こっそり女神様に祈りを捧げていたりもしたが……。

「ふふ……。ねえ、母様。エレノアって、楽しい子ですねぇ？」

エレノアの行動に、祖父や父親が言葉を失う中。パトリックだけは心底愉快そうな様子で、マリアの耳元にそっと呟いた。

すると、何の感情も浮かべていなかったはずのマリアの口角が、ほんの少しだけ……。まるで微笑むかのように上がったのだった。

第三章

ボスワース辺境伯編

奪われた最愛

――ああ……。やはり彼女だ。彼女でなくてはならない！

他と一線を画す、美しい婚約者達に傅かれながら、花のように笑う少女……エレノア・バッシュ公爵令嬢を見ながら、私は確信する。何を犠牲にしてでも、彼女が欲しい……と。


アルバ王国最北部に位置し、最も魔物の発生が多いとされるユリアナ領。

そこを代々守護してきたのが、ボスワース辺境伯家である。

代々、隣国との国境を守護している事もあり、当主はより強く、優秀な血を次代に残せる伴侶を得る事が求められている。

だが国の『宝』であり、愛し尊ぶべき存在として大切にされている女性達は皆、広大な領土と高い爵位を得られるとしても、辺境の地に来るのを嫌う。

ましてや、魔物が多く発生する土地とあっては尚更だった。

更に魔力の高い貴族の娘の殆どは王都で暮らしており、婚姻を結んだとしても、華やかな王都から出ようとはしないのが普通だ。

ましてや辺境など、単なる田舎と公然と言い切り、見下されるのが常であった。

私の母は魔力量がひときわ高い、とある侯爵家の娘であったそうだ。

容姿も非常に美しく、父が是非妻にと切望したのだそうだが、例に洩れず、母は辺境伯である父の求愛を拒否した。

それでも諦めきれなかった父が、「せめて我が子を」と望んだ結果、父が有する鉱山の権利の一部と引き換えに、母は跡継ぎを産むことを了承し、私が生まれたのだという。

実際、私を育てたのは乳母や父の部下達であり、母の姿を見た事は一度も無い。

父に聞いた話によれば、母は寵愛する恋人を他の貴婦人と奪い合いになり、刃傷沙汰を起こして亡くなったのだそうだ。

……父は私に、母の名すら教えなかった。だが、それは父なりに私を気遣ってのことなのだろう。

私が二十歳の時、父は大規模な魔物の大量発生(スタンピード)で落命した。

その後、私はユリアナ領を治める当主の証し。国境の最前線でアルバ王国を守護する『ボスワース辺境伯』の名を継いだ。

それを境に、領内の貴族や利に聡い中央貴族達が、次々と自分の娘との縁組を申し出てきたが、元々私自身が色事に対し淡白であったことに加え、父と母との事情もあり、その手の話は全て断っていた。

女性に対して思い入れもなく、特定の相手を定めぬまま、ただ領地を魔物から守る日々が続く。

勿論当主の義務として、いずれは次代を継ぐ子をつくるつもりではいたが……。

バッシュ公爵夫人であるマリアと知り合ったのは、彼女が保養で訪れた領内の温泉施設だった。

『社交界の華』『淑女の鑑』ともてはやされていた彼女は、恋多き華やかな女性だった。

だが会えばまず、真っ先に男を値踏みしようとする女性達とは違い、彼女は真っすぐに私を見て、打算関係なく、自分自身の言葉でもって私と対峙した。

そんな彼女に興味が湧き、私は彼女の新たなる『恋人』として、付き合う事となったのだった。

腹心や部下達は、「ようやっと主君に春が！」と喜んだが、彼女は歴史あるバッシュ公爵家のれっきとした正妻であり、正夫はバッシュ公爵家当主、アイザック・バッシュただ一人と定め、他の夫達や恋人達としっかり線引きをしていた。

そういうところも彼女を気に入った点だ。

マリアを心から愛したとしても、彼女が我がボスワース家へ輿入れする事は、まずあり得ないだろう。

だが、それでも私は構わなかった。

魔力も豊富で、血筋も申し分なく、何よりあの、優秀な息子達を生んだ女性だ。

きっと私にも、この上ない優秀な次代を授けてくれるに違いないだろうから……。


王家からの要請で、地方の有力貴族達が王都で一堂に会する。

どうやら東の大陸の覇者たる獣人族達が、人族国家への介入と制圧を目論み、その先駆けとして我がアルバ王国への侵略を決め、動き出したとの事だった。

それゆえ我々には、「地方の守りを強化せよ」との王家からの勅命が下った。

加えて我がボスワース辺境伯家には、隣国に隙を与えぬようにとのお言葉も頂く。

我が領土と境界を有する隣国は、アルバ王国に国力は及ばずとも、血の気の多い輩が大勢いる。それらがこの機に乗じ、騒ぎを起こさないとは限らない。

獣人達も含めた、亜人種達の無知や驕りと同様、人族国家の中でも、己の分を弁えぬ愚かな国はそれなりに存在するのだ。

そんな中、ある信じられない情報が腹心によって私の元へともたらされた。

それは、私の現在の恋人であるマリアの娘が、獣人の姫達と決闘を行う……という、ある意味正気を疑うものだった。

我ら男が守るべき、かけがえのない存在であるはずの女性が、あろうことか決闘を行うなどと……。

彼女の父親は、婚約者達は一体何をしているのか！

いや、そもそも王家が何故、このような暴挙を認めたのか。……まさかとは思うが、その少女を犠牲にし、此度の騒動に終止符を打つつもりなのか⁉

そのような疑問が次々と湧いてくるが、大切な恋人の一人娘の危機を見過ごす事も出来ず、緘口令（かんこうれい）が敷かれる中、いざとなれば介入するつもりで、決闘の場である王立学院へと赴き……。私は、『彼女』を目にしてしまったのだった。

まるで騎士のごとき、凛とした態度。

見慣れぬ剣技や武術を駆使しながら戦う姿は美しく、痺れるような感動と共に、魂までもが魅了された。

部下に指示し、彼女……エレノア・バッシュ公爵令嬢を徹底的に調べさせた結果、彼女は既に王家直系達の心をも掴んでおり、非公式にだが、『公妃』として望まれているという事実を知った。

そして彼女の婚約者達も、彼女を心の底から愛しており、特に青年貴族の筆頭とも言われている、オリヴァー・クロス伯爵令息の溺愛は凄まじく、陰で『万年番狂い』とも称されているほどであるという。

そんな中、もし私が求愛をしても、彼女をボスワース辺境伯家の正妻にすることは不可能だろう。むしろ婚約者となるのですら難しいに違いない。……そもそも私は、彼女の母親の恋人であるのだから……。


——どう考えても、彼女と共に歩む未来は私には無い。

……そう思い、一度は諦めようとした。

だが、一目でも間近で彼女に会ってみたいという欲求に抗えず、娘の快気祝いに行くというマリアに付いて、バッシュ公爵家へと訪れた。

その時、私に向かって微笑んでくれた彼女を見た瞬間、電流を浴びたかのように身体が、心が震えた。

何故この得難い至宝を、一瞬でも諦めようなどと思ってしまったのだろうか。

何をおいても、何を犠牲にしてでも……彼女が欲しい……！

それは高潔なる天使の羽を引きちぎり、地へと堕とす行為に他ならない。だがそれでも……私は……。


『ブラン。どうやら失敗しそうだね。アレ』

気配もなく、脳裏に突然、聞き慣れた声が響き渡る。

「……ケイレブ……」

『バッシュ公爵家の連中は妨害するだろうけど、割と穏便に片がつきそうな方法だと思ったんだけどね。それにしてもあの子、面白い子だねぇ。まさか、ああくるとは！　この僕でも想像出来なかったよ！』

目論みが失敗しそうだというのに、その声音はただただ愉快そうだ。

「……そうだな。出来れば穏便に彼女を手に入れられれば……と思っていたのだが。全く、エレノア嬢は底が知れない」

『まあでも、あの面々を相手に穏便にって、そもそも無理があると思うけどね。王家も絡んでいるんだし』

「そうだな……。では、腹を括るか」

そう静かに呟くと、ブランシュは凭れていた木から身体を離し、エレノア達の元へと歩き出そうとする。

――が、その動きは、背後から首元にあてられた刀剣により、阻まれることとなった。

「……グラント将軍。私に対し、随分なご挨拶だな」

「生憎と、お育ちが悪くてね。……何をしようとしている？　ブランシュ・ボスワース辺境伯」

普段と違い、鋭い刃のような表情を浮かべ、首元に刀を押し付けてくるグラントに対し、ブランシュは落ち着き払った態度を変えることなく、ゆっくりと瞼を閉じると、静かに口を開いた。

「エレノア・バッシュ公爵令嬢……。まさに『姫騎士』の称号を得るのに相応しい女性だ。このアルバ王国の男であれば、誰でも欲しくなる……。そうは思わないか？」

「貴様の目的……まさか!!」

途端、ズン……と、物凄い圧が全身にかかり、空間そのものに紅い靄がかかった。

周囲からも次々と戸惑いの声が上がる。

「――ッ！」

ほんの一瞬、行動が制御されたその隙を逃さず、ブランシュがグラントの腕から離れ、間合いを取る。

咄嗟に身構えたグラントは、ブランシュと目を合わせるなり、驚愕して、目を見開いた。

何故なら、ブランシュの紫紺の瞳は金色の光彩を放ち、まるで爬虫類のように、瞳孔が縦に割れていたのだ。

『魔眼⁉』

咄嗟に目を逸らそうとするも、それを許さぬとばかりに、ブランシュの瞳がギラリと妖しく光る。

それと同時に更なる圧がグラントを襲い、地面に足がめり込んだ。

「ぐ……っ‼」

「へぇ～！　普通だったら、即効で気絶するのに、未だに構えを崩さないって、凄いよねぇ！　流石は『ドラゴン殺し』の英雄、グラント・オルセンだ！」

感心したように、ブランシュの背後から音もなく現れたのは、緑色の髪と目をした、見た目十五、十六歳ほどの、小柄な美少年だった。

だが纏う雰囲気も、狡猾そうな色を湛えるその瞳も、彼が見た目通りの少年ではないことを物語っていた。

「……やはり貴様がいたか……。『ユリアナの饗乱』総大将。ケイレブ・ミラー！」

「あれ？　僕の存在バレてた？　……それはちょっと不味い状況だな。早めにケリをつけるとしようか。ブラン、そいつの足止め宜しく！」

そう言うなり、ケイレブは目にも留まらぬ速さでその場を後にする。

グラントは一瞬で彼が目指す先を悟り、声を張り上げた。

「メルヴィルー!!　避けろ!!」

その一瞬後、鮮血と悲鳴が上がった。

『ユリアナの饗乱』
それは、辺境を守護する辺境伯家の中でも屈指の力を誇る、ボスワース家直下の魔物討伐部隊の名である。
ボスワース家が有する騎士団とは別機動隊として存在している彼らは、一切の慈悲や情けの欠片も無く、まさに『殺戮』と言うに相応しい戦いぶりで魔物を血祭りにあげるとされ、その姿から、その名が付けられたとされている。
彼らの忠誠は国や王家ではなく、ボスワース家にのみ捧げられており、その戦闘集団を率い、統括する者こそ……。

ポタタ……と、鮮血が地面に滴り落ちる。

「ぐっ……！」

「父上!!」

「きゃあああっ!!　メル父様っ!!」

「あれ？　おかしいな。致命傷を狙ったんだけど……」

深々と突き刺していた短剣を素早く引き抜き、すかさず間合いを取った緑色の少年に向かい、目にも留まらぬ速さで抜刀したクライヴが襲い掛かる。

「ははっ！　いい反応だよ！　重力操作された空間でのその反応！　流石は『ドラゴン殺し』の英雄の息子だ！」

「何者だ貴様⁉」

「今ここで名乗るつもりはないよ？」

言い合いながら、二人は目にも留まらぬスピードで打ち合いを始める。

するとその場の者達が、ようやく我に返ったように、悲鳴や怒号を上げ始める。

ご令嬢や貴婦人方、そして彼女らを守る男性達が、相次いでその場から離れようとするが、何故か身体の自由が利かず、赤子のようなおぼつかない足取りで、よろめいたり、果ては転倒したりしている。

そんな中、脇腹を串刺しにされ、グラリと傾いだメルヴィルの身体を、オリヴァーとセドリックが両側から支えた。

「父上‼」

「父上！　父上ッ！　しっかりなさってください‼」

「……狼狽えるな、オリヴァー……セドリック……。さっき、奴が言った通り……急所は……逸れている。……私に構わず……エレノアを連れて……この場を引け‼」

「父上……⁉」

困惑した表情を浮かべたオリヴァーとセドリックだったが、次の瞬間、互いに顔を見合わせ頷き合う。

「兄上！　僕が父上を出来るだけ治療します！　兄上は父上の仰る通り、エレノアを連れて退避なさってください！」

「……頼んだぞ、セドリック！　エレノアを安全な場所に避難させたら、僕もすぐ戻る！」

そうしてメルヴィルの身体をセドリックに託すと、オリヴァーは顔面蒼白となり、震えているエレノアを守るように腕に抱いた。

「エレノア！　行くよ!?」

「で、でも兄様……！　メ、メル父様が……!!　わ、私も父様の傷の手当てを……！」

「父上は……大丈夫だ！　絶対に助かるから！」

動揺し、ポロポロと涙を流すエレノアは、メルヴィルの身を案じて中々動こうとしない。

だが、メルヴィルの身を案じているのはオリヴァーも同様な為、強引にその場を後にする事が出来ずにいた。

そんな彼らの元に、アイザックが多少ふらつきながら駆け付ける。

「メルヴィル!!」

「……アイザック……。悪い予感が当たった……ようだ。メイデンが見たという男……間違いなく、あの『ユリアナの饗乱』総大将……ケイレブ・ミラーだ……！」

「そんな……！　何故彼がここに!?　やはり、マリア絡みなのか!?」

「……理由は……まだ不明だ。……それにしても、グラントに聞いた時は……まさかと思っていたが……。念の為と……魔力阻害の術式を……我々全員にかけておいた……から、この程度で済んだ……。が、比較的……軽めのものにしていたのは、失敗だった……な……」

メルヴィルの顔が歪み、ぐぅ……と呻いて吐血する。

「メル父様!!　メル父様ぁ!!」

「父上！　もう喋らないでください！　すぐに治癒魔法を行います!!」

止血をしながら、セドリックが治療を開始した瞬間、フードを被った複数の人間が、一直線にセドリックへと襲い掛かった。

だが、襲撃者の得物がセドリックを貫こうとした瞬間、彼らの身体が青白い火柱に包まれる。

ドサドサ……と、炭化した『何か』が、メルヴィルを庇うように身を被せていたセドリックの周囲へと落ち、灰となって崩れ消えていく。

「……オリヴァー……。腕を……上げたな……」

「有難う御座います。……ですが、出来ればこのような場で聞きたくはありませんでした……」

敵を一瞬で炭化させたオリヴァーは、その胸にしっかりエレノアを抱き込み、戦いの一部始終を見せないようにしている。

……うむ、流石は万年番狂い。我が息子ながら天晴だ……！

などと、こんな非常事態でも愛する者への配慮を怠らない息子に対し、メルヴィルは心の中で賛辞を送った。

「バッシュ公爵！　オリヴァー・クロス！　これは一体……!?」

「クロス会長!?　これは……この騒ぎは、どういう事なのでしょうか!?」

青い顔で、ジルベスタ・アストリアルと、カミール・ノウマンがやって来る。

重力操作の類であろう攻撃を加えられているにもかかわらず、彼らは多少ぎこちないが、しっかり動けている。流石は四大公爵家の直系達だ。

だが感心する間もなく、再び刺客と見られる者達が、次々と周囲を囲みだした。

「……詳しい事は言えないが、ひとまず君達は、それぞれの家の『影』を統率しなさい。そして彼らと連携し、か弱い婦女子を守りながら、この場から引け！」

アイザックの言葉に、ジルベスタが戸惑いの表情を浮かべる。

「で、ですが……！　賊の急襲を受けたのであるなら、我々も共に戦った方が……」

「大丈夫だ。……この場は我々と、王家の『影』達とで何とかする！」

アイザックの言葉が終わると同時に、黒いフードを被った一群が、次々とその場にいた者達……特に負傷したメルヴィルを庇うように舞い降りると、敵であろう者達と激しい攻防を繰り広げる。

その中には、形と色が微妙に違うフードの者達も含まれている。多分、バッシュ公爵家の『影』達であろう。

「アイザック様!!」

「……ああ……。やはり君が来たか、ヒューバード。……王家への通達は？」

「副官をやりました。恐らくはもう、知らせが届いている頃合いかと……」

「はは……。副官も来ていたのか。全く、王家側の執着は凄まじいな」

「お言葉ですが、あいつは勝手に付いてきただけですから！」

アイザックとヒューバードとのやり取りを、ジルベスタが呆然とした様子で見つめる。

「王家の『影』だと!?　一体、何故彼等がここに!?」

「ジルベスタ義兄上！　彼らは多分、エレノア嬢の……」

その時だった。

ズン……と、更に強い圧がかかり、力の弱い者達から次々と地面に膝を突き、倒れていく。

特に女性達などは悲鳴を上げることも叶わず、次々と気を失っていった。

「くっ……！」

「オ……オリヴァー……にいさま……」

苦しそうに顔を歪めるエレノアは、すでに足に力が入らないようで、オリヴァーの腕に支えられ、ようやく立っているような状態だった。

それに気が付いたオリヴァーは、エレノアの身体を腕に抱き抱える。

普段であれば、羽根のように軽いエレノアの身体が、今は鉛のように重たく感じる。

「う～ん……。王家の『影』かぁ……。ブランの『魔眼』で動きが鈍っているとはいえ、あいつらが全力でかかってきたら、僕の部下達何人死んじゃうか分からないなぁ……。それに、ここで王家が出てきたら面倒だ。こいつとの戦い、中々楽しいけど、そろそろ一気にいこうか」

圧がかかる中とはいえ、自分の剣技に食らい付いてくるクライヴをチラリと見た後、ケイレブは小声で呟く。

『術式発動』

そのタイミングを見計らったかのように、ブランシュの『魔眼』から、最大級の魔力が放出される。

その瞬間、その場にいた全ての者達の動きが停止した。

「――ッ……！　ブランシュ・ボスワース……貴様……!!」

「……グラント将軍。無理に動こうなどと考えない方が良い。貴公は私の傍で『魔眼』を浴び過ぎた。そのまま下手に動こうとすれば、心の臓が停止するぞ？」

そう告げると、動けぬグラントを捨て置き、ブランシュはエレノアを辛うじて腕に抱いたまま、地面に片膝を突いているオリヴァーの元へと向かう。

「……ッ……あ……なたは……!?」

オリヴァーは、自分の目の前に立つブランシュの姿に、戸惑いの眼差しを向ける。

だが次の瞬間。

ブランシュが自分の腕の中から、意識を失ったエレノアを抱き上げた事に、愕然とした表情を浮かべた。

「エ……レノ……ア……ッ!!」

そのまま歩き出したブランシュに対し、オリヴァーは滝のように脂汗を流しながら、必死の形相で立ち上がると、震える手を伸ばした。

だが、無情にもその手は空を掴み、連れ去られて行く自分の最愛には届かない。

そしてクライヴも、エレノアを腕に抱きながら歩いて来るブランシュの姿を、驚愕の眼差しで見つめていた。

「エレ……ノア……ッ!」

「……う～ん……。この圧の中、まだ動けるんだ？　オリヴァー・クロスも規格外だけど、君も本当に凄いねぇ！　是非とも僕の部下に欲しいくらいだよ！」

ケイレブは楽しそうにそう言い放つと、地面に突き刺した自身の刀を引き抜き、クライヴを蹴り上げ、地面に叩きつける。

「グハッ！」

「大人しく寝ていろよ？　これでも、魔物じゃない奴を無闇やたらと嬲り殺す趣味はないんでね」

ブランシュの動きを見て、先程まで『影』と戦闘を繰り広げていた者達も、ケイレブと主君の元へと次々と集結する。

「それじゃあ、行こうか」

その言葉を合図に、空間がぐにゃりと歪む。

するとその場に、ぽっかりとした黒い穴のようなモノが広がった。

『転移門……⁉　不味い！　このまま領地に逃げるつもりか⁉』

地面に倒れ伏しながら、アイザックは霞んで閉じそうな目を必死に見開くと、今まさに連れ去られそうになっている愛娘へと向けた。

グラントから、「ケイレブ・ミラーが王都に来ている」と聞いた時に、この一連の騒動にボスワース辺境伯が絡んでいるのかもしれない……と疑い、目的はマリアなのだろうと予想していた。

——なのにまさか……。彼の目的が、エレノアだったなんて……‼

多分……いや、間違いなく、この男はエレノアに魅了されていたのだろう。そして、この一連の茶番劇に介入し、裏で糸を引いていたに違いない。

——ブランシュ・ボスワース……！

歴代のボスワース辺境伯の中でも、一・二を争うとされる実力を誇る現当主。

その実力に加え、国内最高レベルの軍隊を有するあの男がここまでする……という事は、「国に叛意あり」と宣戦布告をしたに等しい。

当然、エレノアを取り返そうとしても、徹底抗戦の構えを崩さないだろうし、その為の用意も既に盤石なはず。

このままエレノアを奪われ、辺境の地へと逃げられてしまえば、たとえ王家が動いたとしても、おいそれと手を出せなくなってしまうに違いない。

何よりエレノアは、国を二分する内乱が自分の所為で引き起こされるなど、到底受け入れられないだろう。

そのような事態を引き起こすくらいならばと、ボスワース辺境伯の手に落ちることを承諾するか、最悪自分の命を絶つかもしれない……。

『いや、それはあの男がさせないだろうが……』

どちらにせよ、このまま連れ去られてしまえば、エレノアを無傷で取り返す事は叶わないだろう。

アイザックの胸に、絶望と恐怖が湧き上がり、ギリ……と、地面に爪が食い込む。

その時だった。静かな声がその場に響き渡る。

「……ふ……。舐めるなよ。『術式展開……解除！』」

「――ッ⁉」

メルヴィルの言葉と共に、ヴン……と、開いた空間が歪み、揺れる。

それと同時に、その場の圧が急激に溶けていった。

「ちっ！　あの死にぞこないが……‼　やはり奴にだけはとどめを刺しておくべきだった！」

ケイレブの顔が憎々し気に歪み、メルヴィルを睨み付ける。

だが、不安定になった空間を目にすると、再度舌打ちをした。

「仕方がない！　別の空間に繋げる‼　撤収‼」

「ま……待てっ‼」

「エレノア!!」

オリヴァー、クライヴ、セドリック、そして『影』達が、急速にこわばりが解けた身体を必死に動かし、今まさに消えようとするブランシュ達へと、次々と襲い掛かる。

……だが、無情にもその攻撃は空を切り、転移門はブランシュ達とエレノアと共に、その場から消え失せたのだった。

その場の圧が完全に消え失せたことにより、招待客達の救護や避難が慌ただしく行われていく。

大規模な術式を使用し、昏倒したメルヴィルには、その場でセドリックの治療が続けられ、王家の影達の手により、前当主をはじめとしたグロリス伯爵家の関係者達が次々と捕縛されていく。

「くそっ!!」

クライヴは、辺境伯達が消えた場所に膝を突き、力任せに拳を地面に叩き付ける。

だが目の端にグラントの姿を認めるや、一瞬で顔色を変えた。

「親父ッ!!」

父親が地面に片膝を突いている姿を初めて目にしたクライヴは、動揺しながらグラントの傍に駆け寄った。

そんなクライヴに対し、グラントは「大丈夫だ」と言うように手を掲げる。

「……不甲斐ねぇな……! この俺ともあろう者が、まんまとしてやられた。……挙句、お前にとっても、俺にとっても大切な娘を奪われてしまった……。済まない……クライヴ!」

そのまま自分に対し、頭を下げるグラントに対し、クライヴは首を横に振る。

そして、父親に肩を貸し、立ち上がらせた。

「……親父のせいじゃねぇよ。……ようは、親父がここまで手こずる相手だったって事だろ？　寧ろそんな相手に対し、こちら側に死者が出なかったのは幸いだった。もし誰かが死んでいたら……エレノアが泣いちまう」

「ふ……。確かにな」

グラントの、荒く苦しそうな息遣いを間近で感じる。

魔法の攻撃に対しても、化け物レベルの耐性を誇るこの父親を、これほど疲弊させるなど……。もしも相手の目的が殺戮だったとしたら、間違いなく自分達は皆殺しにされていたに違いない。

「グラント！　無事か⁉」

「よう、アイザック。情けねぇことに、無事……とは、冗談でも言えねぇな。……お前の大切な娘を守れず、本当に済まなかった」

再び頭を下げるグラントに、アイザックは慌てて首を横に振った。

「そんな事はない！　君の忠告を活かせなかった僕が悪いんだ！　そのせいで君にも……メルヴィルにも、酷い怪我を負わせてしまった……！　次期宰相なんて言われているくせに、本当に自分自身が情けないよ‼」

「……んじゃまぁ、互いに泣き事言ったところでどうしようもねぇし、反省会は後にしようや。……手短に言うぞ。ブランシュ・ボスワースは『魔眼』持ちだ」

ザッと周囲を見回し、声を顰めながら告げられたグラントの言葉に、アイザックの目が驚愕に見開かれた。

「『魔眼』だと⁉　そんな報告は王家に上がっていなかったはずだ！」

「……多分、前ボスワース辺境伯が隠匿したんだろう。『魔眼』持ちは国の管轄下に入れられ、徹底的に監視される。……場合によっては、始末されちまうこともあるからな。大切な跡継ぎ可愛さに、口を噤んだとしても不思議はない。……それに、あれほど完璧に魔力制御が出来ていたことも、隠匿するには十分な理由となったんだろう」

『闇』の魔力は保有者が少なく、希少性が高いことから、憶測や偏見を持たれる事が多いだけだが、『魔眼』は違う。

『魔眼』は、それを持つ人間の欲望や願いに反応し、増幅させるという悪しき特性があるのだ。

そしてその欲望に比例して、その者が持つ潜在的な魔力をも無限に引きずり出す。

遥かな昔。魔人と人間が交わった事により生まれ出でたとされる『魔眼持ち』は、瞳に宿った膨大な魔力と共に、凶暴性も併せ持つとされる。

元々、強い魔力を持った者に『魔眼』は宿り易い為、悪意を持った『魔眼持ち』により、国が荒れた事例もあったようだ。

特に、子供のうちは欲望が理性に追い付かず、甚大な被害を周囲に与えるとされ、『魔眼』を持っていると判明した時点で国に報告し、速やかに国の監視下に置く事が義務付けられているのだ。

「魔眼だと⁉」

――えっ⁉

いきなり頭上から降り注いだ怒号に、全員が上を見上げると、先程見たような黒い空間がぽっかりと開いていた。

クライヴや『影』達が思わず身構えた次の瞬間、金色に光り輝く髪を持つ人物が地面へと降り立った。

「ア……アシュル⁉」

「クライヴ！　『魔眼』と聞いたが、どういう事だ⁉　まさかこの騒動に、『魔眼』が絡んでいると言うのか⁉　というか、エレノアは⁉　彼女はどうしたんだ⁉」

皆が唖然とする中、いつもの余裕をかなぐりすてた様子で、アシュルがクライヴに詰め寄る。

すると今度は、聖女であるアリアを腕に抱きながら、ディランが地上へと降り立った。

「クライヴ！　何やらヤバイ事が起こったらしいな⁉　怪我人も出たって聞いたから、お袋連れて来たぞ‼」

「『連れて来たぞ！』じゃないでしょうが、あんたって子はっ‼　帰って来て早々、なにをやって……って、あら⁉　本当に怪我人沢山いるわね！」

「ディ……ディラン殿下⁉」

「聖女様まで⁉」

「セドリック‼　大丈夫なのか、お前⁉」

「リ、リアム⁉」

「……ねえ、エレノアの姿が見えないけど、ちゃんと無事なんだろうね？　ひょっとして、もう避難したの？」

「……フィンレー殿下……」

続々と現れる王家直系達に、もはや誰もがどう突っ込んでいいのか分からない。

クライヴ達と違い、耐性が付いていないジルベスタ達や使用人達などは、ただその非現実とも言える光景を、驚愕の面持ちで見つめている事しか出来なかった。

「ってか、フィンレー殿下、何でここに来られたんですか⁉　確か一度来た場所じゃないと、転移出来ないって言っていませんでしたっけ⁉」

「だから、一度来といたんだよ。なんかあった時の為にね。早速、役に立って良かった」

アイザックの言葉に、しれっとそう返答し、「エレノアに関係のありそうな場所や、ついでに主要貴族の屋敷は一通り立ち寄っておいた」……と続けたフィンレーに対し、「あんた……。いつの間にそんな事を……。っていうか、普通に不法侵入とストーカーだから」と、アリアがドン引きする。

そんなやり取りを見ながら『バッシュ公爵家の半径十キロ四方に結界を広げてもらえるよう、後でメル父さんに頼もう……！』と、クライヴは心の中で誓った。

その後、いそいそと怪我人の治療に向かった聖女アリアを他所に、まずは現状説明をしようとしたアイザックの元へと、今迄黙ってエレノアの消えた空間を見つめていたオリヴァーがやって来る。

「公爵様。ここは僕が……」

「オリヴァー？」

「申し訳ありません。……けじめを……。僕自身でつけたいのです」

「――ッ！　まさか、君……」

何かを察したようなアイザックに一礼すると、オリヴァーはアシュル達へと向き直った。

その表情は至って平静。

だが、身の内から溢れ出る殺気に近い魔力に、思わず王家直系達の表情が強張る。

ふと思い出したように、その場に防音結界を施したアシュルに向かい、オリヴァーは静かに話しかける。

「……アシュル殿下。エレノアがボスワース辺境伯に連れ去られました」

「なっ⁉　ボスワース辺境伯が⁉」

アシュルの声と共に、他の直系達から、次々と殺気が噴き上がる。

「……どうやらこの一連の騒動は、彼がエレノアを我が物にせんとし、引き起こされたもののようです。更にボスワース辺境伯が、『魔眼』持ちである事も判明致しました」

「……なんということだ……！　よりによって、彼がそのような……！」

――ブランシュ・ボスワース。

滅多に辺境から出て来ない彼だが、自分は王太子として数回話をする機会があった。

その時の彼はとても思慮深く、穏やかな人物であったと記憶している。

実力も人望もあり、王家の信任も厚い彼がまさか……と、アシュルが呻くようにそう呟いた。

「幸い、我が父メルヴィルの尽力により、領地への逃亡は阻止する事が出来たようです。ですがそれは暫しの間、時間を稼げただけに過ぎない。事は一刻を争います。つきましては、検討されていた『例の件』……承諾致します。殿下、大切な婚約者を奪還する為に、王家の全面的な協力を今ここに要請致します」

一瞬、アシュルが息を呑み……そして、複雑そうな表情を浮かべた。

「……良いのか？　オリヴァー」

「……はい。僕は自分の何を犠牲にしてでも、あの子を守ると誓っておりました。……なのに僕の執着心が、あの子にとって何が最善だったのか……その判断を鈍らせた。その結果がこれです。……ですので、どうか……！」

「……承知した。これより王家は、エレノア・バッシュ公爵令嬢の救出に全力を尽くす。……オリヴァー。君の決断に、僕達は全身全霊で報いると誓おう！」

「感謝いたします」

アシュルに対し、深々と臣下の礼を執るオリヴァーの姿を、クライヴとセドリック、そしてディラン、フィンレー、リアムが戸惑うような表情を浮かべ、見つめた。

「オリヴァー、いくら王家の力を以ってしても、今から動くのでは間に合わないよ？」

突然声をかけられ、全員が振り向いた先には、ヒューバードに後ろ手に拘束されているパトリックの姿があった。

「……何を仰りたいのです？　パトリック兄上……」

その場の全員に、凄まじい殺気のこもった眼差しを向けられながらも臆する事なく、パトリックはうっすらと笑顔を浮かべながら、オリヴァーに対し、再び唇を開いた。

「私ならば、すぐにでも消えた彼らの後を追う事が出来る。……尤も魔力量の関係で、私と……もう一人ぐらいしか、エレノアの元に行く事は出来ないけれどね」

オリヴァーの瞳が驚愕に見開かれる。

「時間は有限だ。僕の言う事を、信じるも拒否するも君の自由。……さて、どうする？」

貴方が……⁉


人の血が……あんなに赤いものなのだと、初めて知った。

――メル父様‼

鮮血にまみれ、膝を突く父様の姿に、目の前が真っ暗になった。

不甲斐なく、泣くだけしか出来ない自分が情けなくて辛くて……。そしたらいきなり身体が重くなって……それから……。

「……………………」

ぼんやりと、霞がかったような視界が晴れていくような感覚……。

薄暗……。今、夜？　……ん？　目の前に何かが……。目と……鼻と……口……ああ、顔だ……。

……え？　顔……？

「あ、気が付いたっぽい。良かったぁ！　……おーい？」

誰かの顔面が目の前にある！　……と知って硬直したエレノアを覗き込むように、顔面が更に至近距離に迫ってくる。

「きゃあああっ‼」

バッチーン！　と、乾いた音が響き渡った。

「――ッ⁉」

まさか、いきなりビンタが来るとは思っていなかったであろう彼（多分！）は、叩かれた頬に手を当て、唖然とした表情をしながらこちらを見ている。

「あ……っ、わっ！　す、すみま……」

慌てて身体を起こし、謝ろうとしてふと我に返った。

……身体を起こす……って、私、寝ていたってこと⁉　……ってか、何ここ⁉　ベッドの上じゃあないですか！　何で⁉

思わず周囲を見回すと、暗かったのは平手打ちをかましてしまった目の前の少年（だよね？）が覆い被さっていただけで、周囲はまだ明るかった事が分かる。

……というか私が今いるのは、普通に凄く豪華な部屋の中だった。そして当然というか、バッシュ公爵家ではない。

「……ビックリしたぁ……。女に平手打ちを食らったのって、生まれて初めての経験だよ。流石はバッシュ公爵令嬢。しかも、地味に痛い……」

「ごっ、ごめんなさい！　目の前にいきなり顔があったもので、つい……！」

「あー、いーよいーよ！　僕も君を連れ去っちゃったし、お互いさまって事で」

「……は……？」

ひらひらと手を振る、ものすごく顔の整った美少年が、サラッと発した言葉を直ぐに理解出来ず、呆けてしまう。

そんな私の顔を、美少年はマジマジと覗き込んだ。

「ふふ……。可愛い。本当、食べちゃいたくなるって、君みたいな子の事を言うのかな？　ブランシュがいなかったら、僕が思いっきり可愛がってあげたんだけどね」

顔にかかっていた、サラサラな緑色の髪をかき上げ、同じく緑色の瞳を楽しそうに細めながら言い放たれた、その不穏な台詞と口調に、とある光景が脳裏にフラッシュバックする。

メル父様に深々と突き立てられた短剣。それを手にしていたのは……！

「あ、貴方……！　メル父様を刺した……人⁉」

「そうだよ？」

思わず咄嗟に距離を取ろうとして、背中にベッドヘッドがぶつかる。

何で私、メル父様を刺した人と、こんな所にいるの⁉

それにこの人、確かクライヴ兄様と打ち合いをしていたはず。

クライヴ兄様は⁉　それに、オリヴァー兄様はどこ⁉

「混乱しているねぇ。それに物凄い警戒感。まるで毛を逆立てた子猫のようだ。可愛いね」

「可愛い」を連呼しながら、ベッドの上で胡坐をかき、頬杖をつきながら楽しそうにこちらの様子を窺っている少年の真意が見えない。

メル父様を襲い、私をこんな見知らぬ場所へと連れてきた意図は、一体何なのだろうか。

「少しだけ説明してあげる。僕の名はケイレブ・ミラー。さっき言った通り、僕が……というか、僕達は君を攫った。クロス宮廷魔導師団長を襲ったのは、単純にあの男が邪魔だったからさ。なにせ、この国一番の大魔導師だからね」

再び、血に塗れたメル父様の姿が浮かび、怒りの感情が湧き上がってくる。

「そんな恐い顔しないでよ。大丈夫、残念なことに、あの男は死んではいないよ。尤もその所為で邪魔されて、こんな所に退避するしかなくなっちゃったんだけどね。……はぁ……。魔力阻害さえかけていなければ、一瞬で始末出来たものを……。ああ、凄い顔だね。僕が憎い？」

言葉が終わると同時に、ポンと、目の前に短剣が放られる。

「仇を取りたいんだったら、命は無理だけど、腕の一本ぐらいだったらこれで何とかなるんじゃない？　君、かなり出来るしね」

エレノアは、目の前に放られた短剣をジッと見た後、キッとケイレブを睨み付けた。

「冗談は止めてください!!　そんなこと、出来るわけないじゃないですか!!」

「何で？　大切な人を傷つけられたんだよ？　僕のことが憎くて仕方がないでしょう？　復讐したいって、思わないわけ？　ああ、仕返しされるのが恐い？　大丈夫、そんな事しないから！　女の柔い攻撃なんて、どんだけ受けても大してダメージないし。安心しなよ！」

……明らかに揶揄われている。

いや、それとも本心なのだろうか？　どちらにしてもまともじゃない。

「……ふざけないで！　確かに私は、メル父様を傷つけた貴方が憎いし嫌いだわ！　……でも、だからといって、同じ事をして気が晴れるわけないでしょう!?」

「……そんなお綺麗事が言えるのは、本当に憎い相手がいないからだよ」

途端、先程まで笑っていたケイレブの表情が、スッと無表情へと変わる。

その瞳に宿った冷たい光に、思わず背筋が寒くなった。

「ねぇ、もし僕がクロス宮廷魔導師団長を殺していたとしても、その台詞が言える？　君の大切な父親や、君を溺愛している婚約者達が目の前で嬲り殺されても？　それでも復讐したいって本当に思わない？　その自信はある？」

研ぎ澄まされたナイフのような、静かだけれども鋭い口調。

その瞳には侮蔑の色すら浮かんでいる。……ああ、そうか。この人には、そういう相手がいるのか……。もしくは、いたのかもしれない。

私は、腹にグッと力を込めた。

「……分かり……ません。私には……そういう状況に陥った事がないから……。でも、少なくとも貴方は、メル父様を傷つけたけど殺してはいない。だから私は貴方を傷つけようとは思わない。……いえ、心の底からボコりたい気持ちは滅茶苦茶あるし、自首はしてほしいけど……」

「――……は？　自首？」

「そうです！　殺人未遂に加えて未成年誘拐なんて、物凄く重罪だと思うけど、でも人を殺していないのなら、まだやり直せる……かも？　極刑にはならない……かな？」

「……ねぇ、何でそこ、疑問形？」

「ほ、法律で命が助かっても、私の身内がやらかしそうで……」

そう。特にオリヴァー兄様とかクライヴ兄様とか、アイザック父様とか……。セドリックは大丈夫……？　……いやでも彼最近、オリヴァー兄様に似てきているからなぁ。

途端、ケイレブが派手に噴き出したかと思うと、盛大に笑い転げる。

「あっはっははは!!　そ、そうだね！　君の周りにいる男達だったら、やらかしそう!!　ってか絶対やるでしょ！　ははは、はっ！　そ、それにしても自首って……！　僕に平手打ちかましたり、自首しろって言ったり、君って本当、規格外だよね！　……うん、真面目に気に入った！　君なら最高の辺境伯夫人になれそうだ！」

「は？　辺境伯夫人⁉」

なんだそれは⁉　辺境伯夫人……って、一体？

「……起きたのか」

突然、別方向から声が掛かり、ビクリと身体が跳ねてしまう。

「ああ、ブランシュ。お帰りー！　ちゃんと制圧出来た？」

「私が出張るまでもない。主不在の為か、腕に覚えのある者は誰一人いなかったからな。部下達が軽く昏倒させて終わりだ」

美少年……ケイレブが、「ブランシュ」と呼んだ相手は……。

セドリックの誕生日の時に会った、ボスワース辺境伯本人であった。

え？　何故？　どうして、母様の恋人であるはずのこの人が、メル父様を刺した人と一緒にいるの？

戸惑いながら見つめていた私の視線に気が付いたボスワース辺境伯様は、あの時と同じ優しい瞳を私に向けた。

「なるべく……女性には負担のないように調整したはずだったのだが、上手くいかなかったようだ。苦しい思いをさせてしまって、済まなかった」

そう言って、私の頬に触れようと伸ばされた手を反射的に避け、身を竦ませる。

そんな私を見ていた彼の表情は、それでも穏やかで嬉しそうだった。というか、ケイレブと親しげに話をしているということは……まさか。

「……ッ……あ……貴方も……この人と仲間……なんですか⁉」

「仲間……。ああ、そうだな。大切な腹心だ」

「腹心……って……。じゃあ、貴方が彼にメル父様を攻撃させて、私を攫えと命じたのですか⁉　一体何故⁉」

「そりゃあ、君をブランシュの嫁にする為さ」

ボスワース辺境伯ではなく、ケイレブが爆弾発言をぶちかました。

……嫁……？　い、今……嫁……って言ったよね、この人。何ですかその冗談⁉　そもそも辺境伯様は、私の母様の恋人でしょう⁉

「……そんな……冗談を……」

「冗談ではない。エレノア・バッシュ公爵令嬢。君には私の妻になってもらいたい」

震えながらなんとか発した言葉は、ボスワース辺境伯によって無情にも否定された。

「最初に私に話を持ち掛けてきたのは、グロリス前伯爵だ」

「お爺様が……」

やはりというか、あのクソジジイが今回の黒幕だったようだ。

「……私がマリアの恋人だと知って、近付いてきてね。マリアの正夫の座を餌に、今回の企みの後ろ盾になってほしいと持ち掛けてきたんだよ。……現グロリス伯爵は、あのご老体の言いなりだ。彼もマリアを自分だけの妻に出来ると唆され、喜んで計画に乗ったそうだ」

ああ……。母様ってアーネスト伯父様を嫌っているっぽかったけど、アーネスト伯父様の方は母様を愛しておられたんだね。そして欲望が理性を上回ったと……。

でも少しでも理性が残っていたら、うちの父様方を敵に回す事がどれだけ恐ろしいか、すぐ分かるのに……。

長年の拗らせた恋心が病みに向かったのか……。ある意味、ヤンデレの王道とも言える。

「企み……って、まさか……！　私の筆頭婚約者を、パトリック兄様に代えさせる事……ですか？」

「ああ。私は今迄、特定の女性を恋人にした事がなかったからね。そんな私がマリアを恋人にした。だから前伯爵は、マリアさえ持ち出せば私が乗ってくると踏んだのだろう。……だが、私の望みが君の方だと伝えた時は、流石に驚いていたがね」

つまりこの人は、パトリック兄様が筆頭婚約者になった暁には、自分を婚約者の一人として指名させることを条件に、お爺様の計画に乗った。そしてお爺様も、この人の要求を呑んだ……。

「尤も、最終的には夫の一人などではなく正夫となり、君を辺境伯夫人として迎え入れるつもりだった。パトリックは君に興味はなかったしね。……まあ、君の父親達や婚約者達が黙ってはいないだろうから、そうすんなりいくとは正直思っていなかったが……。それでも成功すれば、無用な血を流さずに済む」

「そして懸念通り、計画は失敗したって訳。君が普通のご令嬢だったら、割とすんなりいったかもしれないけど、まさかあの場にあんな格好してきた上に、廃嫡云々言い出すなんて思ってもみなかったよ。……尤もそんな君だからこそ、ブランシュが惚れたんだろうけどね」

「じ……じゃあ……。母様があんな状態になっていたのは……」

「彼女は自分の父親に利用されないよう、グロリス伯爵家を訪れる時は必ず、護衛として力のある恋人を同伴する事にしていたらしいな。そして今回、その役目は私だった。……彼女もまさか、私が裏切るとは夢にも思っていなかったんだろう」

母様は、私とパトリック兄様との婚約を諦めない祖父を諌める為、ボスワース辺境伯と共にグロリス伯爵邸へと赴いた。

そして、祖父へと最後通告を叩きつけた直後、ボスワース辺境伯は自分の力……精神感応を使って、母様を祖父の操り人形にしてしまったのだ。

「ひ……どい!! 母様の気持ちを利用して、母様を操って……!! 卑怯者ッ!!」

何で⁉ 初めて二人を見た時は、とても仲が良さそうに見えたのに……。あれは全部演技だったというの⁉ 母様は騙されているとも知らず、この人を信用して……そして利用された……。

——私の……せいで……!

ポロリ、ポロリと涙が零れ落ちる。

本当は泣きたくない。この人に泣き顔なんて見せたくない。でも……どうしても止まらない。

涙で霞む目に、目の前にいた男の顔が切なそうに歪むのが見えた。

「……その通りだ。どんな理由を言おうとも、私が最悪な卑怯者だという事実は変わらない。マリアには……申し訳ないことをした。……だがそれでも……。私はどうしても、君が欲しかったんだ」

「私は貴方の妻なんかにはならない!! 貴方なんて大嫌いよ!!」

「……ああ、それでも構わない。……たとえ私を愛していなくても……君が君であればそれでいい。私の傍にいてくれれば……それで……」

ドクン……!!

『……え……⁈!』

突然、身体が硬直する。身体も……声も自由にならない。

そして気が付いた。ボスワース辺境伯の紫紺の瞳が……金色の光彩を纏い、煌めきだしていた事を。

駄目だ……この瞳は危険だ！　……でも目を……逸らすことが出来ない……！

「……君は高潔で、誇り高い人だ。初めて見た時も……今日のお茶会の時も。君は真っすぐに前を向き、自分の為ではない誰かの為に……大切なものを守る為に戦っていた」

私の身体を、ボスワース辺境伯はまるで壊れ物を扱うように、ゆっくりとベッドに横たえる。

「私はそんな君を、私だけのものにしたくて堪らなくなってしまったんだ。夫の一人としてではなく、ただ私の唯一として生涯傍にいてほしいと……」

そこで一旦、言葉を切ったボスワース辺境伯の表情が歪む。

「……だがそれは、正攻法では決して望めない。君を愛し、そして君自身も心から愛している婚約者達。君の心を得たいと渇望する王家直系達……。彼らがいる限り、君は私だけのものには、決してならない」

ボスワース辺境伯の為すがまま、指一本動かせず、小刻みに震えている私の濡れた頬を、ボスワース辺境伯の掌が、そっと撫ぜる。

その手は、辺境で多くの魔物を屠ってきた猛者に相応しい、大きく武骨なものだった。

「……たとえ君に憎まれ、嫌われても。どんなに短い間だったとしても。君が私だけのものになるのなら……。その為ならば、私は誰を、……国すら裏切っても構わない……！」

この人は……。私を望むあまり、全てを失うつもりでいる。

その為に母様も裏切った。辿り着く未来が破滅しかないと分かっているはずなのに……。

何で？　どうしてそんなに私のことを？

「じゃあ、ブランシュ。僕は領地に転移門を繋げる術式を構築しにいくから。その間に取り敢えず、王家の手には渡らないようにしときなよ」

そう言い終わると、ケイレブはベッドから飛び降り、部屋から出て行ってしまった。

『え……？　何？』

「……バッシュ公爵令嬢……」

涙を拭っていた指が、スルリ……と頬を伝って首筋を撫で、その動きに身体がピクリと跳ねる。

次いでボスワース辺境伯がベッドへと乗り上げると、二人分の重みでベッドが沈み込んだ。

そうして覆い被さり、私を見下ろす瞳の中に浮かんだ『感情』に気が付き、全身に鳥肌が立つ。

彼は……ケイレブはあの時、なんと言った？　「王家の手には渡らないように」……と、そう言っていなかったか？

ボスワース辺境伯の指が、今度は鎖骨付近をゆるりと撫ぜる。

『——ッ！』

心臓が早鐘のように鳴り、身体の震えが激しくなる。

もし……彼が今からしようとしている事が、そうであるなら……。確かに王家は私を召し上げる事が出来なくなる。

だって、王族の妃になる絶対条件は、『純潔である』事なのだから……。

再び涙が溢れ、ポロポロと零れ落ちていく。

そんな私と目を合わせるボスワース辺境伯の瞳から、更に強い光彩が放たれる。

『あ……』

それに伴い、頭の中に温かい膜がかかるように、意識がゆっくりと霞みだす。

「……君はもう、何も考えなくていい……。これから起こることもその先もずっと、知らないまま微睡(まどろ)んでいれば、それでいいんだ……」

甘く誘うような、優しい声音に抗う事が出来ない。

『嫌……！　オリヴァー兄様……！　クライヴ兄様……！　セドリック……！　助けて……!!』

「眠れ……」

誘われるように、意識が暖かい水の中へと沈んでいく……。

「困りますね、ボスワース辺境伯。うちの妹はまだ、未成年なんですよ？　手荒な真似は身内として、看過出来ませんねぇ」

まるで力業で眠りから引き摺り起こされたような衝撃が身体に走り、意識が半強制的に覚醒する。

「……ッ……！　お前は……」

『パトリック……兄様？』

ギギギ……と、軋む音が聞こえそうなほど、ぎこちない動きで声がした方向に顔を向ける。

するとそこには、ストロベリーブロンドの髪を持った麗しい長兄。パトリック・グロリスが、嫣然(えんぜん)と微笑みながら立っていたのだった。

時戻し

「……全く。それにしても女というだけで、こんな幼児体形にその気になれるとは……。世の男共は本当に、なんとも悲しい生き物だね」

パトリック兄様は非常に不躾な視線を私に落とすなり、深い溜息をついた。

……おいこらパトリック兄様。この緊迫した状況で、言う事それですか⁉

「し、失礼ですね！　私はまだ発展途上の段階なんです‼」

「そういう言い訳が出来るのも、成人するまでの二年ぐらいだよ？　まあいいじゃないか、発展途上のまま成長止まっても。だいたい、女ってだけでよりどりみどりなんだから、笑って図太く生きなさい」

「パト兄様‼　発展途上で終わるって、今の段階から決めつけないでください‼」

憐れむように首を振る兄様に、状況も忘れてツッコミを入れてしまう。

……なんだろう。この既視感溢れるやり取り。物凄く誰かを思い出すんですけど⁉

「……どういうつもりだ？　パトリック・グロリス」

地を這うような低い呟きに、パトリック兄様は嫣然と微笑む。

「ふふ……。どうもこうも、単なる嫌がらせですよ。今回の件で、グロリス伯爵家には国家反逆罪の容疑がかけられてしまった。たとえそれが冤罪だと分かったとしても、結果的に貴方に手を貸したことは疑いようもない事実。良くてお家断絶の上、幽閉か永久懲役。最悪、一族郎党処刑……。いずれにせよ、グロリス伯爵家はお終いです。なのに、その元凶たる貴方が全てを持って行くなんて、不公平でしょう？　……エレノア」

「は、はい！」

「もう、身体は動くね？　ここは私が抑えるから、お前は屋敷から離れ、森の中へ逃げなさい」

「──ッ！　……で、でも……！　そんな事をすれば、兄様が！」

「言っただろう？　どのみち私は断罪される身。お前の事などどうでも良いが、ここで一矢報いなければ、死ぬに死にきれない。お前が無事逃げ切ることが、私のこの男に対する復讐なんだよ。……だから、さっさと行け。巡って来た機会をふいにするのは、愚か者のする事だ。お前は発育不良だが、一応私の妹だ。……馬鹿ではないはずだろう？」

「……兄様……」

私は、先程までの体勢で動けずにいるボスワース辺境伯の下から抜け出すと、少しだけふらつきながらベッドから下りる。

「パト兄様……」

駆け出す前に、私はパトリック兄様に抱き着いた。

「兄様、どうかご無事で……！」

「……さっさと行くんだ」

少しだけ息を呑んだ音が聞こえた後、囁くような……優しい声音が降り注いだ。

少しだけ逡巡した後、私は意を決したように身を翻すと、部屋の中から出て行った。

――母様、どうして私はエレノアの筆頭婚約者になれないのですか？　私が『無属性』だからですか？

――それは違うわ、パトリック。

――では、何故なのですか？

――だって貴方は……。

「……パトリック・グロリス。『無属性』と言われていたお前の魔力属性が、まさか『時』だとは思わなかったぞ。……そうか。『時戻し』を使い、ケイレブの『転移門』を再生し、ここまで来たか……」

「ご明察……。流石……ですね」

そう。私は自身の『時』の魔力を使い、『時戻し』を行って、エレノアと……この目の前の男以外の『時』を止めた。

……ああ、間違った。私の『同行者』にも、『時戻し』は及ばないようにしている。

だが私は、この男の『時』を止めなかった訳ではない。『時』が止まらず、身体の自由を奪うだけになってしまったのだ。流石は『魔眼』持ちと言うべきか……。

この押し寄せるような威圧感。そして息をする度、鉛が身体に溜まっていくかのような、凄まじい魔力放出。

気を抜けばすぐに術が破られ、八つ裂きにされる。それが分っているからこそ、一時たりとも気を抜けない。

私の額から、汗がポタリ……と、床に落ちた。

「……とすれば、最初から『正気』であったということか。……大したものだ、完全に騙された。……尤もケイレブは、最後までお前のことを疑っていたようだがな……」

隠し玉は最後まで悟らせず、ここぞというべき時に使うのが鉄則だ。……この男の『魔眼』と同じように。

「……ふ……。お陰で四六時中見張られていて、非常に暑苦しかったですよ」

「……お前は最初から、あの前伯爵達とは違っていた。エレノア嬢に対して興味はなく、その上、バッシュ公爵家当主の座にすら興味がなかった。寧ろ、祖父の計画が潰れる事を望んでいた。……そう感じていたのだがな」

「……その通りですよ……」

私の祖父は、私が『無属性』だと知るや、「まさか、この由緒正しき血統から、出来損ないが生まれるとは！」と私を詰り、父は「お前が筆頭婚約者に選ばれないほどの出来損ないだから、マリアは私を選ばないのだ！」と罵倒した。

だが、母の正夫であるバッシュ公爵アイザック様は、常に私を気にかけてくださる優しい方だったし、母であるマリアも、祖父や父の目をくぐり、よく私に会いに来てくれた。

だから、自分の属性が希少属性とされる『時』である事に自ら気が付いた時、私はそれを秘匿する事を決めたのだった。

実の祖父や父には、もう既に見切りをつけていたし、その属性が下手に知られてしまえば、「このような希少属性を持つパトリックの方が、エレノアの筆頭婚約者に相応しい！」と、欲を出すに決まっているのだから。

――あの子を守る為にも、私は『無属性の出来損ない』であった方が良い。

エレノアと初めて会ったのは、あの子が五歳になった日の誕生パーティーだった。

『はじめまして、パトリックお姉さま』

あの子は私を、あの大きくキラキラした宝石のような瞳でジッと見つめた後、そう言い放ったのだった。

『エレノア、パトリックはお姉様じゃなくて、お兄様だよ？』

『えー!? だって、こんなキレイな人、お兄さまなわけないもん！　私よりずっとキレイだもん！ぜったい、お姉さまだもん！』

頑として、私を『姉』だと言い張るエレノアに、祖父も父も「躾がなっていない！」と激怒していた。

『男の誇りを傷つけた』と、祖父がそれ以降、積極的にエレノアと関わろうとしなくなったのも、この一件が原因だ。

「御免ね、パトリック。でもエレノアは、悪気はなかったんだよ？」

「気になさらないでください、叔父上」

恐縮しながら私に謝ってくるアイザック様の謝罪を、私は笑顔で必要ないと言った。

――だってエレノアの言っていた事は、概ね事実なのだから。

以前、母にエレノアの筆頭婚約者に何故私が選ばれなかったか、問い掛けた時の答え、それは、

「だって貴方は、女に興味が無いでしょう？」だった。

母は恋多き奔放な女性だったが、人の本質を見抜く力が鋭かった。だから私の性癖も、ちゃんと把握していたのだ。

しかも、母はその事で私を蔑むような事は決してしなかった。

だから私は女性は苦手だが、母は好きだった。

――そう。私の恋愛対象は、常に女性ではなく男性だった。

だけど、あの家でそれを知られるわけにはいかず、己の本心を隠し、心を殺して生きてきたのだ。

そんな私の本当の姿が、あの子には見えていたのかもしれない。

「兄じゃない、姉だ」と言われたあの時、本当の自分を認めてもらえた……そんな気になり、どれほど救われたか……。

しかも、あの子は嫌みでも嫌がらせでもなく、ただ素直に「キレイだ」と、私を褒めてくれたのだから。


「ッく……！」

クラリ……と、乗り物酔いのような酷い嘔気と頭痛が襲い、目が霞む。

「……そのまま『時戻し』を使用する気か？　魔力が枯渇すれば、待つのは『死』だぞ？」

「……言った……でしょう？　私は重罪人だ。どちらにしろ断罪される身。ならば、貴方に一矢報いて……死ぬ……！」

『姫騎士』としてエレノアが注目されるや、案の定祖父は欲を出し、私をエレノアの筆頭婚約者に挿げ替えようと企んだ。

母が諫めても祖父は改心しなかった。それはアイザック叔父上から抗議しても同様で……。

祖父は、優しくて穏やかなあの方が、どれほど恐ろしい人なのかを未だに分かっていないようだ。

……そろそろ、潮時かもしれない……。そう思った。

王家から釘を刺され、祖父達が大人しくしている間に、私は密かに母であるマリアとアイザック叔父上。そして、エレノアの筆頭婚約者である弟のオリヴァーに連絡を取った。

祖父の企みを利用し、エレノアに害を為す者達を徹底的にあぶり出し、潰す計画を立てたのだが……。まさかボスワース辺境伯の望みがエレノアだった上、『魔眼』持ちであったなど、思ってもみなかったのだ。

私は『時戻し』で『魔眼』の精神支配から逃れ、彼らに従うフリをしつつ、母マリアの精神支配も細心の注意を払い、深層部に影響しないようにした。

それでも、何かしらを感じていたケイレブの指示で、私に監視が付けられた。

あの男は非常に鼻が利く。少しでも疑いを持たれれば私の命だけではなく、母の命もどうなるか分からない。

それゆえ、エレノアの危機を誰にも告げる事が出来なかったのだ。

せめて、私の態度や言動から何かを察してほしいと、わざと高慢な態度と言動を取り続けたのだが……。流石のオリヴァーやアイザック叔父上も、ボスワース辺境伯に疑いは持ったものの、彼の本命がエレノアである事には思い至らなかったようだ。

私はグロリス伯爵家を憎むあまり、ボスワース辺境伯に手を貸し、エレノアを危険に陥れた大罪人……。

そういう事になってしまったが……。こうなってしまった以上、それで良かったのかもしれない。

私がここで死ぬのは、裏切った辺境伯への復讐心によるものであって、エレノアを助ける為ではない。

そうでなくては、優しくて真っすぐな私の可愛い妹が、きっととても悲しんでしまうだろう。

ああ……それにしてもマリア母様。大物食らいの貴女ですが、こんな化け物は釣り上げないでいただきたかったですね……。まあ、こんなこと……今更ですが。

——パト兄様。

脳裏に、愛しい妹の声が蘇る。

『ふふ……。パト兄様……か。初めてあの子に愛称呼びされちゃったな。……結構、クルものがあるね』

——この騒動が終わったら、『姉妹』として一緒に買い物をしたり、恋の悩みの相談にのったりしてあげたかったな……。

辛くあたった自分の事を、すぐに信じてくれたあの子なら、きっと私の本当の姿も受け入れてくれるに違いないだろうから。

視界が徐々に、白から黒に塗りつぶされていく。……『魔眼』相手に、よく持った方だろう。

『無事に逃げ切っておくれ。……そしてどうか、幸せに……』

視界が黒一色に塗り潰され、私はゆっくりと瞼を閉じた。

絶対に取り戻す

――エレノアが捕われた。

しかし、まさかあのボスワース辺境伯が裏切るとは思わなかったな。

彼の人となりは噂でしか知らなかったが、寡黙で実直。実力は、数人いる辺境伯の中でも随一で、領民からの支持も王家からの信頼も厚い人物だと聞いている。

その地位や栄光もかなぐりすてて、欲したのがエレノアだったのか。

……皮肉だな。分かりたくもないが、同じ女を愛する者として、気持ちが多少なりとも理解出来てしまう。

だけど僕は絶対に同じ道は選ばない。

だってそんな事したら、エレノアはきっと泣いてしまうだろうから。

僕は彼女が認め、導いてくれたこの『闇』の魔力を……。彼女を悲しませる道具にだけは、決してしない。

エレノアの兄の一人であり、この騒動の関係者と見なされている、パトリック・グロリス。

彼は自分なら、エレノアを追えると言い切った。だが魔力量の関係で、たった一人しか連れていけないとも告げた。

長兄のアシュルは、彼の提案を受けるかどうか逡巡していたようだった。

まあ、それは当然だろう。

今まで敵方だった相手の言葉など、素直には信用出来ない。こちらに協力するフリをして、そのまま辺境伯達と合流する可能性だってある。

だが、彼の言う事が本当なら、エレノアの元にすぐ駆け付ける事が出来る。

「分かりました。パトリック兄上を信じます」

驚くべきことに、オリヴァー・クロスは迷う事なく、そう宣言する。

そしてそれに追従するように、バッシュ公爵も賛同した。

それにより、パトリック・グロリスの提案に乗る事が決まった。そうすると、今度は同行する人員の選定だ。

これはきっと難航するだろう。だって誰もが、エレノアを助け出しに行きたくて仕方がないのだから。……そう思っていたのに……。

「同行者ならば、フィンレー殿下一択でしょう」

「は？　僕？」

オリヴァー・クロスは迷うことなく、僕を指名した。

正直、この万年番狂いなら、誰を差し置いても自分が行くと言い出すと思っていたから、かなり驚いた。

だがそれを指摘したら、『火』の属性の癖に、絶対零度の冷ややかな視線を向けられた。

「相手は『魔眼』持ちです。しかも最強の戦闘集団が側にいるのに、僕一人が駆けつけたところで、エレノアを救出するどころか嬲り殺しにされて終わりですよ。……ですが貴方なら、行った先から時空を繋ぐ事が出来る」

……その通りだ。

一回でも行ったことのある場所であるなら、僕の『闇』の魔力を使い、そこに転移空間を作る事が出来る。

だが、『魔眼』の力は未知数だ。あのグラント将軍に、あれほどのダメージを与える事の出来る魔力量の中、上手く転移空間を繋げ、増援を引き寄せる事が出来るだろうか？

「やれるかどうかではなく、やるんですよ殿下。正直、貴方の事は心の底から気に入りませんが、我が父に次ぐ貴方の実力だけは認めております。……僕にとっても、貴方にとっても愛しい人を救う為です。根性見せてくださいよ？」

……ねぇ、仮にも王族に対して不敬過ぎない？　もしここに近衛がいたら、捕縛されているよ？　君。

ああ、本当にむかつく男だこいつは。僕だって君の事など大嫌いだよ。

……だけど、僕だって君を認めている部分はあるんだ。

心の底から愛おしく、大切な相手を目の前で奪われ、その相手がどんな目に遭わされているのか分からない。

そんな気が狂いそうな状況下において、自分を前に出さず、その場の最善を選択する事が出来るその胆力。そして状況判断。

もしも僕が君と同じ立場だったとしたら、我を忘れて自分が助けに行くと叫んでいただろう。

流石はバッシュ公爵が……そしてワイアット宰相が認めた、次世代の宰相候補。

次代の国王であるアシュル兄上の補佐となるべき男だと、悔しいが素直にそう思えてしまう。

「誰がやれないって言ったんだい？　まあ、そこまで言うんなら、君の言う根性とやらを見せてやろうじゃないか。僕に呼ばれるまでの間、やきもきしながら待っているんだね」

口調はともかく、真剣な……祈るような表情の恋敵に対し、ニヤリと笑いかけながら、僕はそう言い放った。

「フィンレー。……頼んだぞ⁉」

真剣な表情のアシュル兄上に頷く。

「同行者が決まったようですね。……では、急ぎますよ」

パトリック・グロリスが手をかざすと、空間がゆわんと歪み、『転移門』が出現する。

……何だ？　この魔力は。

驚愕する周囲を他所に、その『転移門』へと入って行ったパトリック・グロリスに続く。

さて。こういう状況、確か以前母上が……『鬼が出るか蛇が出るか』って言っていた気がする。母上の故郷の言葉らしいんだけど……うん、真理だね。

ひとまず、何があっても対処出来るよう、気を抜く事だけはしないでおこうか。


そうして僕達は、とある屋敷の敷地の横にある広大な森の中に出た。

「少しだけ、座標を変えました。流石に屋敷の中に我々が出現したら、その場で瞬殺ですからね」

そう言って、パトリック・グロリスは苦笑する。

どうやら彼は本当に、我々を裏切るつもりはなかったようだ。

エレノアはあの屋敷の中か？　……が、物凄い魔力が屋敷全体を覆っているうえ、その余波が森全体に及んでいる。

なんという魔力量。これが『魔眼』の力か……。

「フィンレー殿下。暫しお待ちを。この魔力は私が何とか致します。……ですが、それほど長くは持ちません。その間に、出来る限りの増援をお呼びくださいませ」

そう言うと、僕が何か言う暇もなく、パトリック・グロリスは屋敷へと向かう。

……あの男、エレノアを攫う片棒を担いだ大罪人という事だが……。

「どうも、そうは見えないな」

それにこんな奥の手があるのなら、さっさと自分一人で逃げてしまえば良かったのだ。

なのに、あの男はそうしなかった。

……諸々の決着がついたら、ちょっと尋問して真実を吐かせるとしようか。うん、そうしよう。

そしてパトリック・グロリスの言う通り、彼が屋敷に入ってすぐ、ここら一帯を覆っていた魔力量が激減した。

正直、あの魔力量の中で転移空間を作ることは難しかった……が、これなら……いける！

「それにしても、あの魔力量をここまで抑えるとは……。パトリック・グロリス。どんな手を使ったかは分からないが、宮廷魔導師団に欲しい逸材だ」

確か王家の『影』の調査では、パトリック・グロリスは『無属性』だったはず。

なのに、このような力を持っているという事は、なんらかの希少な属性を隠していたに違いない。

「さて、独り言はこれぐらいにしとくか……」

そこで一旦口をつぐみ、意識を集中させる。

あちらとこちらを往復する時間は無い。

だとすれば繋げた空間から、あちらにいる人間を直接こちらに引っ張り込むしかないだろう。

それには、いつもよりも繊細な魔力操作が必要となるが、少しでも多く、こちら側に増援を呼び寄せなければ……。

『闇』の魔力により、この場の空間と先程までいたグロリス伯爵邸とが繋がる。

その中に僕は、幾本もの『闇の手』を伸ばしたのだった。

待ち焦がれた助け手

「はぁ……。はぁ……！」

荒い息を吐きながら、私は今、自分が持てる力全てを振り絞り、広い屋敷の中をひたすら走っていた。

部屋を出て、ボスワース辺境伯の部下であろう男達が何人も立っていた時は、心臓が止まりそうになった。

けれど、何故か彼らは私を見ても微動だにせず、まるで彫刻のように直立不動のままだったのだ。

つまり、先程のボスワース辺境伯にしたように、パトリック兄様がなにかしたのかもしれない。

パトリック兄様……。ボスワース辺境伯の元に置き去りにしてしまった。……しかも、私を助けに来てくれたのに……！

彼の姿を思い出す度、ジワリと目に涙が溜まるが、その度目元を拭いながら、ひたすら走り続ける。

――罪悪感に押しつぶされている場合ではない。今はただ、逃げるんだ！

まだ追手が現れないということは、パトリック兄様が頑張ってくれている証しであり、生存してくれている何よりの証明でもある。

ここで自分が凹んでしまってどうするんだ！　パトリック兄様を助け出す為にも、私が頑張るしかないんだから！

兄様がつくってくれた、この機会をフイにする事こそ、命懸けで助けに来てくれた兄様の厚意を無にしてしまう、最低の行為なのだ！

そう自分自身に必死に言い聞かせながら、ひたすら走り続ける。

今自分が出来る最善。

それは無事に逃げ延び、パトリック兄様を助けられる人を連れてここに戻る事。それしかないのだから。

「ま、また階段……。ここ、一体何階建て!?」

確か二回、階段を駆け下りたはずだと、思わず窓の外を見てみる。すると、まだ地面がかなり遠い。ビルの三階……といったところか。

というか、何故階段の位置が階によって違うんだ。トリックハウスなのか!?

「はぁ……。しかもここの階段、螺旋階段で降りるのめんどい……！　……こうなったら……やるか！」

私は手近な窓を開け、下を覗き込む。

……うん、下は芝生で、生垣とか生い茂った木とかも無い。これなら……いける！

「――と、その前に……」

気が付いたとばかりに、ヒラヒラしたドレス部分を手にすると、力一杯引っ張り、破り始める。

もし美容班やジョナネェが見ていたら、悲鳴ものの愚行であろうが、背に腹は代えられない。それに彼らはここにはいない。

「……よしっ！　これで身軽になった！」

ドレス部分が無くなると、一気にパンツスタイルの騎士服風になったような気がする。

そういえばジョナネェが、「戦うドレス」とか何とか言っていたような……？

……ひょっとしたらこのドレス、最初からいざという時は、こうしてスカート部分を破り取って、戦闘服になる仕様だったのかもしれない。

だって、なんかドレス部分が妙に綺麗に破り取れたし、何故か太股に着けたベルトに隠しナイフが装着されているし……。

ドレスを装着する際、この装備に思わず「え？　姫騎士風の見えないお洒落？　ってか必要か？　コレ？」って思ったけど、今はただただ、ジョナネェに感謝である。

無事に戻れたら、思いっきり感謝を言葉にしよう。

「それっ!!」

勢いをつけ、一気に窓から飛び降りる。

何回か回転し、空気抵抗を利用して落下速度を落とし、ついでに着地の際にかかる衝撃を緩和させる。

……着地の体勢がよろしくなく、思わず受け身を取り、コロコロ転がってしまったのはご愛敬である。

体勢を取り直し、芝生の上を駆ける。

兄様は、森の中に逃げろと言った。……ならばきっとそこに行けば、誰かがいるんだ……！

いくらパトリック兄様が強くても、たった一人でここまで来るのは多勢に無勢だ。

それにボスワース辺境伯のあの瞳……。グロリス邸でいきなり謎の圧力がかかったのも、ひょっとしたら彼がやったのかもしれない。

パトリック兄様が辺境伯の仲間だったとしたら、あの力の事も熟知していたに違いない。だとしたら絶対、腕の立つ誰かを連れて来ているはず。

出来れば、自分の身内か知っている人だと有難いんだけど……。

「オリヴァー兄様……」

こんな時、真っ先に思い描くのは、大切で大好きな彼の事。

あの兄が、自分を救出する為にここに来ないはずがない。……うん、絶対来ている！　そしてクライヴ兄様もセドリックも……。

「待っていてね、皆！　私、頑張るから！」

大切な人達の事を思い、僅かに湧き上がった希望を胸に、もうじき森の入り口に差し掛かろうという時だった。

いきなり空気が重くなり、凄まじいまでの圧迫感が襲い掛かって、思わずグラリと身体が傾いでしまう。

「――ッ……！」

あの圧が戻った。……ということは……まさか……!?

――パトリック兄様……!!

途端、震え出した身体を叱咤し、足を無理矢理前へと踏み出す。私は何かを振り切るように、必死に走り出したのだった。

「ブランシュ!!」

「お館様!!」

身体の硬直が解けたケイレブとその部下達が、慌てて部屋の中へと入ってくる。

するとそこには、死人のような真っ白い顔色で床に倒れているパトリックを無表情に見下ろす、自分達の絶対君主が立っていたのだった。

「……チッ！　くそっ！　やはりこいつか！　さっさと始末しておくべきだった！」

ケイレブが舌打ちしながら、床に倒れているパトリックを憎々し気に睨み付ける。

――交わす言葉の端々や、時たま見せる表情に僅かな違和感を感じ……警戒していた男。

いきなり身体の自由が奪われ、構築していた術式が不自然に固まったことで、『時』の魔力が使われたのだと分かった。

『時』の属性は、『魔眼』ほどではないにせよ、『闇』よりも希少な魔力属性で、滅多に世に現れることがない。

自分達のような戦闘部隊や暗殺集団など、殺戮を生業とする者達からすれば、垂涎(すいぜん)ものの属性だ。

それをまさか、この男が隠し持っていたとは……。

「……残念だよ。最初からそれが分かっていれば、ブランシュの『魔眼』を使って、深層部まで徹底的に支配し、貴重な駒として有効的に利用出来たというのに……」

そう言いながら短剣を取り出し、止めを刺そうとしたケイレブを、ブランシュが止める。

「お前が手を下す必要はない。この男は魔力切れを起こしている。……放っておいてもじきに死ぬだろう。それよりもエレノア嬢だ。すぐに……連れ戻さなくては……」

そこでケイレブは、ハッとした様子でブランシュの顔を見る。

『瞳の色が……！　魔眼を連続使用し過ぎたか……⁉』

紫紺の瞳が、完全に金色へと染まっている。そして瞳孔の色が紅蓮に……。しかも、今こうして話しているだけなのに、魔力が溢れ出て止まる気配すらない。

自分や部下達には、魔力汚染が及ばぬ術式が身体に刻み込まれている。

そのお陰で影響は無いが、もしエレノアを再び捕えたとして、この状態のブランシュに接触させるのは危険だ。下手をすると彼女の身体に悪影響を及ぼしてしまう。……いや、離れているこの状況でも、魔力の余波が彼女を痛めつけてしまうに違いない。

――……愛する者が、自分の元から逃げたことによる感情の揺らぎ。それが魔力暴走に近い症状を起こしているのか……⁉

「分かった！　おい、お前達！　今すぐエレノア嬢の元に向かえ！　なるべく怪我をさせないようにしたいが……。非常事態だ。暴れて抵抗するようなら、手足の一、二本折っても構わない！　いいか、一刻も早く捕まえろ！　……僕も術式を組み終えたら、すぐに向かう‼」

ならば、多少手荒な真似をしても彼女を捕らえ、ブランシュを落ち着かせなくてはならない。

それに、パトリック・グロリス……。周到なあの男が、たった一人でここに乗り込んで来るはずがない。だとすれば、ネズミが何匹か潜んでいるはずだ。

ケイレブの言葉を受け、その場にいた者達が次々と駆け出していった。

「ブランシュ！　少しの間だけでもいいから、魔眼を使うな！　このままでは戻れなくなるぞ⁉」

『魔眼』の力は確かに強大だ。だがその力を乱用したりすれば、『魔人』の血が暴走し、知性を無くして魔物化してしまうリスクを伴うのだ。

――それだけは、絶対に避けなくてはならない……!!

ケイレブの言葉に、だがブランシュは表情を変えることなく、そのまま歩き出した。

「ブランシュ！　……くそっ！　一刻も早く、術式を完成させなくては……!!」

焦る心を何とか抑え、ケイレブは領地への転移門を構築すべく、再び元居た場所へと戻り、瞳を閉じた。

待ち望んだ救い手

圧迫感とは別の、殺気にも似た気配が次々とこちらに向かってやって来るのを、背中越しに感じる。

振り向いて見てみると、屋敷の方から黒いローブを纏った男達が、こちらに向かって物凄いスピードで追いかけて来るのが見えた。

先程まで、彫像のように固まっていた彼らが動き出したという事は……。やはり、兄様の身に何かが起こった……!?　まさか、今頃もう……!?

最悪な予感に、全身に冷や汗が噴き出す。だけどここで捕まる訳にはいかない。

私は必死に森の中へと入ると、土の魔力を使い、木々や草花の気配と自分とを同化させた。

これはセドリックと魔力操作を行っていた時、修行の一環として編み出した隠遁術である。

ぶっちゃけて言うと、大地から出る魔素を使った『かくれんぼ』をして遊んでいたのが切っ掛けで会得した技だ。

クライヴ兄様に怒られた時、この技を使ってよく逃げていたっけ……。それか、兄様に気が付かれずに近付いて、ちょっかいを出して遊んだり……。

まあ……その後大抵、クライヴ兄様の威圧で術が解け、しかも衝撃で吹っ飛ばされた挙句、コロコロ転がされていたんだけど……。

魔力操作を行った途端、走るスピードが落ちてしまったが、ただ走っているだけではすぐに捕まってしまう。多少動きが悪くなっても、このままの状態を維持した方が有利だ。

それに建物から離れたせいか、かかる圧も多少弱まった。

つまり、このまま魔力圏外……森の中心部に向かって進めば、身体ももっと楽になるはず。

上手く味方と合流する為にも、見付からないようにゆっくり進んで、少しでも森の中に逃げなくては。

——鬼気迫った様子の、男達の気配が近付く。

思わず大きな木の陰に身を潜めると、頭上を黒いローブ姿の男達が次々と飛来し、通り過ぎて行くのが目に映った。どうやら相手側には、自分の気配も姿も感知出来ていないようだ。

私は静かに溜息を吐いた。

心臓がバクバクし、恐怖で足元が震えてしまう。だがどうやら、自分の策は効果があったようだ。

そういえば以前、オリヴァー兄様が、「『土』の魔力は女性に遺伝しやすく、男性には滅多に出ない」と言っていた気がする。だからこそ、こうして『土』の魔力を利用した隠遁術は馴染みがなく、簡単に騙されてくれたのだろう。

気配が遠くに行った事を確認し、慎重に歩を進める。

でも森の中央部に向かって進むにしても、味方であろう誰かが、本当に私を見つけてくれるのかな？　オリヴァー兄様やクライヴ兄様、セドリックは、私を助けに来てくれているのかな？

……もし、来てくれたのが、実はパトリック兄様だけだったとしたら……。私はこの先、どうすればいいのかな？

不安と心細さに、再び涙が溢れてくる。

……駄目だ。精神が不安定になったら、魔力に揺らぎが生まれて感知されてしまう。

泣くのは助かってからでいい。泣くな泣くな泣くな……!!

唇を噛み締め、涙と共に溢れてきそうな嗚咽を無理矢理呑み込む。

そうして走り出そうとした、その時だった。

グロリス邸で味わった、あの謎の圧に襲われる。

「ぐ……っ!!」

まるで見えない何かに、全身を押さえつけられているかのような重みを受け、思わずその場に膝を突いてしまう。

だがそのタイミングで、遠くに散っていた気配が、再びこちらに向かってやって来るのを感じた。

『不味い……！　魔力を安定……させなきゃ……!!』

だが、襲い掛かる圧のせいで上手くいかない。せめて逃げようとしても、立つことすら難しい。

そうこうしているうちに、自分が何とか立っている場所を囲むように、男達が次々と飛来してくる。

私はせめてとばかりに、携帯していたナイフを抜いて構えた。


「…………」

ケイレブの指示に従い、主の思い人たる少女を取り囲んだ『ユリアナの饗乱』の面々は、必死に自分達を見据え、気丈に立つエレノアの姿を目にし、一瞬逡巡した。

魔物討伐部隊の急先鋒たる彼らも、アルバ王国の国民だ。

ゆえに、女性を捕らえたり傷つける事には抵抗があった。ましてやこの目の前の少女は、彼らの絶対君主たるボスワース辺境伯の思い人である。

だが彼らが敬い、守るべき相手とは、ボスワース辺境伯であるブランシュただ一人。

今まで辺境を……そしてこの国を守護する為、戦いに明け暮れていた主の望んだ唯一のものが、この少女なのだ。

それに、これ以上主が『壊れる』前に、なんとしてもこの少女を捕らえ、連れて行かねばならない。

迷いと憐れみを振り払うかのように、彼らの身から殺気にも近い覇気が噴き出し、エレノアに恐怖を与えた。

「……──ッ……！」

自分を捕らえんが為、間合いを詰めてくる男達を目の前にし、震えが止まらない。

『誰か……助けて！　……誰か……。オリヴァー兄様……！　クライヴ兄様……！　セドリック……！』

男達の一人が、今まさに自分に掴み掛かろうとしたその時だった。

黒い『何か』が自分を搦め捕ったかと思うと、物凄い力で引っ張られ、男の手が空を切る。

「⁉」

「何っ⁉」

驚愕し、慌てて私を追おうとした男達だったが、ふいに目の前が赤く染まった。

「……術式発動。『紅蓮の業火』展開」

「──っ！！？」

そのまま男達の身体が、周囲の樹木ごとドーム形の炎に包まれ……蒸発する。

後には、元森であった広大な焼野原が広がっており、私はその景色を呆然としながら見つめた。

「やあ、エレノア」

何かにグルグル巻きにされ、ふよふよと宙に浮かびながら声がした方を見下ろせば、眼下にはいつもの宮廷魔導師団のローブを纏ったフィンレー殿下が立っており、こちらを見上げながら微笑んでいた。

「フ、フィンレー殿下⁉」

「……『フィン』だけど？」

途端、ブスッと拗ねたような表情になったフィンレー殿下を目にした私は、あまりにいつも通りな彼の反応に身体の力が抜けてしまい、うっかり涙腺が緩んでしまう。

「フィン……様」

ポロポロと涙が零れ落ちていく。

言葉が出てこず、そのましゃくりあげる私を見つめていたフィン様の顔が、不意に切なげに歪む。

「助けに来るのが遅くなってごめんね？　……ちょっと、こいつらを呼ぶのに手間取ってしまって」

「――え……？」

こいつら……って……？

「フィンレー殿下。『こいつら』呼びとはご挨拶ですね。というか、本当に手間取り過ぎです。根性見せろと言ったはずですが？」

「煩いね！　来て早々、森林火災を通り越して森林消滅させる奴に言われたくないよ！　襲撃者達は消せたけど、隠れる場所も消えたじゃないか!!」

「いや、これでいい。どのみち戦闘になるのなら、余計な障害物は寧ろ、邪魔にしかならねぇしな」

「確かにね。……というか、実の兄をひっくるめて『こいつら』呼びとは……。帰ったら躾け直しが必要だね」

フィン様の後方から、ゆっくりとこちらに歩いてきた人達を目にした瞬間、私は限界まで目を見開いた。

「……オリヴァー……兄様！　クライヴ兄様！　そ、それと……」

そこには、自分が常に心の中で助けを求めていた大好きな兄達の姿と、一番この場に居てはいけない人物……王太子であるアシュル殿下の姿があったのだった。

「ア……アシュル殿下ー!!　な、何故このような場所に⁉」

「そんなの、君を助けに来たに決まっているだろう？　それと、『殿下』じゃないよね、エレノア？」

サラリとそう言い放ったアシュル様の姿に、思わず涙も引っ込んでしまう。ついでに頭の中も真っ白になってしまった。

兄様方や殿下方が助けに来てくれた事への安堵や喜び、唐突に目の前に広がった焼野原……等々、言いたい事は色々あれど、次期国王となるべきアシュル様が、敵陣の真っただ中に出現するという、国家を揺るがすこの非常事態に、顔面が引き攣る。

しかもその理由が、自分を助ける為……。

いや、有難い。有難いんだけど、どう考えてもこれは不味いでしょう⁉

将来国を背負って立つ王家直系の頂点が、一貴族の娘なんぞを助けに駆け付けちゃいかんでしょう⁉

もし怪我をしたら……いや、怪我だけで済めばいいけど、メル父様みたいに、死にかけるほどの重傷を負わされてしまったら……⁉　そんなの申し訳ないなんて言葉では済まない！

しかも、下手をすると原因となった私だけではなく、バッシュ公爵家の咎となり、審問にかけられるかもしれない。

そして爵位剥奪の末、一族郎党全てが、王族を危険な目に遭わせたことによる裁きを受け……。

……いや、まてよ？　ひょっとしたらそれすらも、「男が女を救うのは当然のこと！　そこに王族と臣下の垣根などない！　寧ろ王族が率先して、その気概を見せつけるべき！　ゆえに、これぞ王族の鑑たる模範的行動！」……なんて、いかにもアルバの男らしい極論に行きつくのかもしれない。

いやいやまさか、そんなぶっ飛んだ非常識な事、冗談でもある訳ない！　……じゃなくて!!　どっ

ちにしろ不味いって‼

パニックになった私は、グルグルとそんなどうしようもない事を考えながら、無我夢中で叫んだ。

「ダメです！　アシュル殿下！」

「……エレノア？　『殿下』呼びになっているよ？」

そこ、今ツッコむべきとこ⁉

「ア、アシュル……さまっ！　いけません‼　今すぐ回れ右してお帰りくださいい‼　王太子殿下が何を考えているんですかー！！？」

「……ねぇ、クライヴ。君の妹酷くない？　折角ここまで来たのに、『帰れ』って言われちゃったよ」

心底不満気なアシュルでん……いや、アシュル様を、クライヴ兄様もジト目で見つめながら溜息をつく。

「そりゃ、仕方ねぇだろ。俺だってエレノアの立場だったら、同じこと言っとるわ！」

「フィン様もフィン様です‼　何でよりによって、アシュル様をこんな所にお連れしたんですか⁉」

「は⁉　え？　僕⁉」

私の憤りは、いまだに私を『闇』の触手で拘束中のフィン様へと向けられた。

私に矛先を向けられ、フィン様は思いきり焦りながら弁明を開始した。

「い、いや！　僕はアシュル兄上じゃなく、ディラン兄上を……」

「当然、フィンはちゃんと状況判断をし、最善を選択して僕を呼び寄せたんだよ。ね？　そうだよね、フィン？」

「……ハイ、ソノトオリデス」

あれ？　フィン様の受け答え、なんかカタコトになっている気が……？

思いきり良い笑顔で頷くアシュル様と、微妙に目を合わせようとしないフィン様の姿を見ながら、私は首を傾げた。そんな私達を見ながら、何故かクライヴ兄様が溜息をついていたのだった。

『……そういえばアシュルの奴、今までずっと後方支援ばかりだったからな……。ストレス溜まりまくってたんだな……』

そう思いながら冷汗を流すクライヴは、フィンレーによってこの場に連れて来られた時の事を思い返していた。

闇の触手が自分やオリヴァーに巻き付き、それと同時に、ディランが触手に巻かれそうになった瞬間、目にも留まらぬ速さでアシュルがディランを蹴り飛ばし、自分が触手に巻かれた時の光景を。

「ちょっ！　まっ……!!」と言いながら、転移空間に引きずり込まれる自分達を見つめていたディラン。あの絶望顔はちょっと忘れられない。

……きっと今頃、彼は大いに荒れている事だろう。

というか、王太子自らが危険地帯の最前線に向かった事で、王家の『影』達も大パニックになっているに違いない。

……尤も、その報告を受けた国王陛下などは、「流石は我が息子。よくやった！　それでこそアルバの男だ!!」とでも言いそうだ。なんせあの人、愛に生きるアルバ男どもの頂点だし……。

ワイアット宰相あたりは、「なにやっとんじゃー!!　あの馬鹿王太子！」と激怒するだろうが、王宮では確実に、アシュルの株は爆上げになっているに違いない。

そう考えながら、クライヴが再び溜息をつく。

先程、エレノアが「冗談でもある訳ない」と一蹴した考えは、どうやらアルバの男にとっての「鉄板あるある」であったようだ。

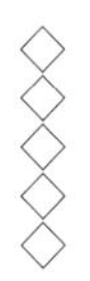

「取り敢えず、今やるべきことをしようか。フィン、エレノアを僕の元に！」

指示された通り、フィン様は触手に巻かれたままの私を、アシュル様の前へと移動させる。

すると、アシュル様の人差し指が私の額へと触れた。

「この者に、『光の加護』を与えん」

言葉と同時に指先が光り、急に身体が軽くなる。

「……え……？」

訳が分からず戸惑っていると、アシュル様が光り輝く黄金のようなキラキラしい笑顔を浮かべた為、危うく目が潰されそうになってしまった。

「オリヴァー達同様、君に僕の持つ『光』の魔力を使い、『加護』を与えた。これで『魔眼』からの魔力汚染を、ある程度防ぐ事が出来るはずだ」

『光』の加護⁉

ち、ちょっ……！　『光』の属性って確か、『聖女』たる女性にしか顕現しない魔力だったはず！

それを何故、アシュル様が……⁈

「……さて。オリヴァー、もういいよ」

その言葉に目を開くと、アシュル様の後方にオリヴァー兄様が立っていた。

「オリヴァーにいさま……」

思わず思考が、目の前に立つ彼の事だけになってしまう。

すると、ストンと地面に足がついたかと思うと、巻き付いていた触手がスルスルと離れていった。

……が、それと同時に、再び身体が物凄い力で拘束されてしまう。

「エレノア……！　エレノア、エレノアッ‼　……ああ……。無事だった……！　良かった……。本当に……良かった‼」

心の底から振り絞るようなオリヴァー兄様の震える声に、瞳から再び、ポロポロと涙が零れ落ちていく。

息も出来ないほどの抱擁を受け、苦しいはずなのに……。ただただ、嬉しくて幸せでたまらない。

その思いを伝えようと、私も必死にオリヴァー兄様の身体に腕を回し、抱き着いた。

「御免……！　君をむざむざ奪われてしまって……‼　このまま二度と……君に会えなくなったらと思うと、本当に気が狂いそうだった‼　ああ……女神様！　感謝いたします‼　……フィンレー殿下も……。本当に……有難う御座いました‼」

「オリヴァー兄様……！　私も……私も、会えて嬉しいです！　助けに来てくれて……有難う御座いました……‼」

顔を何とか上げながらそう伝えると、泣き笑いのような表情をしたオリヴァー兄様の唇が、私の唇を塞ぐ。

「ん……っ」

口付けはすぐに終わったけど……。今まで受けたどの口付けよりも甘く、幸せな気持ちになった。

「エレノア……！」

「クライヴ……兄様!!」

オリヴァー兄様が密着していた身体を離すと同時に、今度はクライヴ兄様が私を力一杯抱き締める。

「エレノア……！　本当に……よく、無事でいてくれた……!!」

「はい……。はい、クライヴ兄様……！」

オリヴァー兄様よりも、体育会系なクライヴ兄様の全力の抱擁は若干……いや、かなり苦しかったが、それが凄くクライヴ兄様らしくて、胸に幸福感が湧き上がる。

思わず、甘えるように頬を擦り寄せると、クライヴ兄様の優しい口付けが額に下りてきた。

「……本当に良かった。パトリック兄上を信じたオリヴァーの判断は、間違っていなかったんだな！」

そこで唐突に、あの時別れたパトリック兄様のことを思い出した。

……そうだ……。パト兄様は今頃……！

「クライヴ兄様！　パトリック兄様を助けて!!　パトリック兄様……私を助ける為に、ボスワース辺境伯と対峙して……！」

「パトリック兄上が!?」

「パトリック兄上……！」

クライヴ兄様とオリヴァー兄様の顔に、焦りと苦渋の表情が浮かんだ。

……が、そんな彼らにアシュル様の声がかかった。

「……クライヴ、オリヴァー。残念だが、君達の兄君の救出は後回しだ。フィン！　エレノアを守れ！　……来るぞ⁉」

アシュル様が厳しい表情を浮かべながら見つめるその先に、ブランシュ・ボスワースの姿を認めた瞬間、その場にいた全員が一斉に戦闘態勢へと入った。

戦いの火蓋を切る

ボスワース辺境伯の姿を見た途端、エレノアの様子が変わった。

顔面蒼白となり、俺にしがみついてガタガタ震えている。『魔眼』の圧……ではなく、明らかに彼自身に怯えている様子だ。

まあ、それは当然だろう。いきなり訳も分からず自分を連れ去った相手なのだ。怯えるのも無理はない。

……だが、それでもこの怯え方は尋常ではないと、俺を含むこの場の全ての者達がそう感じた。

――……まさか……⁉

その場にいた全員が、とある考えに至り、表情を強張らせる。

「……エレノア。奴に……何かされたのか？」

なるべく冷静に、努めて優しく問い掛けた俺の言葉に、エレノアの肩がビクリと跳ね上がる。……これは……。

「身体は……大丈夫……なのか？」

エレノアの態度を見た瞬間、湧き上がってきた負の感情を押し殺し、冷静に問い掛ける。

するとエレノアは、俺の言葉の意味を理解したのであろう。俺に抱き着いたまま、コクリと小さく頷いた。

それを見た瞬間、その場にホッと安堵の溜息がいくつも聞こえる。

つまりは、ブランシュ・ボスワースに何かされたのだろうが、それが『最悪な事態』にはならなかった……ということだ。

――だが『最悪な事態』にはならずとも、ここまで怯えさせる何かをされたのは間違いない。

「オリヴァー……。エレノアを」

「ああ」

自分の腕の中で震えるエレノアの背中を優しく撫でた後、身体を離してオリヴァーに託す。

俺は凄まじい殺気を噴き上げながら、鋭い眼差しをブランシュ・ボスワースへと向けた。

『よくもエレノアを……！　そして、俺の親父を……！　この男だけは許さねぇ……!!』

父親を害しただけではなく、命よりも大切な妹を傷つけた男。

憎しみと殺意が胸の奥底から噴き上がり、その感情の赴くまま、ブランシュ・ボスワースに襲い掛かろうとした、その時だった。

「待ってくれ、クライヴ！」

「アシュル……!?」

「君の気持ちは痛いほど分かる。だが、今少しだけ待ってほしい。……確認を……したいんだ」

俺を制しながら、アシュルは厳しい表情をブランシュへと向けた。

「ブランシュ・ボスワース辺境伯！」

「……アシュル王太子殿下……」

「私のことを覚えていてくれて嬉しいよ。……その上で問おう。王族である私がこの場にいる意味を、貴公は理解しているのだろうか？」

「……勿論です」

「理解してなお、戦う意味も……？」

「……愚問……と申し上げておきましょうか。その覚悟なくして、このような愚行。犯すはずがありません」

途端、ブランシュ・ボスワースの魔力出量が上がり、後方からエレノアが小さく呻く声が耳に届く。

――その瞬間、アシュルの顔から表情が消えた。

今までの雰囲気は霧散し、俺達同様、殺気を漲(みなぎ)らせたアシュルは、目の前の辺境伯に対し鋭い視線を投げかけた。

「そうか……。残念だよ、ブランシュ・ボスワース！」

彼はハッキリと、王太子であるアシュルに対し宣戦布告を言い放った。この時点で彼は、国家に対する明確な『反逆者』となったのだ。

いや……。それ以前にアシュルは、自分の命よりも大切な少女(エレノア)を傷つけ、今も苦しめ続けている目の前の男を許す事が出来ないのだろう。

今、俺の目の前にいるのは、この国を護り導くことを宿命づけられた王族としてのアシュルではなく、最愛の少女を救おうとしている、『アシュル』という名の一人の青年だった。

僕は、今現在自分の目の前に佇む『反逆者』となった男を、出来るだけ冷静に観察した。

『それにしても、なんという凄まじい魔力放出量だ。まるで魔力の暴風。流石は『魔眼』といったところか……！　やはり、ここに来る判断をした事は、間違いではなかったようだな』

『魔眼』は滅多に世に現れない為、あまり知られていないのだが、その力に対抗出来る魔力属性が、この世に二つだけ存在するのだ。

一つは同系統とされ、鎮静の能力に特化した『闇』の魔力。

そしてもう一つは魔を滅し、浄化する事の出来る『光』の魔力である。

だがこの国でたった一人、『光』の魔力を使えるとされる『聖女』を、このような戦いに参加させる訳にはいかない。

そして強力な『闇』の魔力を有したフィンレーだが、彼はあくまで魔導師であり、引きこもり生活のせいで、武術はあまり得意な方ではない。

しかもフィンレーは、自分達をこちらに連れて来る際に、膨大な魔力を使ってしまっている。

残った魔力量では、フィンレー自身とエレノアを『魔眼』の魔力汚染から守るのが精一杯。

とてもではないが、オリヴァーやクライヴに対し、『魔眼』の力を相殺する『加護』を与え続ける事は出来ないだろう。

しかも、『闇』の魔力で『魔眼』の力を無効化する事が出来たとしても、複数存在する辺境伯の中でも突出した武力を誇る目の前の男（ブランシュ）は、魔力などなくとも、容易くフィンレーを殺す事が出来るに違いない。しかも敵は彼だけではないのだ。

魔物討伐部隊の総大将であり、転移門すら一人で構築する事の出来る力を持つ男、ケイレブ・ミラー。そして、彼が率いる最強の魔物討伐部隊、『ユリアナの饗乱』。

彼と彼の部下達がいる以上、いくらフィンレーがエレノアを守れるとはいえ、オリヴァーとクライヴだけでは、彼らの相手は荷が重すぎる。最悪、エレノアを取り戻すどころか、全員皆殺しにされかねない。

――だからこそ、ディランを押しのけてでも、自分はここへやって来たのだ。

僕は男性でありながら、母の持つ『光』の魔力を持って生まれた。

それは、長い歴史を誇るこのアルバ王国でも初めての事であった。

それゆえに生まれ落ちた時より、自分は『王太子』となる事が決定づけられたのだった。

そして更に、『全属性』をも有していた事から、真の属性である『光』の存在は秘匿された。

これは男が、『光』の属性を有している事に前例がなかったという事と、希少属性を隠し玉として秘匿する事が、王侯貴族の中では一般常識であったからだ。

目の前のブランシュ・ボスワース然り、エレノア達の兄である、パトリック・グロリス然り……。

有事が起こった時や相手を出し抜こうとした時。そして、想定外の問題が起きた時……。『ソレ』は強力な武器となり得るのだから。

『でも、本当にそうしておいて良かった……。フィンがそれを知ったら、余計な傷を与えてしまうに違いなかっただろうから……』

エレノアに出逢うまでの間、彼は自分の属性を嫌悪し、苦しんでいた。

だがエレノアに感化され、自分の属性に忌避感のなくなった今のフィンレーであれば、兄の真の属性を知っても心が揺らぐ事はないに違いない。

「……アシュル。お前の『加護』はどれぐらい持つ?」

「全員分を維持する為には、三十分が限界……かな?」

クライヴと互いに刀剣の柄に手をかけながら、目の前の敵を睨み据える。

「充分だ……! 三十分以内に片を付ける!! って訳で、俺は左を攻める! 足引っ張んじゃねぇぞアシュル!」

「フッ……ぬかせ! それじゃあ僕は右からだ!」

言葉と同時に、二人がかりでブランシュ・ボスワース目掛けて切りかかった。

金属同士がぶつかり合う、鋭い音が周囲に響き渡る。

左右同時に切り込んだ剣は、ブランシュ・ボスワースが手を翳し、何もない空間に創り上げた大剣によって防がれた。

そしてそれを合図に、壮絶なる斬撃が目の前で繰り広げられる。

クライヴが間合いを詰め、切り込んだのをブランシュ・ボスワースが防ぎ、そのまま一刀両断しようとする動きに合わせ、僕の剣がそれを止める。

そのわずかな隙に、刃を振り下ろそうとしたクライヴに、『ユリアナの饗乱』達が一斉に襲い掛かった。

「チッ! 邪魔……するなぁー!!」

クライヴの刃が、襲い掛かる男達を一閃する。

すると男達の身体が一瞬で凍り付き、そのまま粉々に砕け散った。

「アシュル!!」

クライヴはすぐさま、目にも留まらぬ切り合いを繰り広げている僕に加勢する。

打ち合う度、クライヴと僕の身体には、無数の細かい傷が増えていく。

……だが、ブランシュ・ボスワースの方も、『光』の魔力で『魔眼』の力が相殺されている為、僕達同様、無数の傷をその身に受ける事となっていた。

だが、この時点でダメージはほぼ互角。

「二人がかりでも……これかよっ!! 確かこいつ、俺らと数年しか歳、違わねぇよな!?」

「ふ……。経験値の差……ってところかな!? こんなことなら……オルセン将軍に、何度か半殺しにされていれば……良かったよ!!」

「効果的……ではあるが、お勧めは……しねぇな!!」

互いにわざと軽口を叩き合いながら、何とか相手の隙を見つけ、切り込んでいく。

その斬撃は青白い閃光となって、周囲の空気を震わせた。

◇◇◇◇◇

クライヴ兄様とアシュル様の戦いを見ながら、私は我知らず喉を鳴らした。

「す……凄い……! あれがクライヴ兄様の本気ですか……」

ハッキリ言って目を凝らして見ていても、全ての動きを捉える事が出来ない。

「うん、そうだよ。……そうか。エレノアはあのダンジョンでの魔物退治は見ていなかったものね」

「はい。……それにしても、アシュル様も凄い……！　動きといい剣筋といい、クライヴ兄様と遜色ありません」

「そりゃあ剣技で言えば、アシュル殿下は僕より強いからね。クライヴを抑えての首席卒業は伊達ではないんだよ」

「オリヴァー兄様よりも……」

そういえばアシュル様は、全属性の魔力に加え、『光』の魔力まで持ち合わせているのだ。

それらを統合して戦えば、ひょっとしてクライヴ兄様をも凌駕するのではないだろうか。

「……さて、お喋りはここまでだな。フィンレー殿下。エレノアをお願いします」

「承知した」

「オリヴァー兄様？」

私をフィン様に託すと、オリヴァー兄様も抜刀する。そして刀身に手を当て、己の魔力で赤く染め上げた。

それと同時に、揺らめく魔力が瞳を紅に染め、漆黒の髪も赤みを帯びていく。

「……僕はお前達が日頃戦っている魔物達よりも質が悪いぞ？　そして最愛の婚約者を脅おうとしたお前達を、ただの一人として生きて帰す気はない。覚悟するんだな、『ユリアナの饗乱』！」

その言葉と同時に、複数の男達が音もなく、オリヴァー兄様に襲い掛かった。

「オリヴァー兄様!!」

「大丈夫だよエレノア。『魔眼』で本調子ではないだろうが、あいつならあれぐらいの数、なんということもないだろう。それよりももっと、僕の傍においで」

「は、はい！」

言われた通り、フィン様に密着するように身体を近付けると、先程まで感じていた圧が殆ど感じられなくなり、更に身体が軽くなった。

「アシュル兄上の『加護』に、僕の魔力が加わったからね。このまま僕の傍にいれば、苦しさはほぼ感じなくなるはずだよ」

そう言いながら、フィン様は目の前の戦闘に目をやると、『ユリアナの饗乱』の一人がオリヴァー兄様に切り倒される直前、私の目元をそっと自分の掌で覆って見えなくする。

「フィン様？」

「君は、これ以上見ない方が良い」

切り捨てられた男達が地面に倒れ伏す音を聞き、私はコクリと頷いた。

◆◆◆◆◆

「……それにしても、辺境最強の戦闘集団の名は伊達ではないようだね……」

フィンレーは愛しい少女を腕に抱きながら、目の前の戦いをジッと見つめる。

この『魔眼』の影響をものともせずに動く男達……。多分だが、彼らの身体には『魔眼』の影響を排除する術式が刻まれているのだろう。

『そのような高度な術式を組める者だからこそ、王都から辺境までの『転移門』を構築することが出来た……という訳か。幸い、クロス宮廷魔導師団長が妨害してくれていたから座標がズレたが、もし辺境に逃げ込まれていたとしたら、あのパトリック・グロリスの力で潜入したとして、すぐに殺されていただろうね……」

だが見たところ、オリヴァーが倒していっている『ユリアナの饗乱』を、今現在統括している者はいないようだ。

ならばあの男は、十中八九再び『転移門』を構築しているに違いない。

そしてそれが終われば、エレノアを奪還するため、邪魔者を殺すべく襲い掛かって来るだろう。

出来ればその前に、エレノアだけでもどこかに避難させたいところだが、『魔眼』の影響下で『転移門』を上手く作る事が出来ない。

今、オリヴァーが心置きなく敵と対峙出来ているのも、自分がエレノアを完璧に守れているからに他ならない。

『転移門』を構築しようとすれば、その肝心の守りが疎かになってしまう。そうなってしまえば本末転倒である。

「全く……。もどかしいね」

――この一件を無事決着させる事が出来たら、色々修行し直そう……。

そう、フィンレーは心の中で誓った。

そうこうしている間にも、一人……また一人と、オリヴァーの深紅に染まった刀剣の餌食となり、男達が切り伏せられ、倒れていく。

返り血もなく、また刀には一切の血痕が付着していない。そのさまはまるで、刀が敵の血を吸い、紅く輝いているようにも見える。

絶世の美貌と相まって、その姿はさながら血に飢えた魔人そのものだ。

『……まあ、ある意味『万年番狂い』って言う名の悪魔なんだけど……』

「フィンレー殿下。なにか今、失礼な事を考えていませんでしたか？」

最後の一人を倒し終えたオリヴァーが声をかけてくる。どうやら悪魔は、人の心の中を容易く読めるらしい。

「別に失礼な事は考えてないよ？」

そう。真実なのだから、失礼なことではない。……多分。

「それよりも……。いいタイミングで出て来たね」

「そうですね。……出来れば構築前に奇襲をかけたかったところですが……。それほど甘い相手ではなかったようです」

そう言って、改めて刀を構えたオリヴァーの目の前に、緑の髪をたなびかせた『ユリアナの饗乱』総大将。ケイレブ・ミラーが降り立った。

「……やあ、オリヴァー・クロス。やはり君が来たか。……それと王家直系……。『闇』の王子様が降臨されていたとはね。本当、あの男……。余計な事をしてくれたものだ……」

忌々し気に舌打ちをするケイレブの姿を目にした瞬間、オリヴァーの身体から凄まじい殺気が噴き上がり、深紅に染まった瞳がギラリと光った。

総大将との対決

「ケイレブ・ミラー……!!」

僕は怒りを滲ませ、唸るように目の前の男の名を呼んだ。

クライヴの仇がボスワース辺境伯であるのなら、自分にとっての仇は、この目の前に佇む少年のような風体をした男だ。

『見た目や言動に騙されるな。あの男……恐らくは『魔眼』持ちと同等に厄介な相手だ。少しの油断が命取りになり兼ねんほどにな……。戦うのなら、常に死を覚悟して挑め。いいな、オリヴァー!』

自分がここに連れて来られる前、聖女様に治療を施され、命の危機を脱した父、メルヴィルから言われた言葉だ。

父の傷は、即死になるほどの致命傷ではなかったものの、そんな中で高位魔法を使った弊害で出血量が酷くなってしまった。もし聖女様が来られなかったら、どうなっていたか分からない。

『父上……!』

父であるメルヴィルは、類まれな才能を有しているくせに自由で飄々としていて、息子を揶揄うのが趣味という、大変に困った人である。

だがそれでも、自分にとって父は大切な身内であり、尊敬すべき最大の目標でもある人なのだ。

この男は、そんな父を死の淵まで追い詰めた……。更に、自分の命よりも大切な少女を、主の為にと自分達から奪い去ろうとした。まさに万死に値する。

「お前だけは……。この手で、地獄に送ってやる‼」

僕からの明確な殺意を受けながら、ケイレブは飄々とした様子で目を細める。

「……いい気迫と殺意だ。君、お兄さんと同じぐらいの逸材だねぇ！　……それにしても、『光』と『闇』の加護……か。流石は王家直系。こんな隠し玉を持ち合わせているとは……」

溜息交じりにぼやいたケイレブが、フィンレー殿下の腕の中にいるエレノアへと顔を向けた。

「あ〜あ、それにしても本当、エレノアちゃん……君の周りの男って、厄介なの多いよね。君のお兄さんもさぁ、まさか『時』の魔力属性を持っているとは思わなかったよ。お陰でアッサリ、この場所バレてまいっちゃった！　ここ、穴場の隠れ家だったんだけどねぇ」

「パトリック兄様……！　兄様は⁉　どうしたの⁉」

ケイレブがパトリック兄上の事に触れた途端、エレノアが激しく反応する。

「別にどうもしないけど？　勝手に魔力切れ起こしてぶっ倒れてるよ。そろそろ死ぬんじゃない？」

「そんな……⁉」

エレノアの悲痛な声に胸が痛む。

僕自身も、パトリック兄上の安否は気がかりだったから、この男の言いざまに殺意が跳ね上がった。

「ねえ。そういえばここってどこな訳？」

顔面蒼白になったエレノアに対し、空気を読まず、素朴な疑問を口にしたフィンレー殿下。

そのいつもながらの空気を読まない発言に対し、流石のケイレブも呆れ顔になった。

「今僕に聞くべき事ってそこ？　『闇』の王子様はマイペースだねぇ……。ま、いっか。ここはノウマン公爵家の所有する別荘地の一つだよ」

「ノウマン公爵家の……？」

「そ。ギリギリ王都の端っこにある、隠れ家的別荘地……って言えばいいのかな？　代々ノウマン公爵家の直系達が、正夫や正妻にバレないよう、火遊びを楽しむ為に造られたらしいんだけど、今現在はノウマン公爵令嬢がよく使用しているみたいだねぇ」

「レイラ・ノウマン公爵令嬢……か。じゃあ君、ここにはひょっとして彼女と来たの？」

「そーだよ？　僕がちょっと『遊ぼう』って誘ったら、喜んでここに連れて来てくれたんだ。いや本当、彼女が遊び人で助かったよ。なんせ『転移門』は、一度でも行った事がある場所にしか繋げられないからね。万が一の時の隠れ家を探していたところだったから、丁度良かった」

「……オリヴァー・クロス。今の発言、僕が証人になってあげるよ」

「ええ。その時は宜しくお願い致します」

　ケイレブの今の発言により、間接的にではあるが、ノウマン公爵家の関与が確定した。

　クライヴに懸想し、彼が溺愛するエレノアを目の敵にしていたノウマン公爵令嬢レイラが、前グロリス伯爵の策略に乗っていたことは、パトリック兄上からの情報を受け、確認していた。

　彼女にしてみれば、目の上の瘤（こぶ）であるエレノアを陥れ、愛しいクライヴを手に入れる事の出来る、またとない機会……とでも考えていたのだろう。

　だが、結果的に彼女は国家反逆者に与したとして、自分自身だけではなく、実家であるノウマン公爵家をも反逆の罪に巻き込んでしまったのだ。

　自身はもとより、ノウマン公爵家も徒では済まないだろう。

「まぁ、ああやって男と遊びまくって、ボロボロ子供つくる女の方が、『淑女』として尊ばれる世の中だからねぇ。貴族の女としては、ああいった子の方が正しい在り方なのかもしれないけど、乱れているよねぇ……。同じ四大公爵家の嫡男が筆頭婚約者のくせに、僕みたいなのとも平気で遊ぶんだもん」

その口ぶりは飄々としているのに、言っている内容は辛辣そのもので、しかも僅かに侮蔑が込められているようにも聞こえる。

「貴方は……女性が嫌い……なの？」

思わずといったように、エレノアが発した言葉に、ケイレブが目を見開いた。

そしてまじまじとエレノアを見つめた後、フッと目を細めた。

「ん～……。嫌い……というより、憎い？　己の欲に忠実で、自分に愛を請う男達を弄んで、花から花へと渡り歩いて美味い蜜を啜る……。まるで毒蝶のようだと思わない？　そんな彼女らと遊ぶのは好きだけど、たまに殺したくなっちゃったりするんだよなぁ……」

女に対する悪意を隠そうともせず、毒舌を吐きながら楽しそうに笑うケイレブ。

だがその瞳は全く笑っておらず、空虚とも言えるほどに昏く、何をも映してはいないように感じた。

「だからね、エレノアちゃん。あのお茶会での君の行動や考え方、結構衝撃的だったよ。まさか愛する男の為に、贅沢三昧をかなぐりすてて、平民になろうなんて女が、この世に存在するなんて思ってもみなかったからね。……もし、君のような子を愛していたら……。ひょっとしたら、あいつは今も……」

「あいつ……？」

そこでふと我に返ったように、ケイレブは真顔になった。

「さて、お喋りの時間は終わりだ。……ああ、忌々しい。『闇』の魔力の妨害で、ここに『転移門』を呼び出せない。……排除しなければならないな……っと！」

話し終わる前に、僕はケイレブに向かって刀を一閃する。

幾つもの赤い閃光が、乱舞するように襲い掛かるのを軽く避け、間合いを取ったケイレブの周囲に魔法陣が幾つも浮かび上がった。

「……オリヴァー・クロス。我が主にとって、最も邪魔な存在……。お前を殺し、障害を全て取り除いてから、エレノア嬢をユリアナの大地にお迎えするとしようか」

「戯言を……！　今ここで倒されるのは、貴様だ‼」

吐き捨てるようにそう言い放つと詠唱を唱え、魔法陣を次々と浮かび上がらせる。

「紅の炎よ。全てを焼き尽くす業火の矢となりて敵を貫け！　『紅蓮の矢(クリムゾンアロー)』」

その名の通り、深紅の鋭い刃が高速の速さでケイレブに向かって放たれた。

「……へぇ……。防御結界を張らず、攻撃の術式のみを展開したか……。いいねぇ。流石は『火』の魔力保持者。情熱的だ！」

ケイレブの魔法陣が僕の攻撃により、次々と破壊されていく。まるでガラスが砕け散るような硬質な音が周囲に響き渡る。

「それじゃあ、今度はこちらの番だ！　術式展開！　『精霊召喚』」

白い魔法陣から、小さな半透明の妖精……らしきモノが、次々と飛び出してくる。

「さあ、敵をズタズタに切り裂け『シルフ』」

ケイレブの言葉に従い、目にも留まらぬ速さで風の精霊であるシルフ達が襲い掛かってくる。

だがそれに対し、僕は自身の周囲に無数の赤い魔法陣を展開させ、一斉に『紅蓮の矢（クリムゾンアロー）』を放った。

『ピギャアァアー』

『キィィィ！』

耳障りな甲高い悲鳴がそこかしこに響き渡り、燃えカスとなったシルフの身体がチリのように舞い、消滅していく。

「……自分に火の粉がかかろうとも、あくまで攻撃に出るか……！　素晴らしい闘争心だね、君って男は！」

「貴様を屠る為なら、これしきの傷、幾らでもこの身に受けてやる!!」

躱し切れなかったシルフの攻撃により、無数の傷を全身に受けながらも魔力を滾らせ、僕はケイレブへと切りつけた。

ダンジョン妖精再び

剣と刀との激しい打ち合いが繰り広げられる。

「オリヴァー兄様！」

「落ち着くんだ、エレノア！　見たところ、傷は全て浅い。致命傷にはなっていないから！」

満身創痍のオリヴァー兄様の姿に動揺し、思わず駆け寄ろうとする私をフィン様が宥め、落ち着かせる。

実際、四大精霊の中でも戦闘に特化したシルフの一斉攻撃を受けたわりに、オリヴァー兄様の傷は驚くほど軽傷だった。

「奴の言った通り……。わざと防御結界を張らず、その分威力を増やした攻撃魔法を放って、衝撃を最小限に抑えたか……。流石はクロス宮廷魔導師団長の息子。見事なものだ」

「わざと、防御結界を張らなかった……？」

「ああ、そうだよ。実際、防御結界を張ってシルフの攻撃を防いで防戦一辺倒になってしまえば、あの男の攻撃に対応するのが遅くなり、それこそ致命傷を与えられてしまっていただろう。だからこそ君の兄は、防御ではなく攻撃を選んだ。そして自分へのダメージを最小限に抑えたんだ」

「オリヴァー兄様……！」

冷静沈着で頭脳派とされているオリヴァー兄様だが、その本質はやはり『火』なのだと、改めて思い知らされる。

しかも、この戦い方は魔導師の……というよりは寧ろ、戦士としてのソレだ。

「ひょっとしたらクライヴ・オルセンよりも、彼の方がよっぽど武闘派なのかもしれないな……」

フィン様の呟きを聞きながら、オリヴァー兄様とケイレブの凄まじい戦いを見つめる。

一瞬でも気を抜けば、どちらかが確実に致命傷を負う。

戦いの素人である私でさえも、それが分かってしまうほど……。それはまさに、『死闘』と呼ぶに相応しいものだった。

もう一つの戦いの場所へと目を向ければ、ボスワース辺境伯の大剣が、その大きさを感じさせない軽やかな動きで、交互に、そして同時に切り付けるクライヴ兄様とアシュル様の刀や剣を受け流し、逆に切りつける。

二人ともがそれを躱し、再び切りつける。……その繰り返しに、互いの傷が増えていくのが分かった。

対して、目の前で切り合うオリヴァー兄様とケイレブも、その合間に互いに魔法陣を発動させる。

主にケイレブは防御結界を、そしてオリヴァー兄様は、攻撃魔法を発動させている。

当然というか、受ける傷はオリヴァー兄様の方が多くなる。

けれどもそれをフォローするように、防御結界の代わりに致命傷を狙った攻撃を、フィン様の闇魔法が時折防いでいた。実に見事なコンビネーションである。

「僕のことはいいから！　貴方はエレノアだけを守ってろ!!」

「だったらもっとちゃんと、自分の身を守れよ！　見ていて痛いんだよ!!」

……息はピッタリなのに、どうやら互いに不本意なようで、時たま罵り合っている。

この二人、本当に仲が悪いのか良いのか……。

『パトリック兄様……!!』

目の前で繰り広げられている戦闘を見守りながら、もう一人の大切な兄のことを思い、胸が押しつぶされそうになる。

ケイレブは、パトリック兄様が魔力切れを起こしていると言っていた。

それが本当なら、一刻も早く手を打たなくてはならない。

自分も魔力切れを起こした事があるから、今現在パトリック兄様がどれほど苦しく、そして危機的状況であるのかが嫌でも分かってしまう。

このまま魔力切れの状態が続けば、パトリック兄様は間違いなく死んでしまうだろう。

『早く、パトリック兄様を助けなきゃ……！　でも、今ここから動く訳にもいかない……！』

そもそも、パトリック兄様の元に駆け付けられたとしても、彼の魔力属性はどうやらとても特殊なもののようだ。

そう、血液型で例えるなら、ＲＨマイナス型のように、滅多にいないような珍しい型なのであろう。

魔力切れを起こした者には、魔力譲渡が最も有効なのは知っている。

だが、下手に別属性の魔力を注いで、ショック症状を起こしてしまったら……。それこそ兄にとどめを刺してしまいかねない。

身内なら多少は大丈夫らしいが、完全に魔力切れを起こしてしまった状態で、果たして本当に大丈夫かどうかは定かではない。

いや、そもそもこのままでは、パトリック兄様の傍に行くどころではない。

『そういえば、魔力切れを起こしてしまったあの時、ワーズが私に力を貸してくれたんだった……。ずっと会ってないけど、また呼べば来てくれるのかな？』

ふと、あのはた迷惑なダンジョン妖精の事を思い出す。

どうやら彼は、バッシュ公爵家側の人間にとって、『余計なことをして王族とエレノア（私）を引き合わせた大罪人』と認識されており、特に復讐心（？）に燃える兄様方やセドリックを恐れているようだ。

その為、あの夜会以降、果物を大量にお供えしてもどんなに呼び掛けても、一向に自分の元を訪れる事は無かった。……まあ、私も激辛スープを用意していたから、寧ろそちらを警戒していたのかもしれない。

でも今なら、恐ろしい制裁者達（兄様達）は戦闘中だし、自分も当然のことながら、激辛スープを用意してはいない。

この魔力と暴力が吹き荒れている状況で、来てくれる確率は限りなく低そうではあるが、もうここは一か八か、藁にもすがる思いで呼び掛けてみよう。

『ワーズ！　ワーズ!!　お願い、私の所に来て!!　もし来てくれたら、果物好きな時に好きなだけ食べさせてあげるから!!』

来るかどうかは賭けだが、あの異常なまでの果物への執着を考えれば、それを報酬にして釣るのが一番である。

『マンゴーやパパイアやカスタード・アップルとか、普通じゃ絶対食べられない果物も、もれなく付けるよ!?　ついでに果物の王様、ドリアンも持っていけ!!』

……バナナの叩き売りかと、自分でも思ってしまう。一体どこのスーパーの安売りコーナーか。

それにしても、勢いでつい名前を出しちゃったけど、ドリアンはなぁ……。果たしてこの世界にあるかどうかは疑問が残る。まぁ……探せばあるだろう。

しかし、あったとしても癖のある果物だから、好みは分かれるだろうけど……。

そんな感じに心の中で必死に祈っていると、自分を背中から抱き締めていたフィン様が声をかけてきた。

「……ねえ、エレノア。コレ何か知ってる？」

「え？」

そう言って、目の前に差し出された闇の触手の先端には、グルグル巻きにされたミノムシが、声も出せずに必死にもがいていた。

「僕の結界に突然現れて、君に向かって行こうとしたから捕獲してみた」

「ワ……ワーズ!?」

グルグル巻きにされ、頭の先っぽしか見えなかったが、この枯れたミノムシのような姿……。間違いなく、ダンジョン妖精のワーズだ。

「あ、やっぱ知り合い？　あいつが召喚したノームかな？　って思って潰そうとしたんだけど、聞いてからにしといて正解だったね」

――潰されなくて良かった……！

それにしても、本当によく色々なものを捕獲するな、この人……。

そう思いながら、掌にポトリと落とされたワーズを受け取る。

『こ、この小僧!!　卑しき人間の分際で、よくもこのいと高き、至高の存在である我を簀巻きにしおったな!?』

「は？　虫の分際で何言ってんの？」

相変わらずな物言いに、再びワーズの身体が闇の触手にグルグル巻きにされた。

『ギャー！　やめろ!!　離せ！　このクソガキ!!』

「……ねぇ、エレノア。こいつやっぱり潰していい？」

「だ、駄目です!!　……あのっ、ワーズ！　あのお屋敷の中に、私の兄様がいるの！　酷い魔力切れを起こしていて……。お願い！　私の魔力を兄様に持って行って!!」

「エレノア？　一体何を……!?　見たところ、そいつ妖精だよね？」

「フィン様！　この子はダンジョン妖精なんです！　ほら、ディーさんとダンジョンで出逢った時に一緒にいた！」

「……ああ。あの、バッシュ公爵家の天敵だっていう妖精？　どう見ても虫だけど」

「えっと……まあ」

確かに一見虫に見えるし、兄様達にとっては天敵に違いない。

「ワーズはあの時、魔力切れだった私を助けてくれた事があるんです！　だから……」

「……エレノア。妖精に『お願い』なんてしたら、それを盾に、何を要求してくるか分からないよ？　妖精は気まぐれで我儘で残酷だ。それに平気で嘘をつくからあてにならない」

警戒心に満ちたフィン様に対し、私は必死に言い募った。

「ワーズはそんなことしません!!　そりゃあ、食い気でよく失敗するし、尊大で高飛車で、自分勝手なところもあるけど……。でも、何度も私を助けてくれた、優しい子です！　約束だって、ちゃんと守ってくれました！」

『……色々聞き捨てならん事を言われた気もするが、その通りだ！　我をそんじょそこらの木っ端妖精どもと一緒にするな！　……ところでエレノア、対価は偽りなく払われるのであろうな？』

「うん、勿論!!　うちの家の結界、ワーズが通れるようにして、毎日山のように果物お供えする！リクエストもあったら、遠慮なく言っていいから！」

『うむ、素晴らしい！　では契約成立だな!!』

フィン様の闇の触手から抜け出たワーズが、嬉しそうに私の周囲をクルクル飛び回る。

更に髪の毛や頬にじゃれついたところで、すかさずフィン様の闇の触手が、ベシリとワーズをはたき落とした。

「フィン様⁉」

『何をするー！　この小僧‼』

「あ、ごめん。果物にたかる小バエみたいだったからつい……」

……フィン様。

そこは「花に群がる蝶みたい」とか言ってくださいよ。それだとまるで、私が腐っているみたいじゃないですか！　……まあ、ある意味腐ってますけど。

フィン様は、怒りながらキーキー喚くワーズを、改めてジト目で見つめる。

「……ねえ、君の望む対価って、果物食べ放題なわけ？　自分のこと、『至高の存在』なんて言っておいて、なんかショボい……」

『なんだとー⁉　貴様もダンジョンで生まれたら分かる！　あそこには普通の果物は実らんから、果物は貴重品なんだぞ‼　基本、妖精は生まれた場所から遠くへは行けんのだし‼』

「ワーズ！　それで⁉　行ってもらえるの⁉」

そのまま、不毛な罵り合いを始めそうなフィン様とワーズの間に立って問い掛けると、ワーズは当然とばかりに頷いた。

『うむ！　野良妖精では、この魔力量に簡単にやられてしまうであろうが、我はそなたに召喚された上に、力をこの姿に凝縮させているからな。戦闘に参加するのは無理だが、魔力を届ける程度なら造作もない』

……召喚されたというより、果物に釣られて出て来ただけでは……？　とは、勿論口にしない。

「虫、本当に出来る訳？　彼女の兄の属性って、『時』だよ？」

『虫言うな!!　……ほう、『時』とな。ならば都合が良い』

え？　なにが都合がいいんだろう？

「あの、ワー……」

『ではエレノア、魔力を貰うぞ！』

そう言われた瞬間、眩暈のような立ちくらみが起こり、身体がふらついてしまう。

そんな私を、フィン様が慌てて抱き留めた。

「大丈夫⁉　……ああ、魔力量がゴッソリ減っているよ。あの虫、自分の分のエサも奪っていったね。

流石は妖精。えげつないもんだ」

「戻って来たら、やっぱり潰そう」……そう口にしたフィン様の声を聞きながら、私は祈るような気持ちで、パトリック兄様のいる屋敷を見つめた。

死闘

『ヤバいな……。アシュルの息が上がってきた……！』

共闘しながら、さりげなくアシュルにかかる負担を軽減すべく立ち回り、彼が受けるはずだった傷の多くを代わりにその身へと受けていた俺は、アシュルの様子を確認すると舌打ちした。

戦いを開始してから、既に十五分以上が経過している。

『魔眼』の力を抑え込んでいる間に、相手に何とか致命傷程度は与えておきたいというのに、自分達二人がかりでも、これといったダメージを未だに与えられずにいた。

しかもここにきて、明らかにアシュルの動きが鈍くなってきているのである。

——ブランシュ……ボスワース……!!

自分達とは違い、実際の戦闘で鍛え抜かれた剣技と戦闘センスは、敵ながら圧巻の一言に尽きる。

流石はあの父親が手放しで称賛した男だ。

「クライヴ、すまない……っ!! 君ばかりに負担を……かけて!!」

「気に……すんなっ!! いいか、お前は俺が、守るっ！ だから、最後の最後まで……踏ん張り切るぞっ!?」

「ふ……。そう、だなっ！ せいぜい、君のお荷物にならない、よう、尽力……するよ……!!」

——お荷物などと、とんでもない。

平常時であれば、自分とアシュルの剣技はほぼ互角だ。

自分はドラゴンを御することの出来る、偉大な英雄であるグラント・オルセンを父親に持って生まれた。

幸運なことに、あの父の資質をしっかりと継いでいたらしく、剣術も武術も最初から人並み以上にこなせたし、父から直々に鍛え上げられてもいたから、僅か七歳でクロス伯爵家騎士団長、ルーベンに勝てるほどの実力があった。

対するアシュルは、王家直系としての類まれな魔力量と全属性を持って生まれた（更に母である聖女譲りの『光』属性も持っていた事が、今回判明した）。

だが、剣術や武術の才能は、人より多少恵まれている程度であったらしい。

将来、軍事権の全てを継承するディラン殿下と違い、王太子である彼は本来、剣も武術もそこまで突出していなくても良かったはずだ。

実際人の上に立ち、自然と相手を従わせられるほどのカリスマ性と統治能力は、誰もが認めるところであったのだから。

だが彼……アシュルは、ワイアット宰相やヒューバード総帥といった歴戦の猛者に師事し、どんなに執務や王家関連の行事に忙殺されようとも、常に己の研鑽を怠らなかった。

俺自身は……と言えば、己の元々の才に溺れていた訳では決してない。

だが王太子として、そしてアルバ王家の直系筆頭としての矜持を胸に、血の滲むような努力を惜しまなかった彼とは、そもそも覚悟自体が違った。

だからこそ、自分は常にアシュルの次席に甘んじていたし、その事を悔しく思いつつも納得していたのだ。

その彼が、明らかに防戦一辺倒になってしまっているのは、この場の全員に対して『加護』を与えながら戦っているからに他ならない。

彼が『魔眼』を抑え込んでいてくれているからこそ、二人がかりとはいえ、互角以上に戦えているのだ。

見ればオリヴァーの方も、ケイレブ・ミラーと激しい戦闘を繰り広げている。

『あいつは……！　また、無茶な戦い方を!!』

普段の猫かぶりを完全に脱ぎ捨てたオリヴァー（弟）は、その美貌や肢体にどれほど傷を受けようとも怯むことなく、己の内にある『火』の属性そのものな攻撃を繰り広げている。

その苛烈極まる戦いっぷりは、まさに『猪突猛進』という言葉が相応しい。

しかもそんなオリヴァーに対し、絶妙な合いの手でフィンレー殿下の『闇』の魔力が致命傷を防いでいるようだ。

何だかんだ言って、あちらもかなり息の合ったコンビネーションを披露している。流石は同族嫌悪を胸に抱く者同士だ。自分とアシュルとは真逆な意味で、絶妙な連携が取れている。

『あいつら、エレノアさえ絡まなければ、案外いい相棒同士になっていた気がするな……』

などと、胸中で呟く。……尤も、言った瞬間ブチ切れそうだから、絶対言わないけど。

そんな現実逃避を走馬灯のように思いながら、ギリギリのタイミングでブランシュ・ボスワースの大剣を躱し、お返しとばかりに『水』の魔力を纏わせた愛刀で、細かい斬撃を放った。

だがここにきてようやくというか、ブランシュ・ボスワースの太刀筋が僅かに乱れ始めていた。

歴戦の猛者であり、戦いの申し子と称えられた辺境伯家の筆頭、ボスワース辺境伯。

その血筋において、群を抜いた才能と称えられた彼だからこそ、『魔眼』の威力を十分に発揮できない状態の中、自分とアシュルの二人を同時に相手どる事が出来たのだ。

「――ッ！」

刀が今迄で一番深く、ブランシュ・ボスワースの身体を切り裂いた。

その事により、僅かな隙が相手に生まれる。

「アシュル!!」

「ああ!!」

ここぞとばかりに互いの気力を振り絞り、己の刀に……そしてアシュルは自身の愛剣へと、全力で魔力を込める。

　すると互いの刀と剣が、蒼と白銀の眩い輝きを放った。

「ブランシュ・ボスワース!!」

「!!」

　アシュルが、『光』の魔力を込め、全力で剣を振り下ろした。

　閃光がブランシュ・ボスワースの身体を直撃すると、その瞬間、彼自身を守る『魔眼』の力が完璧に消滅した。

「今だ！　クライヴ!!」

「おおおっ!!」

　父、グラントの仇……そして、大切なたった一人の妹であり、最愛の婚約者であるエレノアを攫い、傷付けようとした許されざる敵に向けて刃を構え、高速の速さで間合いに入る。

「——!!」

　自身の刀がブランシュ・ボスワースの身体を深々と貫いた。

戦いを制する者

「な……!?　ブランシュ!!」

「どこを見ている!?　ケイレブ・ミラー!!　貴様の相手はこの僕だ!!」

クライヴ兄様に刺し貫かれた己が主を目にし、動揺したケイレブの隙を逃さず、オリヴァー兄様もまたケイレブの間合いに入ると、己の刀身を一閃させた。

「――ッ!!」

ケイレブの切り離された腕が宙を舞い、血しぶきと共に地面へと落ちる。

その光景を目にし、一瞬息を呑んだ。

……いや、目の前の光景だけではない。クライヴ兄様に刺し貫かれたボスワース辺境伯の姿をも目にし、心臓がドクドクと、耳元で早鐘のように鳴り響いて煩い。

ひたすらに、兄様方とアシュル様の無事と勝利を願っていた。

でもだからといって、ボスワース辺境伯やケイレブの死を願っていた訳ではない。

けれども、自分の大切な人達が勝つということは、すなわち相手の『死』を意味することに他ならないのだ。

『自分』を中心に命のやり取りが行われている。

その事実に心が押しつぶされそうになるのを、私は必死に耐えた。

「……やった……のか……? ――ッ!? いや、この気配……!?」

フィン様が息を呑んだ次の瞬間、静寂に包まれた空気が一瞬で瓦解する。

「――!!?」

「な……っ!?」

「あぁっ!!」

突如として、刺し貫かれたボスワース辺境伯を爆心地とし、疾風とも竜巻ともつかぬ暴風と衝撃波が周囲を襲った。

「エレノアッ!!」

咄嗟にフィン様の『闇』の結界に覆われる。

「――ッ!?」

その時、クライヴ兄様とアシュル様が吹き飛ばされ、地面に叩き付けられる姿が見えた。

「そ……んなっ！　クライヴ兄様ッ!!　アシュル様ッ!!」

「アシュル兄上!?　くそっ!!」

「クライヴ!!　――……ッッ……!!」

「……腕一本吹き飛ばしたぐらいで油断するとは……。まだまだだな、坊や」

ポタタ……と、鮮血が地面に染みを作る。

「いゃあああっ!!　オリヴァー兄様ー!!」

失った腕の止血もせず、傷口から大量に血を流し続けるケイレブ。

その彼に腹を刺し貫かれ、オリヴァー兄様の顔が苦痛に歪んだ。

「ふ……。その言葉……。そっくりそのまま返してやろう……！」

「なにっ!?」

苦痛に顔を歪ませながらも口角を吊り上げ、オリヴァー兄様は自分を刺し貫いた剣を、ガッシリと握りしめた。

「術式……発動！『灼熱の炎よ。紅炎の蛇となりて、敵を焼き尽くせ』……!!」

次の瞬間、ケイレブの剣が赤く染まった。

そしてそこから炎がうねりを上げ、まるで蛇のように剣を握っていたケイレブの腕に絡み付くと、その勢いを増した。

「ッチ！　ウンディーネ!!」

すかさずケイレブが精霊召喚を行い、水の精霊を呼び寄せ、己の身を焼く炎を鎮火させる。

だが彼の左半身は腕を中心に焼けただれ、失った右腕の止血を行うものの、立っていることが出来ずに膝から崩れ落ちてしまう。

「オリヴァー兄様!!」

私はフィン様の腕から必死に抜け出し、未だ腹に剣を受けたままのオリヴァー兄様へと駆け寄る。

だがオリヴァー兄様は、駆け寄ろうとした私を片手で制した。

「オリヴァー兄様？」

次の瞬間、オリヴァー兄様は自分の腹に埋まった剣を持ち、一息に引き抜いた。

「オリヴァー兄様!!　何を!?」

「おい、馬鹿か!?　そんな事をしたら、一気に出血が……!!」

「……先程の……攻撃のついでに、損傷部を焼いて……止血しました。いくら頭に血が上っていても……。そんな子供でも分かるような馬鹿……なこと、やる訳……ないでしょう？」

「……それだって馬鹿だろ。いくらなんでも原始的過ぎる！」

こんな状況だというのに、相変わらずの憎まれ口をたたくオリヴァー兄様に、フィン様は呆れ顔を浮かべたが、同時にホッとしたような表情を浮かべた。

「オリヴァー兄様！　オリヴァー兄様!!」

泣きじゃくりながら、全身ボロボロ状態のオリヴァー兄様に縋りつく。

だが途端、苦痛に眉根を寄せた兄様を見て、慌てて身体を離す。

「オリヴァー兄様！　今すぐに治療を行います！」

私は急いでオリヴァー兄様の腹に手を当て、治癒魔法をかけようとした。

「――ッ!!　エレノア！　オリヴァー!!」

――え……？

悲鳴にも似た叫び声に顔を上げれば、フィン様が私達を庇うように立ち塞がり、衝撃波を『闇』の魔力で防いでくれている姿が目に入った。

「フィン……」

目を見開き、手を伸ばそうとした次の瞬間。フィン様が衝撃波と共に吹き飛ばされ、クライヴ兄様とアシュル様同様、地面に激しくその身を叩き付けられる。

「フィン様ッ！！？」

「エレノア！　伏せろぉ!!」

フィン様が防いでくれてなお、襲いくる衝撃波から庇うように、オリヴァー兄様が私を胸に抱き、その場に蹲(うずくま)った。

「……オリヴァー……にいさま……？」

吹き荒れる衝撃波が収まり、自分を抱きしめる兄の腕の力がなくなったと同時に、その身体がグラリと傾ぎ、地面に崩れ落ちる。

「オ、オリヴァー兄様⁉　兄様‼」

急いで心音や脈を確かめると、思いのほかしっかりとした鼓動を感じてホッと安堵する。どうやら気を失っているだけのようだ。

「フィン様⁉」

爆風により、巻き上がった土埃で周囲が霞んでいる中、必死に目を凝らす。

すると、すぐ目の前に横たわっていたフィン様を発見し、急いで駆け寄る。

脈や息遣いを確認すると、叩き付けられた衝撃からか、オリヴァー兄様よりも脈が弱く、息遣いも浅い。よく見れば服が所々千切れ、細かい傷が無数に出来ていた。

幸い致命傷は受けていないようだが、楽観視は出来ない状況だ。

それにオリヴァー兄様の方も、今は大丈夫だとしても酷い致命傷を受けている。

このままではいつ、容体が急変するか分からない。

クライヴ兄様と……アシュル様は……⁉

先程フィン様同様、衝撃波に吹き飛ばされ、地面に叩き付けられた姿を見た。

彼らは一体どこに……？

「――ッ‼」

目を凝らし、周囲を見回していると、晴れてきた視界の中、こちらに向かって歩いて来る人影に気が付く。

そしてその人物が誰なのかを確認した瞬間、顔が恐怖に引き攣った。

――ソレは、もはや『人』では無かった。

紫紺であった長い髪は毛先に向かうにつれ、どす黒い赤色へと変色し、髪の色と同じ紫紺の瞳は、瞳孔が縦に割れた禍々しい金色に変わっている。

白目も黒く染まり、露出した上半身には、先程クライヴ兄様から受けた傷を中心に、全身に紅脈が蜘蛛の巣のように張り巡らされている。

元々の端正な顔立ちが、皮肉にもその異形さを際立たせている。

そして彼の後方には、地面に倒れ伏している、クライヴ兄様とアシュル様の姿が……。

「こ……ないで!!」

恐怖に震える身体を叱咤し、ボスワース辺境伯を睨み付けたまま両手を広げ、その背にオリヴァー兄様とフィン様を庇うように立ち塞がった。

「エ……レノア……! あいつの……『瞳』を見るな……!!」

フィン様の、ふり絞るような声を背に受けながら、それでも真っすぐにボスワース辺境伯の瞳を見つめ続ける。

……そう、何故かそうしなければいけないと、本能的に感じてしまったのだ。

縦に割れた瞳孔。闇夜の中、肉食獣のごとくぎらつく金色の瞳。

だがそれは、先程までの圧をこちらに与えるでもなく、ただ静かに……。まるで吸い込まれそうな深い感情の色を湛えていた。

――――!?

私の内に、様々な感情と記憶が流れ込んでくる。

それは今、目の前に立つ男の記憶。

望まぬ『力』を持って生まれてしまったことにより、殺めてしまった大切な人達。守り切れなかった最愛の父親。自分さえ生まれてこなければ……と、悔やみ苦しむ日々。

抗えぬ運命に翻弄され、暴走し、欲と力に呑み込まれてしまってなお残る、悲しみと後悔。……そして、私への……気が狂いそうなほどの渇望と、溺れんばかりの愛情。

頬に音もなく、一筋の涙が零れ落ちる。

「ごめ……ん……なさい……」

異形と化した獣のような黒い手が、私に触れようとした直前、ピタリと止まる。

「ごめん……なさい……。貴方の気持ちに……応えられなくて……。貴方を愛せなくて……救ってあげられなくて……ごめんなさい」

ポロポロと、とめどなく涙を流しながら、謝罪を繰り返す。

自分勝手な想いをぶつけられ、大切な人達を傷つけられた理不尽に対する怒りや憎しみは、今も当然この胸にある。

だけど……。それでも彼の悲しみや、その身に宿った破滅の宿命を思うと、胸が締め付けられ、涙が止まらない。

安っぽい同情心だと罵られるかもしれない。目の前の彼だって、同情されたいなんて思ってはいないだろう。

……だけど、それでも……。

自分とさえ出逢わなければ、彼はここまで道を踏み外す事はなかった。そう思うと申し訳なさが湧き上がり、謝る事しか出来ない。

「ブラ……ンシュ……。もう……止めろ」

片腕を無くし、左半身が焼けただれたケイレブが、真っすぐにボスワース辺境伯を見つめながら静かに声をかける。

「もう……いいだろう？　……終わりに……しよう」

「ケ……イレブ……さん？」

ケイレブが、私の方を向いて微笑む。

それはとても静かで穏やかな……初めて見る表情だった。

そうして、ゆっくりとボスワース辺境伯に近付いていくケイレブの目には、目の前にいる男への愛情と悲しみが湛えられていた。

だがケイレブの身体が、ボスワース辺境伯により吹き飛ばされる。

「――！　ケイレブさん!?」

途端、覚えのある『圧』に身体が晒され、思わず呻き声を上げた。

何とか顔を上げ、見つめたボスワース辺境伯の瞳は野獣のようにぎらつき、先程の静けさは欠片も残ってはいない。

今ここで捕えられたら……。自分もこの場に居る人達も全て、命を失ってしまうだろう。

『駄目だ……！　この人にはもう……罪を犯してほしくない……!!』

だがこのままでは……。せめて、彼を止める手段があれば……。

――その時、脳裏にある映像が浮かんだ。

数年前、訪れたダンジョン。

暴れるクリスタルドラゴンを搦め捕り、動きを拘束した樹木の檻。あれを再現する事は出来ないだろうか？

だけど私の魔力は、パト兄様の為にワーズに渡してしまったから、あまり残っていない……。

そうだ！

自分の魔力が足りないのなら、大気に在る『魔素』を応用すればいいのではないかと思い至る。

どのみち、後は無い……。兄様方を……殿下方を守る為にも、必ず成功させる!!

圧が強まる中、私は目を閉じ、意識を集中させた。

『エレノア。大気中の魔素を集めるのには、イメージが大切なんだよ』

脳裏に、いつかの優しい声が響く。

『何故かって？　魔素は普通では目に見えないモノだからだよ。イメージし、具現化して感じやすくするんだ。これは魔法を使う時にも必要なんだ。……さあ、やってみようか？』

セドリックに言われた言葉を反芻しながら、私は大きく息を吸い込む。

そして種から芽を出し、若木となり、緑葉を茂らせ巨木となっていく樹々をイメージしていく。

――今、この場には焦土と化した大地が広がっている。

だけどそれは、炎が大地の表面を撫でただけ。大地は……自然はそのような事では揺るがない。

灼熱の光が降り注ごうとも、永久凍土の氷に覆われようと、母なる大地に草木は根を下ろし、水を……風を……柔らかな日差しを得たその瞬間、命は再び芽吹く。

生命の息吹を放ちながら……。

「――ッ……！」

私自身の魔力が抜け出ていく感覚に、軽い眩暈を感じ、地面に膝を突く。

『やっぱり……。無理……だった……？』

思えばセドリックとの修行でも、上手く魔素を集められた例がなかった。なのに急にやろうと思っても、成功するわけがなかったのだ。

『ごめんなさい……みんな……。……女神様！　もし……貴女が存在するのなら、どうかここにいる人達全てに、貴女の慈悲を……！』

霞がかる意識の中、心の中でそう呟きながら、固く目を閉じる。

……だから、私は気がつけなかった。

大気中の魔素が集まりだし、それが淡い光の文様となって、自身を守るように包み込んでいた事を。

「…………？」

温かい何かに包み込まれているような感覚に、アシュルはうっすらと目を開ける。

そして、自分が柔らかな草の上に横たわっている事に気が付き、愕然とした。

「……え？　ここ……は？」

確か自分は、クライヴと共にブランシュ・ボスワースにとどめを刺そうとして……吹き飛ばされて……意識を失った……はず。

「まさかと思うが……ここって、天国か？」

過去の……主に女性絡みの黒歴史で、てっきり地獄行きかと思っていたから、地味に嬉しい……。

——じゃなくて！

いや、それにしてもこのリアル過ぎる草の匂いと感触。本当にあの世のものだろうか？　それに死んだにしては、何だかやけに身体が痛い……。

「——ッ⁉　クライヴ‼」

顔だけ横に動かすと、そこには満身創痍といった様子のクライヴが横たわっていた。

……うん、やはりここは天国ではなく、現実だ。

『それにしても……アレは一体……？』

アシュルは困惑顔で、目の前の光景を見つめる。何故なら草の蔓が地面から幾つも生え、クライヴの身体を優しく包み込んでいるからだ。

——まるで、癒そうとしているようだ……。

ふとある事に気が付き、恐る恐る自分の身体に目を向けてみると……。

やはりというかクライヴと同じく、蔓が身体を包み込んでいた。

『そうだ……！　ブランシュ・ボスワースはどうなった⁉　エレノアは⁉　オリヴァー達は⁉』

「クライヴ……！　起きろ‼」

「……ッ……。……ア……シュル……？」

返事があった事にホッとしながら、アシュルは未だ力の入らぬ身体を叱咤し、必死に上半身を起こした。周囲の蔓も、そんな自分の動きを邪魔しないよう、そっと身体から離れていく。

見ればクライヴも自分に倣い、ゆっくりとだが身体を起こそうとしている。

だが先程の自分同様、周囲にある蔓に困惑している様子だ。

「アシュル、一体ここは……？　俺達が戦っていたのは、オリヴァーが焼け野原にしちまった、元森だよな？」

「そのはずなんだが……」

そうして周囲を見回し、見つけたのは、異形と化したブランシュだったモノと……そして。

「あ……れは……」

「エ……レノア……!?」

アシュルとクライヴがその光景を目にし、絶句する。

そこには……。

淡い金色の光に包まれ、その周囲に、見たことのない魔法陣らしき文様を浮かび上がらせながら祈る、最愛の少女の姿があった。

異形と化したブランシュがエレノアに迫ろうとするが、魔法陣がそれを阻む。

「あれは……エレノアの魔力……なのか？」

呆然とした様子で、クライヴが呟く。

確かにエレノアの魔力量は、普通の女性達に比べて圧倒的に高い。

だがそれでも、『魔眼』に対抗できるほどではなかったはずだ。

でも実際、エレノアは『魔眼』に支配され、魔人となったブランシュの攻撃を確かに防いでいた。

二人が見守る中、ブランシュが立っている地面が眩く光りを放つ。

するとそこから、自分達を癒してくれていたあの蔓が生えてくる。

ブランシュの鋭い爪が、蔓を次々と切り裂いていく。

だが幾度切り裂かれてもなお、蔓は次々と地面から生え、ブランシュの身体にまとわり付いていった。

そして細かった蔓は、次第に太く硬い樹皮となり、ブランシュの身体を縛る鎖のように絡み付いていく。

「『大地』の魔力……」

ポツリと呟いたアシュルの言葉を聞き、クライヴが何のことかと眉根を寄せた。

「昔……。エレノアがディランに初めて逢った時の事を覚えているかい？」

「あ？　ああ。そりゃあ勿論」

あの時の事は、忘れようとしても忘れられない。

なんせエレノアはあの時魔力を枯渇させ、死にかけたのだから。

「ディランに聞かされていた……。エレノアが暴走するクリスタルドラゴンに向け、放ったとされる魔法が、今僕達が見ている光景と一緒なんだよ。……いや、魔法……というより別の何か……」

そう。その話をディランから聞いた時、脳裏によぎったのが『大地の魔力』と呼ばれる、『土』属性の魔力持ちが稀に宿すとされる、希少属性だった。

――大地に愛され、恵みをもたらすとされる稀有なる力。

「そして、『姫騎士』の称号を受けた聖女が持っていたとされるのが、その『大地』の魔力だ」

「姫騎士……だと!?」

クライヴが驚愕の面持ちで、ブランシュを拘束するエレノアを凝視した。

『……？』

──何だか、身体が軽い……。

フワフワとしたような……軽い酩酊状態になり、うっすらと目を開けると……。そこには、樹木の檻に搦め捕られたボスワース辺境伯の姿があった。

「──！　！？」

一瞬で思考が覚醒する。

魔素が抜けていく感覚に覚悟を決め、目を瞑っていた間に一体何が……!?

「エレノア!!」

突然自分の名を呼ばれ、ビクリと身体を跳ねさせる。

「クライヴ……にいさま……？」

「逃げろ!!　エレノア!!」

「アシュルさま……え……？」

トン……と、首筋に軽い感触を感じた後、私の意識は闇に呑まれた。

「エレノアー!!」

クライヴとアシュルは、すぐさまエレノアの元へと駆け寄ろうとする。

だが、立ち上がろうにも身体に力が入らず、その場に頽（くずお）れてしまう。

ぐったりと力を無くした小さな身体を、ケイレブは片手で優しく受け止め、そっと地面へと横たえると、穏やかな表情で呟いた。

「……君にはいい迷惑だったかもしれないけど……。でもブランシュが愛した女が、君で良かった」

そして静かな眼差しを、樹木の檻に捕らわれたブランシュへと向け、微笑む。

「ブランシュ。僕も後から追い掛けるから、先に皆に謝っておいてくれ。……それと、もし会えたら兄貴にも……ね」

一本しかない手で、いっそ優雅とも言える動きで剣を構えるケイレブと、ブランシュの瞳が交差した瞬間、檻の隙間を縫い、白刃がブランシュの首筋を刺し貫く。

凄まじい断末魔と魔力の奔流が、一筋の光となって天空へと立ち昇り、雲を突き抜ける。

それはブランシュの身体が崩れ落ちていく中、徐々に弱まっていった。

身体が消滅する直前、ブランシュが微かに微笑んだのを見届けると、ケイレブはゆっくりその瞳を閉じた。

彼方の追憶

『ケイレブ。俺はもう、長くはないかもしれない』

『ロレンス!?』

『だから、俺にもしもの事があったら……。あの子を頼む！』

『馬鹿なことを言うな！　ロレンス、お前は大丈夫だ！　僕が絶対にお前を死なせない！　ブランシュからも、父親を奪わせない!!』

『……そうだな。俺にはお前がついているものな……』

そう言って笑っていたのに……。あいつは半月後、近年稀に見る規模の魔物の大量発生（スタンピード）により、命を落とした。

『父上……。私が……『力』を使ってさえいれば……！』

『ブランシュ！　お前のせいではない！　ロレンスの奴が生きていたら、お前の『力』を使って助かった事を、決して良しとはしないだろう！』

父親の墓の前で、呆然とした様子でそう呟いたブランシュに対し、僕はそう叫んだ。

そう、あいつはあんな魔物の大量発生（スタンピード）ごときで死ぬような奴ではなかった。

あいつが死んだのは……きっと……。

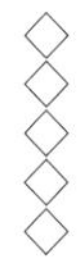

ブランシュの父である、前ボスワース辺境伯のロレンスと僕は乳兄弟だった。

というより領内の豪商の娘が、流れのエルフとの火遊びの末に産み落としたのが僕だったのだ。

母は丁度その頃、乳母を募集していたボスワース辺境伯家に入り、ロレンスが乳離れするまで城で暮らした。

その際、子供を連れてこなかったのは何故かと問われた母は、「子は亡くなった」と話したらしい。

実際のところ、僕は母の生家で秘密裏に育てられていたのだけれども。

本来、男子を養育するのはその父親であるのだが、僕の父親であるエルフは既に旅立ってしまっていたし、母親はユリアナ領の貴族への輿入れが決まっていたから、亜種族とのハーフを産んだ事を知られたくなかったのだろう。

……まあ、もし僕が女として生まれていれば、待遇は違ったのかもしれないが。

そんな訳で、生まれた時から厄介者として扱われていた僕は、十歳の頃に祖父である男に魔物の森へと捨てられた。

たった一人、いつ死ぬか知れぬ飢えと、魔物への恐怖とで震えていた僕を拾ってくれた人達こそ、当時のボスワース辺境伯と、その一人息子であるロレンスだった。

彼らは魔物討伐の訓練をしていて、偶然僕を見つけたのだそうだ。

何故僕がここに居たのか。そして僕が誰なのかを話すと、彼らはすぐに僕を保護し、自分達の城へと連れ帰ってくれた。

同い年であるはずのロレンスは、「お前、俺より小さいから俺の弟な！」と言って、なにくれと面倒を見てくれたし、その父である辺境伯も、僕の事を実の息子のように可愛がってくれた。

僕は血の繋がった連中からは捨てられたけれど、血は繋がらなくとも本当の『家族』を得る事が出来たのだった。

そんな彼らの役に立ちたくて、得意だった魔術の腕を独学で磨き、辺境伯やロレンスに師事し、剣や体術の腕も上げていった。

そして、領内では僕のように、親に捨てられた才能のある子供達を次々と発掘し、育て上げていった。

やがて彼らは、ボスワース辺境伯に絶対の忠誠を誓う魔物討伐部隊となり、『ユリアナの饗乱』の二つ名で呼ばれるほどの最強の魔物討伐部隊となっていったのだった。

　ロレンスと出会ってから十五年近くが経過した。

　その頃には、前辺境伯から地位を譲り受けたロレンスが、立派にユリアナの大地を治めていた。

「ケイレブ！　俺も遂に、心を捧げられる女性を見つけたぞ！」

　そんなある日。

　王都から帰って来て早々、ロレンスは顔を紅潮させ、夢見るような眼差しで僕にそう告げた。

　ロレンスが愛した……後にブランシュの母となる侯爵令嬢は、高い魔力と美貌を持った女だった。

　王家主催の夜会で、ロレンスはその女と出逢い、一目で恋に落ちた。

　そうしてロレンスは、その女に身も心も捧げたのだった。

　その女も生家である侯爵家も、広大な領地を治め、アルバの守護神と誉れ高き辺境伯の筆頭たるロレンスとの縁に乗り気であった。

　中央貴族らしく、辺境に嫁ぐのを嫌がったその女の為に、ロレンスは王都に女好みの豪奢な屋敷を建て、女の望む事は何でも叶えようとした。

　女の気分次第で会う約束を反故にされても、それでもその女を愛し、尽くしていた。……アルバの男の気質そのままに。

　僕は半分だけしかアルバ王国の血が入っていないからか、そんなロレンスの行動には呆れるばかりで、「程々にしておけよ」と、女に袖にされるたび忠告していたが、それでもロレンスが幸せならばと、彼の恋路を見守っていた。

――だが、ロレンスの想いが叶う事はなかった。

女はその美貌と魔力量から、四大公爵家の一つであるノウマン公爵家の嫡男に見初められ、あっさりとロレンスを捨てたのだった。

それでも一途に愛を捧げるロレンスに対し、欲をかいた侯爵家とその女は、ユリアナの地で最も希少鉱物が採れる鉱山の所有権と引き換えに、ロレンスの子を産む事を提案したのだった。

「ふざけんなよ!! ロレンス! もうあんな女の事は忘れるんだ!!」

女と侯爵家のあまりの仕打ちに激高し、女を見限れと散々訴えたが、それでもロレンスはあの女との確かな繋がりを欲し、その要求を呑んだ。

その末に生まれたのがブランシュだった。

尤も後に、王家と四大公爵家の筆頭であるワイアット公爵家が、「国を辺境から守護してくれている辺境伯に対し、あまりに情け知らずで卑劣な行動」と憤り、侯爵家から鉱山の所有権を剥奪し、ロレンスに権利を戻した。

そして王家から不興を買ったとして、その女がノウマン公爵家に輿入れする話は白紙に戻されたのだった。

更にはその侯爵家も、王家や四大公爵家に睨まれ、没落していった。

その顛末を聞いた、僕を含めたボスワース家に縁のある者達は全員、揃って溜飲を下げたものだった。

だが、ロレンスの悲劇はそれで終わらなかった。

ブランシュが五歳になった頃、魔物を狩る訓練を行う為、ロレンスがブランシュを連れ、魔物の生息する森へとやって来た時の事……。

なんと、魔物に怯えたブランシュの『魔眼』が発動してしまったのだった。

魔物と……そして、護衛についていた騎士達全員が、一瞬で絶命する。

幸いロレンスは、僕が咄嗟に張った結界のお陰で無事だったが、自分の最愛の息子が『魔眼』を持っていた事。その魔眼によって、大切な部下達が命を落とした事に、ロレンスは驚きと絶望の表情を浮かべた。


「王家に知らせない⁉」

「ああ……。俺とお前で、ブランシュの『魔眼』に封印を施す。……彼は魔物だけでなく、騎士達の命をも奪ってしまった。王家に知らせれば、きっと処分されてしまうだろう」

あの後。気を失ったブランシュと、亡くなった騎士達の亡骸と共に帰還したその夜、眠るブランシュの枕元で、ロレンスはそう僕に告げた。

「……分かっているのか？　この事が国にバレたら、ボスワース家は終わるぞ！」

「ああ……。それでも俺は、ブランシュに生きていてほしい。家名や地位なんて、どうなったって構わない。俺にとって何より大切なのは、この子なんだ……！」

「ロレンス……」

そうして僕とロレンスは、ブランシュの『魔眼』を封印した。

僕にとってもブランシュは、血は繋がらずとも可愛い甥のようなもの。

父と慕った前辺境伯も既にこの世にはいない。……だから、残された大切な『家族』である二人を、僕も守りたかったのだ。

死んだ騎士達は、強力な魔物の襲撃からブランシュを庇っての殉職という事にし、家族には莫大な見舞金という名の慰謝料を支払った。……そのようなもので、償いになるとは思わなかったけれど……。

そして己とボスワース辺境伯に絶対の忠誠を誓う、『ユリアナの饗乱』に魔眼封じの呪を刻んだのだった。……もし『魔眼』が暴走した時、自分達の手でブランシュを殺せるように。

『魔眼』の事は、ブランシュが十五歳になった時、ロレンスによって真実が告げられた。

「亡くなった騎士達の命を無駄死にさせない為にも、彼らの故郷を、家族を、このユリアナの大地を生涯かけて守っていこう。俺と……お前とで！」

ロレンスは衝撃の真実に涙するブランシュを抱き締めながら、言い聞かせるように、何度もそう口にした。

それから五年後。ロレンスが魔物の大量発生（スタンピード）で落命した時、「自分のせいだ」とブランシュは己を責めた。

そして、まるで自分を罰するかのように、ひたすら己の腕を磨き、魔物を屠り、ことあるごとに小競り合いを仕掛ける隣国を絶対的な力でもって牽制し、ユリアナの大地を守り続けてきたのだった。

……だが、ロレンスを殺したのは……多分、ブランシュの母親である『あの女』だ。

あの女が、痴情のもつれで死んだ事を知った時から、ロレンスの様子はおかしくなった。

剣を振るっていても覇気がなく、日に日に沈み込んでいった。

そうなって初めて、僕はロレンスが未だにあの女を愛し続けていた事を知ったのだった。

そしてその愛は女が死んだ事により、ロレンスの命すらも容易く奪っていったのだった。

エレノア・バッシュ公爵令嬢に心を奪われ、恋い焦がれるあまりに、『魔眼』の封印を解いてしまったブランシュ。

その姿は愛によって死んでいった、大切な『兄』の姿を彷彿とさせた。

そしてアルバの男達にとって、『愛』という感情は、その身を生かしも殺しもする諸刃の剣なのだと思い知ったのだった。

僕の中で、何かが壊れる音が聞こえた。

……いや、本当はロレンスが死んだ時、既に壊れていたのかもしれない。

アルバ王国の歪な愛のありようも、辺境に負担を強いながら、心の中で見下している中央の連中も、己の欲望と快楽を貪り続けるだけの、愚かで放漫な女も……。それに傅き従い続ける愚かな男達も、なにもかも全て壊れてしまえばいい！

……でもその前に……。

唯一であり、この世の誰よりも大切な『家族』が、少しの間だけでもいい。愛する者と共に在ってほしい。

ロレンスが成し得なかった幸せを、仮初でもいいから……。

『魔眼』にゆっくりと侵食されていくブランシュを見ながら、僕は信じてもいない女神に対し、そう願った。

新たなる戦場へ

「……おっし！　これで動けるようになった！　聖女様、感謝します！」

治療を受けた後、眩しい笑顔でそう言うなり立ち上がったグラントを、アリアは慌てて制止した。

「オルセン将軍！　まだ完全に治った訳ではありませんよ？　傷ついた内臓は完全に治しましたが、損傷した筋肉や骨は、治ったとしてもまだ脆い状態です。無理をすれば再び……」

「あー、大丈夫です！　無理しない代わりに、助っ人何人か連れて行きますんで！」

「……はい？　助っ人？」

「おーいディラン！　いつまで腑抜けてやがる！　そろそろシャッキリしやがれ!!」

不思議そうな顔をするアリアを尻目に、兄アシュルの裏切り（？）に遭い、取り残されて呆然としているディランの背中を、グラントが蹴り飛ばした。

「どわっ!!　な、なにすんだ師匠!?」

「お前、戦場があっちだけだとでも思ってんのか？　あいつらがもし負けた時の為に、俺らも動くぞ！」

「負けた時の為……って、まさかユリアナ領!?」

「そうだ。いざって時の為に、ちょいと制圧しておかねぇとな。って訳で聖女様、こいつと、ついでにヒューバードの奴をお借りします」

「え？　えっ⁉　か、借りるって……」

「……私はついでですか……」

グラントの言葉に青ざめ、動揺しているアリアの傍で、護衛をしていたヒューバードがグラントに対してジト目を向ける。

「それにしても……。いざという時の為ですか。……そんなことを、よりによって聖女様の目の前で口に出来るのは、本当に貴方ぐらいですよ」

「何だ？　こんな非常時に、不敬だなんだは聞かねぇぞ？」

「そのような野暮な事、当然言いませんとも」

ヒューバードの言葉に、グラントがニヤリと笑う。

だがその瞳は少しも笑ってはおらず、冷徹な光が宿っている。

『いざという時』とは考えたくもないが、オリヴァーやアシュル達に『何か』があった時の事だ。

そうなってしまえば、エレノアはボスワース辺境伯の牙城である、ユリアナ領へと連れ去られてしまうだろう。

確かにグラントの言う通り、その時の為の布陣は敷いておかねばならない。

「だが師匠、今からユリアナ領に行こうとしたら、いくら全速力で馬を駆っても二日はかかるぞ⁉」

「そうです、オルセン将軍。ここはひとまず王宮に赴き、宮廷魔導師団に転移門を構築させた方が……！」

本来であるなら、宮廷魔導師団長であるメルヴィルがその役目を担うのであろう。

だが彼の傷は出血量が酷く、聖女の『癒し』で傷は治せても、失った血液は元に戻せなかったのだ。

そのような状態で、緻密で魔力量を多く使う『転移門』の構築は、事実上不可能であった。

「それだって、半日はかかるだろうが！　んなまどろっこしい事してられっか！　今すぐ向かうぞ！」

「だーかーら！　今から行っても何日も……」

そこまで言った直後、グラント達の居た周囲一帯が急に暗くなる。

まだ日が高いというのに、まるで夕暮れのようだ。

「な、何だ!?」

「ディラン殿下！　真上!!」

ヒューバードの叫び声に頭上を見てみると……。なんとそこには、いつの間にか超巨大な竜が浮いていたのだった。

「ポチ！　人の居ない場所にゆっくりと降り立て!!」

グラントの一喝に、巨大竜はまるで重さを感じさせない優雅な動作で、音もなく中庭へと降り立った。

当然というかその巨大な体躯により、中庭に植えられていた樹木や花々は無残に踏みつぶされてしまってはいたが、人間が踏みつぶされるよりは遥かにマシであろう。

「し……師匠……？　こ、この竜は……!?」

「オルセン将軍。ひょっとしてこれが、貴方の使い魔である『古竜（エンシェントドラゴン）』ですか？」

「「「古竜（エンシェントドラゴン）！！？」」」

ディランを含めた、その場の全員が一斉に驚愕の声を上げる。

『古竜（エンシェントドラゴン）』とは、数千年の時を生きたとされる、竜種の王とも言うべき存在だ。

滅多に人前に現れない、伝説の竜が目の前に……。しかもそれが『使い魔』とは……。

「おう！　俺の相棒のポチってんだ！　ってか、そんなことはどーでもいい！　さっさと行くぞ！」

『『『いや！　それ、どうでもよくないから!!』』』

その場の全員が、心の中でツッコミを入れる。

どこの世界に、一国を滅ぼすともされる古竜(エンシェントドラゴン)を使い魔にする馬鹿がいるのだ!?　有り得ないだろ!!

『ってか、どうでもいい事だけど、『ポチ』が名前!?』

『竜なのに、名付けがあまりにも適当過ぎないか!?　犬や猫じゃないんだぞ!?』

『どう見ても似合わない……。なんか可哀想……！』

その場の多くが、グラントのネーミングセンスに心の中でツッコミを入れ、そして古竜(エンシェントドラゴン)に同情の眼差しを向けた。

古龍の表情もなんとなく達観しているように、その場の者達には見えた。

「オルセン将軍！　俺も一緒に連れて行ってくれ!!」

「グラント様！　僕も一緒に！　……どうか……!!」

「リアム殿下。それにセドリック。お前らもか？　……ちゃんと戦えんだろうな？」

「当然だ!!」

「僕の命に代えても!!」

「お、お待ちください、リアム殿下！　貴方まで行かれては……！」

流石にヒューバードが待ったをかけた。

このままいけば、王家直系全てが、危険な前線に赴く事になってしまう。

敵の能力も情勢も定かではない今、もし王家直系全てに『万が一』の事があったら……。

「おいおい、ヒューバード！　野暮な事言ってんじゃねぇよ！　愛しい女の為に命をかけてこそ、アルバの男だろうが！」

「オルセン将軍！　あんたは黙っててください!!」

「流石は師匠！　その通りだぜ!!」

「あんたはもっと黙ってろ!!」

グラントの言葉に対し、嬉々として賛同する脳筋馬鹿に、ヒューバードは青筋を立てながら怒鳴りつけた。

しかし……。確かにグラントの言う通り、それこそがアルバの男である。

だがそれ以前に、彼らは王族なのだ。

当然制約があってしかるべき立場なのである。……まあ、アシュルの行動からして分かる通り、この国の王族こそが、最もアルバの男らしい気性をしているのだけれども。

「んじゃヒューバード。お前がこいつら、しっかり守ってろ！　出来るよなぁ？　出来なかったら、お前の大好きなエレノアが泣いちまうぞ？」

「……一度あんたとは、とことん語り合った方が良さそうですね……」

「おう！　ことが終わったら、存分に付き合ってやるぜ？　勿論、拳でな」

飄々としたグラントの態度に、ヒューバードは深い溜息を落とした。

それを合図に、グラントがポチこと古竜（エンシェントドラゴン）の背に飛び乗ると、ディラン達も次々とそれに続いた。

「総帥！」

王家の『影』である証しのローブを身に着けた男が、ヒューバードに声をかける。

「マテオ、お前はここに残れ。いずれ戻る副総帥（マロウ）と共に、聖女様とバッシュ公爵様をお守りし、王宮へとお連れするんだ！」

「――ッ！」

耳元で囁かれたヒューバードの言葉に、マテオは一瞬言葉を詰まらせる。ヒューバードは、そんな弟の頭に優しく手を乗せた。

「安心しろ。お前の大切な方々は、我らが必ずお守りする！」

マテオは古竜（エンシェントドラゴン）の背に乗るリアムを見上げた。

自分と目が合わさった瞬間、強い決意を浮かべた表情で頷く大切な主君の姿に、マテオはギュッと拳を握りしめ、深々と首を垂れる。

「……はい、兄様。……どうか、宜しくお願い致します！」

――誰をとは口にしない。

だが、その言葉に込められた全てを理解し、ヒューバードは力強く頷いた。

「あ、ちょっと待って！」

アリアが急いで、古竜（エンシェントドラゴン）の背に乗っている全員に『祝福』と『加護』を与えた。

「……どうか無事に帰って来てね。そしてエレノアちゃんを……お願い！」

「分かった！　お袋、行って来る!!」

「ごめんなさい母上！　……行ってきます!!」

「……いーわよ。どうせ止めたって、貴方たち行っちゃうんだもん。分かってんのよ」

はぁぁ……。と、諦め切ったように溜息をつくアリアに、息子二人は冷汗を流しながら視線を逸らした。

「セドリック。無理をしてでも頑張るように！」

「はいっ！　父上!!」

そしてこちらの親子は、やり取りが非常に過激である。

「そんじゃあな、アイザック！　後のことは頼む！」

「ああ、分かった。……どうか、皆無事で……！」

それぞれに別れの言葉を告げた後、古竜(エンシェントドラゴン)はその場からフワリと宙に舞い上がると、物凄いスピードで飛び去って行ったのだった。

番外編

とある伯爵令嬢の呟き

私の名はララ・マーリン。マーリン伯爵家の一人娘でございます。

突然ですが私、エレノア・バッシュ公爵令嬢が嫌いでした。

ええ。それはもう、憎んでいると言っても過言ではありませんほどに。

でもそれは当然の事かと思われます。

世の女性であれば憧れずにはおれない、オリヴァー・クロス伯爵令息のみならず、弟君であらせられますセドリック・クロス伯爵令息。そしてクライヴ・オルセン子爵令息。

最上級クラスの殿方達全てを婚約者に持つ。

それだけでも分不相応であるにもかかわらず、あろうことかリアム殿下までをもあのように侍らせるなど……。まさに女の敵と呼ばざるを得ない存在だったのですから。

しかも有り得ない事に、この学院の殿方達の多くは、彼女に対して非常に好意的なのです。

更には信じられない事に、あの女性嫌いの第三勢力の方々までもがです。本当に、有り得ません。

どうなっているのでしょうか。

これも彼女のあの、見境なく殿方に媚びる手法によるものかと思うと、許せないという気持ちが心の中で嵐を巻き起こすのでございます。

――そしてある日を境に、学院の雰囲気は一変いたしました。

あの、乱暴で恥知らずな獣人王国の留学生達が学院を去った後、何故か殿方の誰もが、夢を見るような面持ちで、バッシュ公爵令嬢の事を熱く語るのでございます。

婚約者のお一方から事情を伺いましたところによれば、なんとあの傍若無人な獣人王国の王女方を、あろうことかあのバッシュ公爵令嬢が、決闘で打ち負かしたというではありませんか！

そんな馬鹿な……と、私は信じておりませんでした。

ですが王家からの正式な発表で、私はそれが真実である事を知ったのです。

それからは、誰も彼もがバッシュ公爵令嬢の事を『姫騎士』と呼び、更には今まで私に愛を請うていた殿方達が皆、私の元から離れていったのです。

勿論、婚約者の方々は私の元から去りませんでした。

ですが彼らも口々に、あの戦いの様子を熱く語り合うのです。

更にショックな事に、久し振りに見たバッシュ公爵令嬢の姿は、以前のようなお世辞にも可愛らしいと言えない容姿から、非常に愛らしい姿へと変わっていたのです。

それを見た瞬間、私は私の持っていた女としての矜持が、足元から音を立てて崩れたような衝撃を受け、心は千々に乱れたのでございます。

転機が訪れたのはその後、割とすぐの事でございました。

他のご令嬢方に誘われ、私は婚約者のお一人と、リアム殿下のクラスの実技授業を見学しておりました。

ええ。という事は当然と言うべきか、バッシュ公爵令嬢も参加するという事で……。

――ですがその時目にしたバッシュ公爵令嬢の姿は、ある意味未知の衝撃とでも言うべきものでございました。

なんと、豊かに波打つヘーゼルブロンドの髪を綺麗に結いあげられ、体操服にしては人変に可憐な……それでいて騎士の方々が纏うような、凛々しい服装に身を包んでいらっしゃったのです。

普段、ご令嬢方が着る服装のどれもが当てはまらない、バッシュ公爵令嬢のその出で立ちに、私の胸は不覚にも高鳴りました。

でも驚きはそれだけではありませんでした。

なんと、彼女はオルセン子爵令息と剣で打ち合いを始めたのです。

煌めく白刃。しなやかに動き回る肢体。

その無駄のない動きとは対照的に舞っているかのような美しい所作に、いつしか私も他のご令嬢方も、周囲の殿方達同様、息をするのも忘れて魅入ってしまっておりました。

その後、私はどのようにカフェテリアに移動したのか、よく覚えてはおりません。

気が付けば席に座って、婚約者のお一人からお茶を勧められていたのでございます。

私は思い切って、彼に決闘の時のバッシュ公爵令嬢の様子を聞いてみました。

いえ、決して彼女に興味が湧いたとか、そういう訳ではございません。ただ、ちょっと……気になってしまっただけなのです。

「……これを……」

すると婚約者の方が、おもむろに一冊の本を私の目の前に差し出されたのです。

その本の表紙を見た瞬間、大変不覚にも、私の胸は最大級に高鳴りました。

だってその本の表紙には……。騎士服（のような……ドレス？）に身を包み、剣を手に凛々しく立つバッシュ公爵令嬢の姿が描かれていたのですから！

私はその本……『現代に蘇った姫騎士〜守るべきものの為に〜』を手にし、中身を読み始めました。

その息つく暇もない、まるで自分がその場で決闘を観戦しているかのような見事な文章力に、どんどん引き込まれていきます。

そして……ああ！　何ということでしょう！

所々に入っている美麗な挿絵に、私は心を撃ち抜かれてしまったのです。

読み終わった後、不思議な充足感と幸福感が私を包み込んでいるのを感じました。

そしてそんな私を見て、婚約者の方は強く、深く頷かれたのです。


——その日を境に、彼……というか、婚約者の方々と私は『同志』となりました。

そう……。男とか女とか、そういう次元を飛び越え、『姫騎士』という尊い存在を崇め称える同好の士として、私達は魂の結びつきを得たのでございます。

あの時。私と共に、バッシュ公爵令嬢の雄姿を目の当たりにしたご令嬢の方々も、婚約者や恋人の方々に導かれ、次々と目覚めていっておられるようです。

そうこうしている今も、美しい婚約者の方々と戯れる『姫騎士』の姿を憧れをもって見つめる、隠れ信者のご令嬢方を確認いたします。

そして、『姫騎士』という共通の話題を重ねているうちに懇意となり、新たなる婚約者や恋人となる方々もお見受けしております。

かくいう私も、婚約者の方々との会話が楽しくて仕方がありません。

それに、今迄知らなかった方々のご趣味や特技などを知り、色々な世界が目の前に開けたような、そんな気が致しております。

私は今度、人生初の乗馬を筆頭婚約者の方と練習するお約束を致しました。

折角ですので、憧れの『姫騎士』に少しでも近付けるように頑張りたいと思います。

——さて、そろそろ移動するとしましょうか。

どこへって？　ああ。今日は午後から、バッシュ公爵令嬢のクラスで実技の授業があるのです。

今から移動しなくては、絶好の鑑賞ポイントが無くなってしまいます。

え？　何故侍従に場所を確保させないのかと？

最近では、侍従では返り討ちに遭って、場所が奪われてしまうからです。

場所取りは戦場なのでございますよ。

あ！　他のご令嬢方も動き出しましたね。私も急ぐと致しましょう。

今日の実技は格闘技とのこと。非常に楽しみです。

書き下ろし

姫騎士同好会の爆誕

「ああ……素晴らしい！　本当に、このような奇跡が起こるなんて……！」

夕暮れ迫る人気のない回廊を、未だにフワフワと夢見心地で歩いていく。

僕の名は、ベイシア・マロウ。

王立学院で攻撃魔法を担当する教師の一人だ。

……だが、それはあくまでも世間様にお見せする表の顔で、僕の本当の姿は、王家直轄の『影』の副総帥である。

マロウ家は爵位こそ持たないが、現総帥であるヒューバード様の生家、クライン子爵家に代々お仕えする従士の家系だ。

僕はヒューバード様と年が近かった為、彼の従士として選ばれ、幼い頃より共に成長していった。

そして、ヒューバード様がまだ十代前半の頃。

その当時、『影』の総帥だった彼の祖父、ギデオン・ワイアット宰相に、『影』としての素質を見出され、ワイアット公爵家にて修行される事となったのである。

当然というか、僕も従士としてヒューバード様に付いて行った……のだが、何故だか僕の方まで「こいつも才能がある」と、ワイアット宰相に見出されてしまい、ヒューバード様もろとも、過酷な修行の日々を送る羽目になってしまったのだった。

別に『影』になりたかったわけでもなかった僕は、命懸けで行われる修行の日々に、ちょっぴり敬愛する女神様を呪った。

まあその結果、対峙した相手を攻撃魔法で屈服させ、心身共に踏みにじる事に快感を見い出すという、己の隠された性癖に気が付けたので、今では僕を見い出してくださったワイアット宰相に対し、心の底から感謝している。

逆にワイアット宰相は、「人選間違えた」と頭を抱えていたらしいんだけど、そこらは女神様の采配だったと思い、諦めていただきたいところだ。

◇◇◇◇◇

「お前、暫く王立学院で教師やってこい」

『影』として経験値を積み、ヒューバード様は総帥の座を。僕は副総帥の座をそれぞれ拝命して、暫く経ってからのこと。

何故か突然、前総帥であるワイアット宰相によって、僕は王立学院へと放り込まれた。

「第一王子のアシュル殿下が学院に通われるから、教師の立場で潜入し、お守りするように」というのが理由だそうだ。

だが多分これ、前回の任務で間者を必要以上にぐっちゃぐちゃに甚振(いたぶ)ったから、それに対しての罰だろう。うん、ようは左遷だな。まあいいけど。

僕の座右の銘は、「川の流れに抗わず」である。

人生、無暗に荒波に逆らうより適当に流された方が楽だし、思いがけず楽しい事に巡り合う時があるからだ。

まあ、ヒューバード総帥からは、「なにが抗わずだ！　『これはやるんじゃないぞ⁉』って命令にだけ、全力で抗いやがるくせに‼」と、よく文句を言われているけど。

だがそれは違う。

もう一つの座右の銘、「全身全霊で趣味を全う」を忠実に実行していると、結果的に抗う事になっちゃうだけなんだよね。

で、総師にそれを正直に伝えたら、手加減無しでぶちのめされた。

ちょっとお花畑が見えて、綺麗なお姉さんが手招きしていた気がするんだけど……。ひょっとしてあれ、女神様だったのかな？

そういえば、王立学院の教師になった事を父親に伝えたら、「遂に見限られたか……」と、ガックリ肩を落としていたな。

「この家も、私の代で終わりか……」と涙を流していたから、「大丈夫！　左遷させられただけだから！」と言ったら、僕をぶっ飛ばした後に、腰を痛めて寝込んでいたっけ。

やれやれ。父さんも若くないんだから、無理しちゃダメだろう。……なんて思っていたら、クライン家から山のようなお見舞いを頂いたそうだ。総師が手を回したのかもしれない。後でお礼を言っておこう。

まあ、それはともかく。

そんな訳で、左遷された王立学院では、まんま攻撃魔法を生徒に教える事になったんだけど、これがまた……凄く楽しい！

やはり、王立学院に通う生徒は皆揃って優秀だし、たまに光る原石のような奴もいる訳で、そんな奴を『教育』という名の下、存分に甚振るのは非常に心が躍った。

しかも、叩き落としても叩き落としても、上位者ほど食らいついてきやがる。……まったくもう、たまんねぇ！

まあ、たまに「やり過ぎ！」って、学院長に怒られる事もあるんだけど、「生徒の成長の為」と言えば、「壊すな！　そして殺すなよ⁉」で終了。

王立学院……。僕が言うのもなんだけど、えげつないとこだよなぁ。

勿論、『影』の副総帥であるこの僕が、壊したり殺したりなんて勿体ない事をするわけがない。ちゃんと瀕死一歩手前まで加減する。ついでに、「こいつ、才能ありますよー」と、総帥に報告しておく。

最近では、「『影』より教師の方が合ってるんじゃないのか？」と、総帥から言われるようになった。

うん、僕もなんかそう思う。

しかも教師だから、王家直系にも堂々と手加減なしに攻撃魔法をぶっ放せるのが、またいいんだ。

趣味と実益を兼ねた教師の仕事、最高！

まあでも、初日に手加減なしでアシュル殿下に攻撃魔法をぶっ放したら、その日のうちに王宮に呼び出され、総帥に半殺しの目に遭わされたけどね。

確かにアレは不味かったかもしれない。というか、よく『影』をクビにならなかったなって思う。

まあ、クビになったら本格的に教師の仕事に専念するからいいんだけど。取り敢えず半殺し程度で済んで良かったと、女神様に感謝しておくとしよう。

「いや〜、それにしても本当に、バッシュ君は素晴らしいなぁ！」

彼女が十歳の時、王宮でやらかしてくれたアレコレをマテオ経由で聞いて知っていたので、実は彼女の事は入学当初から気になっていた。

それゆえ、入学後は担任の立場をフルに利用し、目の前で彼女の観察をしていたのだが……。

入学式での騒動に始まって、普通のご令嬢らしからぬものの考え方や言動。更にはいつも体操着を着て、野外実習を羨ましそうに眺めていたりする姿も、全くもって見ていて飽きない。

見た目は……まあ、アレだけど、なんでかそんな事全く気にならないくらい、凄く可愛らしいし。

そのうえ、あの女嫌いのマテオまでをも懐柔してしまったのだ。うん、あれには正直ビックリした。

そんな規格外な少女、僕が気に入らないはずがない。流石はあのオリヴァー・クロスとクライヴ・オルセンが溺愛する婚約者だ。

そのお気に入りであるエレノア嬢を、獣人王女達に潰されそうになり、心の底から憤慨したものだったが、蓋を開けてみれば彼女の独壇場だった。

あの戦いっぷり。騎士のように凛とした、神々しいあの態度。しかも素顔といったら、まさに天使のように美しく、愛らしくて……。

そんな彼女がシャニヴァの王太子を一喝した時など、衝撃と興奮で全身が粟立った。

彼女は間違いなく、僕が理想とし、ずっと追い求めていた『姫騎士』の生まれ変わり……いや、『姫騎士』そのものだ！

ああっ！　あの蔑み切った眼差しを向けられながら、無情に踏みつけてもらいたい……!!

どうやら僕は、加虐趣味だけでなく、被虐趣味もあったようだ。

まあ、被虐趣味の方は相手を選ぶようだけどね。

でもそれを総帥に報告したら、「今ここで、お前を永遠の眠りにつかせた方が、世の中平和になるのだろうか……？」と、ブツブツ呟いていた。いや、今は死にたくないので止めてください。

ところでその『姫騎士』は今現在、決闘の後遺症により、意識不明で床に就いている。

……おのれ獣人共！　我が崇拝するお方をあのような目に遭わせおって……。許さん!!

なので、獣人達への尋問という名の拷問には是非とも参加したかったのだが、「お前だと、絶対に殺すから駄目だ！」と、ヒューバード総帥に却下を食らってしまった。……無念だ。

同じ理由で、フィンレー殿下も尋問に参加出来ないそうだ。全くもって残念極まる。

我が愛する姫騎士を嬲った輩など、散々痛めつけた挙句、廃棄処分で丁度良いと思うのだが……。

「ん？」

ふと、通り過ぎようとした教室横の準備室に、複数の人の気配がして立ち止まる。

変だな。今は臨時休校中なのだが……。

「お〜い、誰かいるのか〜？」

勢いよくドアを開け、声をかける。すると、「うわっ！」と、焦ったような声が上がった。

ひょっとして獣人兵の残党かと思ったが、残念ながら生徒達だったようだ。

……ん？　あれは……五年生か？

彼らは何やら、机に広げていたものを慌てて仕舞おうとしていた。

なので素早く阻止し、それを手に取ってみる。

「――ッ!!　こ……これは……!!」

ソレを見た瞬間、僕は目を極限まで見開いた。

そのあまりの衝撃に、雷が脳天から足元にかけて突き抜けたような錯覚に陥ってしまう。

僕が手にした用紙に描かれていたもの……。

それはあの日あの時、たった一人で獣人王女達に立ち向かい、勝利した『姫騎士』であったのだ。

「これは……。誰が描いたんだ⁉」

「……わ、私です……」

おずおずと、生徒の一人が手を挙げた。

「あっ、あの……！　僕達、バッシュ公爵令嬢の戦う姿が忘れられなくて……！」

「そ、そうなんです！　それで、えっと……。仲間内で語り合っているうちに、あの戦いの記録を残せないかと思って……。で、どうせだったら、小説風にと……」

「だったら、あの雄姿も残したいよね！　って事になって……私が絵を……」

生徒達の弁明を聞きながら、僕は文字が綴られた用紙の方も確認する。

するとそこには、実際に見ていた者でしか書く事が出来ないであろう、臨場感と躍動感に溢れた素晴らしい物語が綴られていたのだった。

――僕の中で、天啓が閃いた。

「マ、マロウ先生！　どうかこの事は、ここだけの話に……！」

「お、お願いします！　特にクロス生徒会長には……！　オルセン先輩にも……。こ、これが知られたら、僕達の命が……!!」

「……そうだねぇ……。条件次第では、黙っていてあげるけど？」

僕の言葉に、その場にいた生徒達に緊張が走る。

やがてその中の一人が、ゴクリ……と喉を鳴らしながら、意を決したように唇を開いた。

「な、なんですか？　その条件って」

「……僕はこれから、『姫騎士同好会』を設立する。ついては君達もその同好会に入会してほしい。そして共に、この素晴らしい記録と絵を広報誌にし、広めていこうじゃないか!!」

生徒達がポカンとした顔をしている。が、今はそんなこと、どうだっていい。

そう……。僕はついさっき、自分が女神様に与えられた使命を確信したのだから。

僕の使命……それは、この世に蘇った『姫騎士』の素晴らしさを、世に広めていく事。

そして同志達と共に、姫騎士を影になり日向になり敬い、お支えしていく事だ。

初めは戸惑っていた生徒達も、僕の考えを熱く語るにつれ、次第に共感していく。

そして同志として共に支え合い、姫騎士に尽くしていく事を、固く誓ってくれた。

「よしっ！　では我々の最初の任務だ！　これらを、わが同好会の聖典(バイブル)に定め、至高の一冊を作り上げようではないか!!」

「「「おおーっ!!」」」

『姫騎士同好会』が、産声を上げた瞬間だった。

「あら、アシュル。どうしたの？　それ」
アリアが日帰りの視察を終え、サロンにやって来ると、そこには眉根を寄せたアシュルが、パンフレットのような冊子をパラパラとめくっていた。
「ああ、母上。……いえね、なんかマロウが『姫騎士同好会』なる、訳の分からない怪しい会の教祖になっていたとかで、ヒューバードが彼をぶちのめした後、証拠品として、これを持って来たんですよ」

「あらまぁ！　……ちょっとそれ、私にも見せてくれる？」

「ええ。怪しい書物ではありませんでしたので、どうぞご覧になってください」

――三十分後……。

「これは……不味いわね」

会報を読み終えたアリアは、溜息をつきながら冊子を閉じた。

「どこがですか母上？　確かに本人に了解も得ず、こんなどうしようもないものを……とは思いましたが、当事者として言わせていただければ、実に完成度が高い内容かと思いましたが」

「だからこそ……よ！」

クワッとアリアの目が見開かれた。

「まさかこの世界に、『薄い本（同人誌）』が誕生するなんて!!　いいことアシュル！　もしこの冊子が密かにバズってしまったら、オタクの欲望に火を付けることになりかねないわ!!　史実を基に、そのままの内容を書くのならばいい……。でも……でもね!?　オタクの萌えと想像力と欲望に限界はないの！　そう……。例えば、このお話から派生した妄想が巡り巡って、『くっ！　殺せ！』のような欲望を滾らせた、新たなる物語を作り上げてしまったりするのよ……!!」

「……済みません母上。母上の仰っている内容が、半分も理解出来ません」

「大丈夫よアシュル！　これが理解出来たら、寧ろ恐いから!!」

そんな恐い内容を、何故母上が知っているんですか!?　と、心の中で叫んだアシュルは、アリアによって、薄い本の定義と、例として『くっコロ』が説明された。

その結果……。

「……そ……そんな……！　な、なんて恐ろしい……!!」

一を聞いて十を知るアシュルは、オタクと萌えの恐ろしさを正しく理解し、顔面蒼白になった。

「でしょう!?　このまま放置していたら、間違いなく（妄想上で）エレノアちゃんが、あらゆる欲望の餌食にされてしまうわ！　というより、そっちの方が『真実だった』と認識されてしまうかもしれない……」

ここでアシュルの目が驚愕に見開かれた。

「エ、エレノアが!?　……ッ！　だ、駄目だ！　エレノアを汚すなど、断じて許されない!!　というか、そんな事になったら、オリヴァーとクライヴが発狂する!!」

いや、それだけではなく、バッシュ公爵勢全てが発狂してしまうだろう。ついでに自分も発狂する自信がある。

折角、シャニヴァ王国から完全にこの国を守ったというのに、その立役者であり、自分が心から愛するエレノアの尊厳が汚されるなど、本末転倒なんてものじゃない。

「こうなったら母上……。この本を作った生徒達とマロウを消しますか？」

「アシュル、落ち着いて！　というか、恐いこと言うのは止めてちょうだい！　……それに、たとえ目に見えるオタクを潰しても、同類は次から次へと生まれてくるの。……そう。一人いたら、その背後に百人いると思わなくちゃいけないわ」

自分自身（オタク）を、某台所害虫に例える母。そしてそんな母の発言に対し、アシュルが悲痛な表情を浮かべた。

「そんな……！　あのマロウが百人も⁉」

コクリ……と頷く母に対し、アシュルは再び顔面蒼白となった。

「で、では！　僕達はどうしたらエレノアを護れるのですか⁉」

「……一つだけ、方法があるわ」

「──ッ！　そ、それは、どのような⁉」

「コレを『公式』にしてしまうのよ！」

「『公式』……ですか？」

またよくわけの分からない事を言い出す母に、アシュルは冷汗を流しながら首を傾げた。

「そう！　王家監修の下、これを『真実の書』として公表してしまえば、後から類似本が出たところで、『妄想乙！』で済ませる事が出来るわ！　なんてったって、『公式』はオタクにとっての『神』なの！　ついでに姿絵とかグッズも公式の名で展開して、パクリ商法につけ入る隙を与えないようにしましょう！」

……やはり、母上の言っている事が全然理解出来ない……。

だが、この母がここまで力説するのだ。多分きっと、母の言う通りにするのが正しい事なのだろう。

そう、アシュルは無理矢理納得した。

だがそうなると、新たなる問題が発生する。

「あの恥ずかしがり屋のエレノアが、こんな自分を神聖化するような本、発行するのを承知しますかね？　それにバッシュ公爵家……特にオリヴァーがこの本の存在を知ったら、絶対に書籍にする事を妨害しそうなのですが……」

なんせ、あんな格好（ドブス化）をさせてまで、エレノアの事を他の男達（というか、王家）の目から隠してきた連中なのだ。そんな彼らが、こんなエレノアの信奉者を量産してしまうような本の発行を許可するとは思えない。

「そうねぇ……。まあ、エレノアちゃんは私と同類っぽいから、薄い本の説明をすれば分かってくれるとは思うけど、問題はオリヴァー君達よね……」

う～ん……と、悩んでいたアリアだったが、冊子を再び手にしたアシュルが、何かを思いついたように薄く微笑んだ。

「大丈夫ですよ母上。僕に良い考えがあります」

「――ッ!?　こ、これは……!!」

「どうした、オリヴァー!?」

「オリヴァー兄上!?」

「……い、いや……。ちょっとこれ、君達も見てくれる?」

その後、バッシュ公爵家に一冊の本が届けられた。

それはなにかというと、『現代に蘇った姫騎士～守るべきものの為に～』の見本誌である。

獣人王女達との戦いを目撃していた者達（姫騎士信者）の記憶を基に作成されたその本は、内容もさることながら、表紙や挿絵に描かれたエレノアの躍動感溢れる美しさに、バッシュ公爵家の面々は憤るよりもなによりも、一発で魅了されてしまった。

そして説明を求め、急遽登城したオリヴァー達に対し、アシュルは極上の笑顔を浮かべながら、こう告げた。

「君達、この本の表紙を描いた生徒に肖像画を依頼したんだってね？」

「――ッ！」

そう。実はオリヴァー、本の最後に記された挿絵画家である生徒の名を知り、王城に赴く前に、その生徒の許へと突撃していたのだった。

「悪いね。彼とは王家と専属契約をかわさせてもらったから」

王家に先手を打たれた事に、内心歯噛みするオリヴァーだったが、王城であることを踏まえ、グッと堪える。

「そ、それはどうでもいい事です！　我々がここに来たのは、この書籍の説明をしていただきたくて……」

「……ねえ。もしも君達が欲しがっていた肖像画、特別に描かせてもいいよ……って言ったら、どうする？」

「――!!」

束の間、沈黙が双方の間に流れる。……そして、その沈黙を断ち切るべく、最初に口火を切ったのはオリヴァーだった。

「我々は……どうすればよろしいのですか？」

「ふふ、話が早くて助かるよ。なに、簡単なことだよ。この本を王家が『公式』として販売することを、君達に認めてもらいたい。ただそれだけさ」

アシュルの悪魔の囁きに、オリヴァーを筆頭に、バッシュ公爵家の面々は全て陥落し、同人誌（薄い本）は遂に公式（王家）へと昇りつめたのだった。

ちなみにだが、存在が発覚し、解散を余儀なくされた『姫騎士同好会』はというと、マロウによって何度潰されても復活し、非公式だというのに会員が増え続けていった結果、こちらも（やむをえず）公式として王家から承認される事となったのである。

アシュル曰く、「見えない所で暴走されるぐらいなら、目の届くところにいてもらって監視する方がいいからね」……だそうだ。


「……成程。これが『萌え』による妄想の産物か……」

後日、姫騎士同好会と王家の『影』達により摘発された禁書（薄い本）が、アシュルの元へと届けられた。

……まあ、つまりは「くっコロ」的なアレである。

「流石は母上……。こうなる事を予測しておられたとは……！」

とはいえ、摘発数も流石に多くなく、内容も多少際どい部分があるにせよ、まあ……なんとか許容範囲内と言えるものではあったが……。

ただ、その『際どい』部分が、獣人王女達によって、あちこち切り裂かれたりした戦闘服を着たエレノアというところが……。なんともはや、目のやり場に困るものだった。

「コレを描いた者達は？」

「は。副総帥がその……。ボコリ過ぎて記憶障害を……。多分ですが、それを描いた事すら覚えていないのではと……」

またやり過ぎたのか、あの問題児。

……まあ、今回に関してはよくやったと褒めてやってもいいのだが、そもそもの騒動の発端があの男だと思うと、どうにも頭が痛いところだ。

「分かった。ではヒューバードに、押収物の取りこぼしがないかどうか、摘発した者達の身辺を徹底的に調査するように伝えろ」

「はっ！」

「……特に、マロウを徹底的に調査するように」

「は、はっ！」

そう。一番恐ろしいのは、摘発した側が摘発される側になってしまう事態である。

端的に言えば、『ミイラ取りがミイラになる』であろう。

今のところ、マロウは「姫騎士に対するなんたる冒涜か!!」と言って、誰よりも禁書の摘発を積極的に行っている。

だが母は言っていた。「オタクの欲望には限界がない」……と。

つまり今は良くても、将来的にどう転ぶかは分からない……という事だ。

「あいつが道を外れたら……恐怖しかないな」

「もう既に道を外れまくっておりますが……。ご安心下さい。その時は、私の手で引導を渡してやります」

「うん、頼もしいなヒューバード。でも、今は別に何もしていないから、先回りして暗器を研ぐのは止めようか」

もう既に殺る気満々といったヒューバードに対し、アシュルは静かにそう告げた。

後に、エレノアが処分前のセクシーな禁書を偶然手に取り、「私の胸が育ってる!!」と叫ぶ事となり、禁書の製造に関わった者が、バッシュ公爵家側の人間に抹殺されかかるという事件が発生した。

それゆえ、禁書の製造者達には抑止力として、王家により重い罰が下されるようになったのであった。

あとがき

初めましての方も、一巻から四巻まで続けて読んでくださった方々も、こんにちは。暁 晴海です。

このたびは、本作品を手に取ってくださり、まことに有難う御座いました。心よりお礼を申し上げます。

早いもので、『この世界の顔面偏差値が高すぎて目が痛い』の五巻の刊行と相成りました。これもひとえに、本作を読んで応援してくださった皆様のおかげです。本当に有難う御座いました！

五巻は、しょっぱなからお色気展開？　とばかりのアレコレが、マリア母様の乱入によって展開し、勝手に収束するという、てんやわんやな感じでスタートしました。

思うに、アルバ王国の男女間におけるアレコレって、爽やかにえげつないな……という感じですよね。

学院でも、素顔を晒したエレノアへの嵐のような求婚、姫騎士信者と化したご令嬢方の爆誕、そしてロイヤルズと兄様達との恋のバトル……と、愉快なバッシュ公爵家の、いつもの楽しい

（?・）アレコレが展開するかと思いきや、トラブル体質なエレノアにそれは許されず、新たなるトラブルが襲ってきました。

今回は、エレノアの新しい兄弟の出現と、アルバ王国の抱える問題点が生んだ悲劇により、狂気に溺れた辺境伯と、婚約者達、そして王族達が死闘を繰り広げました。

エレノアサイドの戦いは決着がついたものの、グラント達が、新たなる戦いが待つユリアナ領へと旅立ちました。

王家がエレノア奪還に加わった事。そして、エレノアの持つ潜在能力が、アシュルやクライヴ達に目撃された事により、エレノアを取り巻く環境も大きく変化していく事になるでしょう。次巻以降もエレノアのトラブル体質が巻き起こす騒動は、止まるところを知らない様子です。

今回も、美麗な表紙&口絵&挿絵をこの世に生み出して下さった、茶乃ひなの様。本当に有難う御座いました！　前回に引き続き、可愛いエレノアと、兄様達やロイヤルズの美しく凛々しい姿を拝む事が出来たばかりか、まさか、可愛いぴぃちゃんと麗しいパト兄様をこの日で拝める日が来るとは……。まさに感無量です！

最後に、今迄発刊された本に引き続き、沢山のアドバイスを下さった担当様。そしてこの本の出版に携わってくださった全ての方々に、今回も心からの感謝を捧げさせていただきます。

皆様、本当に有難う御座いました。

暁　晴海

この世界の顔面偏差値が高すぎて目が痛い５

2024年７月１日　第1刷発行

著　者　暁 晴海

発行者　本田武市

発行所　TOブックス
〒150-0002
東京都渋谷区渋谷三丁目1番1号　PMO渋谷Ⅱ　11階
TEL 0120-933-772(営業フリーダイヤル)
FAX 050-3156-0508

印刷・製本　中央精版印刷株式会社

ISBN978-4-86794-217-8